W0404962

JE NE SUIS PAS
UN SERIAL KILLER

Dan Wells

JE NE SUIS PAS UN SERIAL KILLER

Traduit de l'anglais (États-Unis)
par Élodie Leplat

SONATINE ÉDITIONS

Direction éditoriale :
Arnaud Hofmarcher et Marie Misandeau

© Dan Wells, 2009
Titre original : *I am not a Serial Killer*
Éditeur original : Tor

© Sonatine, 2011, pour la traduction française
Sonatine Éditions
21, rue Weber 75116 Paris
www.sonatine-editions.fr

À Rob,
qui m'a donné la meilleure motivation
qu'un petit frère puisse donner :
il a été publié avant moi.

Que n'ai-je été deux pinces ruineuses
Trottinant par le fond de mers silencieuses.

« La chanson d'amour de J. Alfred Prufrock »,
poème extrait du recueil *Prufrock and other Observations*
T.S. ELIOT

1

Mrs Anderson était morte.

Rien de spectaculaire, la vieillesse, voilà tout : un soir, elle était allée se coucher et ne s'était jamais réveillée. Aux infos, ils avaient parlé d'une mort paisible et digne, ce qui, certes, techniquement n'était pas faux, toutefois les trois jours qu'il avait fallu pour se rendre compte qu'on ne la voyait plus depuis un bout de temps retiraient beaucoup de dignité à la situation. Après s'être enfin décidée à lui rendre visite, la fille de Mrs Anderson avait trouvé son cadavre qui pourrissait et puait la charogne. Mais le pire, ce n'est pas le pourrissement, c'est les trois jours : trois jours pleins avant que quelqu'un finisse par se demander : « Au fait, elle est passée où, la vieille dame qui habite au bout de la rue, près du canal ? » Pour la dignité, on repassera.

Paisible, en revanche... Sans aucun doute. D'après le coroner, elle était morte doucement dans son sommeil, le 30 août, autrement dit deux jours avant que le démon ne laisse Jeb Jolley les tripes à l'air dans une flaque derrière la laverie. À ce moment-là, on ne le savait pas encore, mais sur une période de près de six mois, cela faisait de Mrs Anderson la dernière personne de Clayton County à mourir de causes naturelles. Le démon se chargea de toutes les autres.

Toutes... à une exception près.

Nous réceptionnâmes le corps de la vieille dame le samedi 2 septembre, quand le médecin légiste en eut fini avec elle. Enfin, je devrais plutôt dire que c'est ma mère et tante Margaret qui réceptionnèrent le corps, pas moi. Ce sont elles qui dirigent le funérarium ; moi je n'ai que quinze ans. Après avoir passé presque toute la journée en ville à regarder la police nettoyer le merdier laissé par Jeb, je revins à la tombée de la nuit et rentrai discrètement par l'arrière au cas où ma mère se serait trouvée à l'entrée : je n'avais pas vraiment envie de la voir.

Personne n'était encore arrivé dans la chambre mortuaire, il n'y avait que moi et le cadavre de Mrs Anderson. Il gisait, parfaitement immobile sur la table, recouvert d'un drap. Ça sentait la viande pourrie et l'insecticide ; l'unique ventilateur à hélices qui tournait furieusement au plafond n'aidait pas beaucoup. Sans bruit, je me lavai les mains à l'évier tout en m'interrogeant sur le temps dont je disposais, puis, doucement, je me mis à toucher le corps. La vieille peau, c'était ma préférée : sèche et ridée, avec la texture d'un parchemin. L'équipe de légistes ne s'était pas foulée pour nettoyer, sûrement trop occupée par Jeb, mais à l'odeur je savais qu'ils avaient au moins pensé à tuer les insectes. Après trois jours dans une chaleur de fin d'été, il devait y en avoir eu un paquet.

Une femme ouvrit à la volée la porte de devant et entra, toute de vert vêtue, comme un chirurgien, avec sa blouse et son masque. Je me raidis, croyant qu'il s'agissait de ma mère, mais la femme se contenta de me jeter un regard avant de se diriger vers une table.

« Salut, John », dit-elle en rassemblant quelques compresses stériles.

Ce n'était pas ma mère, mais sa sœur Margaret – elles étaient jumelles et lorsqu'elles portaient un masque, j'arrivais à peine à les distinguer. Cependant ma tante avait une voix un peu plus claire, un peu plus... tonique. Peut-être parce qu'elle n'avait jamais été mariée.

« Salut, Margaret. »

Je reculai d'un pas.

« Ron devient fainéant, commenta-t-elle en s'emparant d'une bouteille de Dis-Spray. Il ne l'a même pas lavée, il s'est contenté de déclarer : "Causes naturelles", avant de nous l'expédier. Mrs Anderson mérite mieux que ça. »

Elle se tourna vers moi.

« Tu comptes rester planté là, ou tu me donnes un coup de main ?

– Désolé.

– Lave-toi les mains. »

Je m'empressai de remonter mes manches puis retournai à l'évier.

« Franchement, poursuivit-elle, je me demande bien ce qu'ils fabriquent, là-bas, au bureau du coroner. On ne peut pas dire qu'ils sont débordés. Nous, ici, on arrive tout juste à se maintenir à flot.

– Jeb Jolley est mort, dis-je en me séchant les mains. Ils l'ont trouvé ce matin derrière le lavomatique.

– Le mécanicien ? demanda Margaret un ton plus bas. C'est affreux. Il est plus jeune que moi. Que s'est-il passé ?

– Assassiné », répondis-je avant de décrocher du mur un masque et un tablier. Un coup du démon, mais, à ce moment-là, je l'ignorais. D'ailleurs, ce n'est qu'environ trois mois plus tard que j'appris qu'il existait un démon. En août – j'ai l'impression que des siècles se sont écoulés depuis – personne à Clayton County ne se doutait de l'horreur qui allait survenir.

« Un chien errant, c'est leur hypothèse, expliquai-je à Margaret, mais on a retrouvé les tripes de Jeb empilées.

– C'est affreux, répéta-t-elle.

– Tu vois, toi qui avais peur de mettre la clef sous la porte. Deux corps en un week-end, c'est de l'argent qui rentre.

– Ne plaisante pas avec ça, John, répliqua-t-elle d'un air sévère. La mort est triste, même quand elle rembourse un emprunt immobilier. Tu es prêt ?

– Oui.

– Écarte-moi son bras. »

Je m'emparai du bras droit pour le tendre.

La rigidité cadavérique raidit les corps au point qu'on peut à peine les bouger, mais en général elle ne dure pas plus d'un jour et demi ; celui-là était mort depuis assez longtemps pour que les muscles soient à nouveau relâchés. Bien que la peau fût parcheminée, en dessous, la chair était douce, comme de la pâte. Ma tante aspergea le membre de désinfectant puis se mit à le frotter doucement avec une compresse.

Même lorsque le médecin légiste fait son boulot et lave le corps, nous repassons toujours derrière avant d'opérer. L'embaumement est un procédé long, qui nécessite un travail de haute précision, alors il faut un bon coup de nettoyage avant de s'y mettre.

« Il pue vraiment beaucoup, dis-je.

– Elle.

– *Elle* pue vraiment beaucoup. »

Ma mère et Margaret tenaient absolument à ce qu'on se montre respectueux envers les personnes décédées, mais, à ce stade-là, ça me semblait un peu tard. Il ne s'agissait plus d'une personne, simplement d'un corps. D'une chose.

« C'est vrai qu'elle sent mauvais, concéda ma tante. Pauvre femme. Il aurait fallu qu'on la trouve plus tôt. »

Elle leva les yeux sur le ventilateur qui tournait lentement au-dessus de nos têtes.

« Espérons que le moteur ne nous lâche pas ce soir. »

Elle disait la même chose avant chaque embaumement, comme un chant sacré. Le ventilateur continuait de grincer.

« La jambe », ordonna-t-elle.

Je me saisis du pied pour le tendre pendant que Margaret l'aspergeait.

« Tourne la tête. »

Tout en maintenant le pied de mes mains gantées, je me tournai vers le mur tandis que ma tante soulevait le drap pour laver le haut des cuisses.

« Le côté positif de cette histoire, poursuivit-elle, c'est qu'on peut être sûr que toutes les veuves du comté ont eu de la visite aujourd'hui ou en auront demain. Quiconque entendra parler de Mrs Anderson ira tout droit voir sa mère, juste pour vérifier. L'autre jambe. »

J'avais envie de sortir un truc du style : quiconque entendrait parler de Jeb irait tout droit voir son garagiste, mais ma tante ne goûtait guère ce genre de plaisanterie.

Nous fîmes le tour du corps, du bras à la jambe, de la jambe au bras, du bras au torse, du torse à la tête, jusqu'à ce que la chose entière soit récurée, désinfectée. La pièce sentait la mort et le savon. Margaret jeta les compresses dans le bac à linge sale puis se mit à rassembler le nécessaire pour l'embaumement proprement dit.

J'aidais ma mère et sa sœur au funérarium depuis tout petit, bien avant le départ de mon père. Mon premier travail avait consisté à nettoyer la chapelle : ramasser les livrets, vider les cendriers, passer l'aspirateur et autres tâches variées qu'un garçon de six ans pouvait accomplir seul. En grandissant, je m'étais vu confier des missions plus importantes, mais le truc vraiment cool – l'embaumement –, je n'avais pu y participer qu'à partir de dix ans. L'embaumement, c'était comme... Je ne sais pas comment le décrire. C'était comme jouer avec une poupée géante, l'habiller, la laver, l'ouvrir pour voir ce qu'il y avait à l'intérieur. Une fois, à huit ans, j'avais espionné ma mère par l'entrebâillement de la porte pour découvrir le pot aux roses. La semaine suivante, j'ouvrais mon ours en peluche ; je crois qu'elle n'a jamais fait le rapprochement.

Margaret me tendit un tampon d'ouate, que je tins à sa disposition le temps qu'elle enfonce soigneusement de petites touffes de coton sous les paupières du cadavre. Les yeux commençaient à s'enfoncer car ils se dégonflaient en se déshydratant, le coton servait donc à conserver la bonne forme en vue de la présentation du mort. Il aidait aussi à maintenir les paupières fermées, mais, au cas où ça n'aurait pas suffit, ma tante ajoutait toujours un petit peu de crème hydratante pour assouplir les tissus, empêchant ainsi toute ouverture.

« Passe-moi l'injecteur d'aiguille, s'il te plaît, John. »

Je m'empressai de poser le tampon d'ouate et d'aller chercher l'injecteur sur une table en alu contre le mur. C'était un long tube en métal pourvu d'une prise pour les doigts de chaque côté, comme une seringue.

« Je peux le faire, cette fois-ci ?

– Bien sûr, répondit-elle en tirant sur la joue et la lèvre supérieure du cadavre. Juste là. »

Je positionnai précautionneusement l'injecteur contre la gencive et appuyai, insérant une petite aiguille dans l'os. Les dents étaient longues et jaunes. Puis nous plantâmes une autre aiguille dans le maxillaire inférieur, que nous reliâmes à la première avec un fil de fer avant de tirer fort pour maintenir la bouche fermée. Margaret étala ensuite de la colle sur un petit support en plastique semblable à la pelure d'un quartier d'orange, qu'elle plaça à l'intérieur de la bouche afin que l'ensemble soit hermétiquement clos.

Après nous être occupés du visage, nous positionnâmes le cadavre avec soin, jambes tendues et bras croisés sur la poitrine, dans la position classique « Je suis mort ». Une fois que le formaldéhyde pénètre dans les muscles, le corps s'ankylose et se rigidifie, la première chose à faire est donc de fixer la physionomie, histoire que la famille ne voie pas un cadavre difforme lors de la présentation.

« Tiens-lui la tête. »

Sans broncher, je plaçai une main de chaque côté de la tête du cadavre.

Margaret le palpa du bout des doigts juste au-dessus de la clavicule droite puis opéra une longue mais peu profonde incision dans le creux du cou. Quand on découpe un cadavre, il n'y a presque pas de sang car, le cœur ne pompant plus, il n'y a plus de tension artérielle et, sous l'effet de la gravité, le sang se concentre dans le dos. Là, comme la mort datait un peu, la poitrine était flasque et vide tandis que le dos était presque violet, tel un gigantesque bleu.

Ma tante enfonça un petit crochet en métal dans le trou, tira deux grosses veines - enfin, plus précisément, une artère et une veine - puis entoura chacune d'elles avec une ficelle. Elles étaient violettes et lisses, deux boucles sombres qui sortaient du corps sur quelques centimètres avant de reglisser à l'intérieur. Margaret alla préparer la pompe.

En général, les gens ne se rendent pas compte de la grande variété de produits chimiques qu'utilisent les embaumeurs, cependant la première chose qu'on remarque ce n'est pas tant leur nombre que la diversité des couleurs. Chaque bouteille - formaldéhyde, anticoagulants, produits de cautérisation, germicides, lotions et autres - a sa propre teinte, vive, pareille à du jus de fruits, et la rangée de fluides d'embaumement ressemble aux différents parfums de sirop sur le stand d'un vendeur de granité. Margaret sélectionna avec soin ses produits chimiques, comme si elle choisissait les ingrédients d'une soupe. Les corps ne nécessitant pas tous l'ensemble des produits, trouver la bonne recette pour chaque cadavre est autant un art qu'une science.

Tandis que ma tante se livrait à cette manipulation, je relâchai la tête pour m'emparer du scalpel. Les deux sœurs ne me laissaient pas toujours pratiquer les incisions, mais si j'opérais quand elles avaient le dos tourné, en général, ça passait. Surtout que je me débrouillais bien.

On injecterait au moyen d'une pompe, dans l'artère que ma tante avait sortie, le cocktail chimique qu'elle préparait : celui-ci permettrait l'expulsion par la veine dénudée des liquides résiduels tels que le sang et l'eau, qui tomberaient ensuite dans un drain avant de s'écouler par la grille d'évacuation au sol. J'avais été surpris de constater que tous les fluides allaient directement dans le tout-à-l'égout, mais bon, on les mettrait où, sinon ? Ce n'est pas pire que ce qui y va d'habitude.

Tout en maintenant fermement l'artère, j'y pratiquai une incision horizontale en prenant garde de ne pas la sectionner complètement. Une fois le trou prêt, je pris la canule – un tube métallique incurvé – puis glissai l'embout étroit dans l'ouverture. L'artère était caoutchouteuse, comme un mince tuyau, et recouverte de minuscules fibres musculaires et capillaires. Je posai doucement le tube sur la poitrine du cadavre puis exécutai la même opération avec la veine, mais en y insérant cette fois-ci un drain, relié à un long tuyau qui descendait en spirale dans l'égout. Ensuite, je tirai à fond sur la ficelle que Margaret avait passée autour des deux veines pour les fermer hermétiquement.

« Ça me paraît bien », commenta ma tante en rapprochant la pompe.

Celle-ci était montée sur roulettes pour être facilement déplacée et trônait désormais au centre de la pièce, alors que Margaret reliait le tuyau principal à la canule que j'avais introduite dans l'artère. Elle examina rapidement la ligature, hocha la tête en signe d'approbation, puis versa le premier produit chimique – un anticoagulant orange vif servant à briser les caillots – dans le réservoir situé en haut de la pompe. Elle appuya sur un bouton et, dans un hoquet paresseux, l'appareil se mit en route, syncopé telle une pulsation cardiaque ; ma tante l'observait attentivement tout en réglant pression et vitesse. Le débit se régula vite, et bientôt un sang sombre et épais disparaissait dans l'égout.

« Comment ça va, l'école ? demanda Margaret en retirant son gant en caoutchouc pour se gratter la tête.

– Les cours n'ont commencé que depuis quelques jours, répondis-je. Il ne se passe pas grand-chose la première semaine.

– Oui mais c'est ta première semaine de lycée, quand même. C'est drôlement excitant, non ?

– Pas vraiment. »

L'anticoagulant s'était presque entièrement écoulé, ma tante versa donc dans la pompe une lotion bleu vif qui préparerait les vaisseaux sanguins à accueillir le formaldéhyde.

« Tu t'es fait de nouveaux amis ?

– Ouais, cet été y a tout un lycée qui a débarqué en ville, du coup, miracle, je me retrouve pas coincé avec les gens que je connais depuis la maternelle. Et bien sûr tous les nouveaux veulent devenir potes avec le tordu. C'est trop cool.

– Tu ne devrais pas te moquer de toi comme ça.

– C'est de *toi* que je me moque.

– Tu ne devrais pas non plus », rétorqua-t-elle en esquissant un sourire.

Elle se redressa pour ajouter d'autres liquides dans l'agitateur. Maintenant que les deux produits de préinjection se répandaient dans le corps, elle se mit à préparer le véritable fluide d'embaumement : du lait hydratant et un adoucisseur pour empêcher les tissus de gonfler, des agents conservateurs et désinfectants pour maintenir le corps en bon état (enfin aussi bon que possible au point où il en était) et du colorant pour lui donner une teinte rosée qui fasse illusion. Mais la clef, bien sûr, c'est le formaldéhyde, un poison puissant qui détruit tout ce qui se trouve dans le corps, durcit les muscles, préserve les organes et accomplit à lui seul « l'embaumement » à proprement parler. Margaret en versa une bonne dose avant d'ajouter du parfum, un liquide vert épais qui couvrirait l'odeur âcre. Le réservoir de la pompe, avec son tourbillon de pâte visqueuse fluo, ressemblait aux machines à jus de fruits qu'on voit dans les stations-service.

À ce moment-là, ma tante ferma le couvercle et me fit vite sortir par la porte du fond : le ventilateur n'était pas suffisamment puissant pour risquer de rester dans la pièce avec une telle quantité de formol. La nuit était désormais complètement tombée et la rumeur de la ville s'était presque tue. Je m'assis sur les marches tandis que Margaret s'appuyait contre le mur, surveillant les opérations par la porte ouverte au cas où un problème surviendrait.

« Tu as déjà des devoirs ? demanda-t-elle.

– Il faut que je lise l'introduction de la plupart de mes manuels ce week-end, ce que tout le monde fait, bien sûr, et j'ai une dissert à écrire pour le cours d'histoire. »

Elle me regarda d'un air qui se voulait nonchalant mais ses lèvres étaient serrées et elle se mit à cligner des yeux. Depuis le temps que je la connaissais, je savais que c'était le signe que quelque chose la tracassait.

« Il y a un sujet imposé ? »

Je restais impassible.

« Les personnages importants de l'histoire américaine.

– Alors... George Washington ? Ou Lincoln, peut-être ?

– Je l'ai déjà écrite.

– Super », répondit-elle sans grand enthousiasme.

Elle marqua une pause puis arrêta de tourner autour du pot.

« Il faut que je devine ou tu te décides à me dire sur lequel de tes psychopathes tu l'as écrite ?

– Ce ne sont pas "mes" psychopathes.

– John...

– Dennis Rader, répondis-je en regardant la rue. Ils l'ont arrêté il y a seulement quelques années, alors je me suis dit que ça avait un côté "actualités" intéressant.

– John, Dennis Rader est l'assassin qu'on surnomme BTK. C'est un meurtrier. Le sujet, c'était un grand personnage, pas un...

– Le prof a parlé de personnage important, pas d'un grand personnage, alors les méchants comptent aussi. Il a même suggéré John Wilkes Booth.

– Il y a une grande différence entre un assassin politique[1] et un tueur en série.

1. John Wilkes Booth a assassiné le président américain Abraham Lincoln en 1865. *(N.d.T.)*

– Je sais, répondis-je en me tournant vers elle. C'est pour ça que je l'ai choisi.

– Tu es un garçon vraiment intelligent, crois-moi. Tu es sûrement le seul élève à déjà avoir fini sa dissertation. Mais tu ne peux pas... ce n'est pas normal, John. J'espérais vraiment que cette fascination pour les meurtriers te passe.

– Pas pour les meurtriers. Pour les tueurs en série.

– C'est bien là la différence entre toi et le reste du monde, John. Nous, on ne voit pas la différence. »

Sur ce, elle rentra travailler sur les cavités du corps, aspirant bile et poison jusqu'à ce qu'il soit propre et purifié.

Dehors, dans l'obscurité, les yeux levés au ciel, j'attendais.

Quoi ? Je ne sais pas.

2

Nous ne reçûmes pas le corps de Jeb Jolley cette nuit-là, ni même les jours suivants, je retins donc mon souffle toute la semaine, rentrant ventre à terre de l'école chaque après-midi pour voir s'il était arrivé. J'avais l'impression d'être à Noël. Le médecin légiste le gardait beaucoup plus longtemps que la normale, histoire de pratiquer une autopsie complète : c'est là qu'on ouvre le cadavre pour l'examiner et découvrir comment il est mort, quand et qui l'a tué.

Chaque jour, le *Clayton Daily* publiait des articles sur ce décès et, le mardi, il finit par confirmer que la police soupçonnait un meurtre : elle avait cru au début que Jeb avait été tué par un animal sauvage, mais apparemment plusieurs indices indiquaient quelque chose de plus délibéré. Bien sûr, la nature de ces indices ne fut pas révélée. Jamais de ma vie une chose aussi sensationnelle n'était arrivée à Clayton County.

Le jeudi, le prof d'histoire nous rendit nos disserts. J'obtins vingt sur vingt et « Choix intéressant ! » écrit dans la marge. Le gars avec qui je traînais, Maxwell, eut quatre points en moins, deux pour la longueur et deux pour l'orthographe : il avait rédigé une demi-page sur Albert Einstein, dont il n'avait pas une seule fois orthographié le nom de la même manière.

« En même temps, y a pas grand-chose à dire sur Einstein, protesta Max en s'asseyant à la table située à l'angle de la cantine du lycée. Il a découvert $E = mc^2$, les bombes nucléaires et basta ! C'est déjà bien beau d'avoir fait une demi-page. »

Max, je ne l'aimais pas vraiment, ce qui constituait d'ailleurs l'un de mes aspects sociaux les plus normaux puisque personne ne l'aimait. Il était petit, grassouillet, avait des lunettes, un inhalateur et une armoire remplie de fringues d'occasion. Mais surtout il était arrogant, grossier et parlait trop fort et avec trop de certitude de sujets dont il ne connaissait en réalité à peu près rien. Autrement dit il jouait les caïds, mais sans avoir aucune force ni aucun charisme pour être crédible. Tout cela me convenait parfaitement car il possédait la qualité essentielle que je recherchais chez un copain de lycée : il aimait parler et se fichait pas mal de savoir si je l'écoutais ou non. Passer inaperçu, cela faisait partie de mon plan : séparés, on renvoyait juste l'image d'un type bizarre qui parle tout seul et d'un autre qui ne parle jamais à personne ; ensemble, on était deux types bizarres qui entretenaient un semblant de conversation. Ce n'était pas grand-chose, mais ça nous permettait d'avoir l'air un tantinet plus normal.

Décati, le lycée de Clayton tombait en ruine, à l'image du reste de la ville. Les élèves y venaient en bus des quatre coins du comté, un bon tiers d'entre eux, supposais-je, venait de fermes ou de communes situées en dehors des limites de la ville. Je ne les connaissais pas tous – parmi les familles les plus éloignées, certaines se chargeaient elles-mêmes de l'éducation de leurs gosses jusqu'au lycée – mais je côtoyais la plupart depuis la maternelle. Il n'y avait jamais de nouvelles têtes, à Clayton, les gens se contentaient d'emprunter l'autoroute qui la traversait en jetant un œil au passage. La ville gisait à côté de la voie rapide, où elle pourrissait comme une charogne.

« Et toi, tu l'as écrite sur qui, ta dissert ? demanda Max.

– Quoi ? »

Je ne l'avais pas écouté.

« Je t'ai demandé sur qui tu avais écrit ta dissert. John Wayne, je parie.

– Pourquoi je choisirais John Wayne ?

– Parce que tu portes son nom. »

Il avait raison : je m'appelle John Wayne Cleaver. Et ma sœur, Lauren Bacall Cleaver. Mon père adorait les vieux films.

« Porter le nom de quelqu'un ne signifie pas obligatoirement que ce quelqu'un soit intéressant, expliquai-je, les yeux toujours rivés sur la masse d'élèves. Et toi, pourquoi t'as pas écrit sur Maxwell House ?

– C'est un type ? Je croyais que c'était une marque de café.

– J'ai choisi Dennis Rader. C'était lui, BTK.

– C'est quoi, ça, BTK ?

– Bind, Torture, Kill : ligoter, torturer, tuer. C'est comme ça que Dennis Rader signait toutes les lettres qu'il envoyait aux médias.

– C'est glauque, mec. Il a buté combien de gens ? »

Manifestement, cette histoire ne le perturbait pas trop.

« Peut-être dix. La police n'est pas encore sûre.

– Seulement dix ? C'est que dalle. On pourrait en refroidir plus rien qu'en cambriolant une banque. Le type dont tu parlais dans ton dossier l'année dernière était bien plus doué que ça.

– Peu importe combien de personnes ils tuent. Et puis c'est pas marrant... c'est mal.

– Alors pourquoi t'en parles tout le temps ?

– Parce que le mal est intéressant. »

Je n'étais qu'à moitié concentré sur notre conversation : j'imaginais en mon for intérieur comme il serait marrant de voir un corps en pièces détachées après une autopsie.

« Y a pas à dire, mec, t'es bizarre, commenta Max en mordant dans son sandwich. Un jour tu vas buter un tas de gens – sûrement plus de dix, vu que t'es un vrai bourreau de travail –, et ensuite je serai interviewé à la télé et on me demandera si je l'avais senti venir, et moi je répondrai : "Ça oui ! Ce type était complètement jeté."

– Alors il faudra que je te tue en premier, j'imagine.

– Bien essayé, rigola Max en dégainant son inhalateur. Je suis ton seul ami au monde ; jamais tu me tuerais. »

Il inspira une bouffée de Ventoline avant de rempocher son inhalateur.

« En plus, mon père était dans l'armée et toi t'es qu'un emo tout maigre. Alors essaie un peu, qu'on rigole.

– Jeffrey Dahmer, dis-je, écoutant Max d'une oreille distraite.

– Quoi ?

– Le dossier que j'ai fait l'an dernier, c'était sur Jeffrey Dahmer. Un cannibale qui gardait des têtes coupées dans son congélateur.

– Ah, oui, je me rappelle ! s'exclama Max, le regard sombre. Tes affiches m'avaient filé des cauchemars. C'était mythique.

– Les cauchemars, c'est rien. Moi, c'est un psy qu'elles m'ont filé. »

J'étais fasciné – j'essaie de ne pas employer le mot "obsédé" – depuis longtemps par les tueurs en série, mais ce n'est que lorsque j'avais rendu mon essai sur Jeffrey Dahmer lors de la dernière semaine de collège que ma mère et mes profs avaient flippé au point de me faire suivre une thérapie. Mon psy s'appelait le Dr Ben Neblin et, tout l'été, j'avais eu rendez-vous avec lui chaque mercredi matin. On parlait d'un tas de trucs, de l'absence de mon père, de à quoi ressemblait un corps mort, de l'incroyable beauté du feu, mais, surtout, on parlait des tueurs en série. Il me disait qu'il n'aimait pas ce sujet, que ça le mettait mal à l'aise, pourtant ça ne m'arrêtait pas. C'est ma mère qui payait les séances et puis je n'avais personne d'autre à qui parler, du coup Neblin se tapait tout.

À la rentrée, en automne, nos rendez-vous furent fixés au jeudi après-midi. Ce jour-là, à la fin de mon dernier cours, je fourrais donc mes bien trop nombreux livres dans mon sac avant de parcourir à vélo la petite distance qui me séparait de son cabinet. À mi-chemin, je bifurquai à l'angle où se trouvait le vieux cinéma pour faire un détour. La laverie se trouvait juste deux rues plus loin : je voulais passer à côté de l'endroit où Jeb avait été assassiné.

La police avait enfin enlevé la Rubalise, le lavomatique était ouvert, mais vide. Il n'y avait qu'une seule fenêtre sur le mur du fond, petite, jaune, grillagée, qui devait donner sur les toilettes. La cour à l'arrière du bâtiment était presque complètement isolée, ce qui, d'après les journaux, rendait l'enquête très difficile. Personne n'avait rien vu, rien entendu, bien que la police estimât que l'agression avait eu lieu vers 22 heures, quand la plupart des bars sont encore ouverts. Jeb revenait sûrement de l'un d'entre eux lorsqu'il avait trouvé la mort.

Je m'attendais presque à découvrir deux grosses silhouettes dessinées à la craie sur le bitume, l'une pour le corps, l'autre à côté pour la tristement célèbre pile de tripes. Mais non, la zone entière avait été nettoyée au Kärcher, il ne restait plus rien, ni sang ni graviers.

Je posai mon vélo contre un mur avant de parcourir lentement la zone, le dos courbé, pour voir s'il y avait quoi que ce soit à voir. L'absence de gravillons rendait le goudron presque lisse. Le mur aussi avait été récuré sur une plus petite zone, il n'était donc pas difficile de comprendre où s'était trouvé le corps. Je m'agenouillai de manière à examiner le sol et aperçus çà et là une traînée violette dans le grain du bitume, là où le sang séché avait adhéré à la pierre malgré l'eau.

Au bout d'une minute, je repérai à côté une tache plus sombre : une éclaboussure grande comme la main, d'une matière plus noire et plus épaisse que le sang. Je la grattai avec mon ongle, on aurait dit de la cendre grasse, comme si quelqu'un avait nettoyé un barbecue. Je m'essuyai le doigt sur mon pantalon avant de me relever.

Étrange sensation que de se trouver à l'endroit où quelqu'un était mort. Les voitures passaient tranquillement dans la rue, leur rumeur assourdie par les murs et la distance. J'essayais de me représenter ce qui s'était passé : d'où Jeb venait, où il allait, pourquoi il avait coupé par la cour de ce bâtiment et où il se trouvait quand l'assassin l'avait attaqué. Peut-être était-il en retard et s'était-il engouffré là histoire de gagner du temps, ou peut-être que, ivre, zigzaguait-il dangereusement, un peu perdu. Je me le figurais rougeaud, tout sourires, ignorant que la mort le talonnait.

Je m'imaginais aussi l'assaillant et je me demandais où je me cacherais si j'étais sur le point de tuer quelqu'un ici. Il y avait des zones d'ombre dans la cour, même le jour, des recoins à l'abri d'une barrière, contre un mur ou au sol. Le tueur s'était peut-être tapi derrière un bloc de béton, ou bien dissimulé derrière un poteau télégraphique. J'imaginais cet « être » rôder dans l'obscurité, fixer Jeb de ses yeux calculateurs lorsque celui-ci s'était avancé d'une démarche chancelante, bourré, incapable de se défendre.

L'être en question avait-il faim ? Était-il en colère ? Les théories mouvantes de la police s'avéraient à la fois inquiétantes et particulièrement excitantes : qu'est-ce qui pouvait attaquer d'une manière aussi sauvage que prudente, au point que les preuves menaient autant sur la piste de l'homme que de la bête ? Je me représentais sur fond de clair de lune des griffes lestes et des dents étincelantes qui lacéreraient la chair et projetteraient de grands arcs de sang sur le mur. La façade avait été nettoyée presque jusqu'au toit, témoignant de la férocité du meurtrier.

Je m'attardai encore un peu, embrassant la scène du regard avec un sentiment de culpabilité. Le Dr Neblin allait me demander la raison de mon retard et me ferait la morale quand je lui expliquerais où j'étais allé, mais ce n'était pas ça qui me préoccupait. En venant ici, je creusais sous les fondations d'une chose plus grande et plus profonde, laissant de petites égratignures sur un mur que je n'osais fissurer. Un monstre se cachait derrière cette cloison que j'avais bâtie solidement pour le tenir à l'écart, or à présent il s'ébrouait dans une rêverie agitée. Manifestement, un autre monstre était apparu en ville – sa présence réveillerait-elle celui que je dissimulais ?

Il était temps d'y aller. Je remontai sur mon vélo puis pédalai jusqu'au cabinet de Neblin.

« Aujourd'hui, j'ai enfreint une de mes règles », déclarai-je.

Je regardais la rue en contrebas à travers les rideaux de la fenêtre du cabinet. Des voitures rutilantes défilaient de façon intermittente. Je sentais le regard scrutateur de Neblin sur ma nuque.

« Une de tes règles ? »

Il parlait d'une voix calme et régulière. C'était l'une des personnes les plus posées que je connaissais, mais bon, il faut dire que je passais la plupart de mon temps avec ma mère, Margaret et Lauren. Cette sérénité expliquait en partie pourquoi je venais le voir de si bon gré.

« J'ai des règles, expliquai-je, pour m'empêcher de faire quoi que ce soit de... mal.

– Par exemple ?

– Un exemple de mauvaise action ? Ou un exemple de règle ?

– J'aimerais connaître les deux, mais tu es libre de commencer par ce que tu veux.

– Alors on ferait mieux de commencer par ce que j'essaie d'éviter. Sinon, vous ne comprendrez pas mes règles.

– Très bien. »

Je me retournai vers lui. Pas très grand, le dessus du crâne dégarni, il portait de petites lunettes rondes dotées d'une fine monture noire. Il avait toujours sur lui un calepin, sur lequel il prenait de temps en temps des notes au cours de nos discussions ; au début, ça me rendait nerveux, mais il m'avait proposé de me laisser les lire à chaque fois que je le souhaiterais. Il n'écrivait jamais des trucs du genre « quel taré » ou « ce gosse est un malade mental », il s'agissait de simples notes qui l'aidaient à se souvenir de nos conversations. Je suis sûr qu'il rangeait quelque part un cahier spécial « quel taré », mais il le gardait caché. Et s'il n'en avait pas encore, il en tiendrait un après mes révélations.

« Je crois, dis-je en guettant sa réaction, que le destin veut que je devienne un tueur en série. »

Il haussa un sourcil, rien de plus. Je vous l'avais dit qu'il était calme.

« Eh bien, manifestement ils te fascinent : tu t'es sûrement plus documenté à ce sujet que n'importe quel habitant de cette ville, moi compris. Est-ce que tu veux devenir un tueur en série ?

– Bien sûr que non. Ce que je veux avant tout c'est *éviter* d'en devenir un. Simplement j'ignore quelles sont mes chances d'y parvenir.

– Donc ce que tu veux éviter de faire c'est... tuer des gens ? »

Il me jeta un regard en biais, signe que je savais désormais interpréter : il plaisantait. Il disait toujours quelque chose d'un peu sarcastique quand on commençait à aborder les sujets vraiment lourds. Je crois que c'était sa façon à lui de gérer l'anxiété. Quand je lui avais raconté la fois où j'avais disséqué un écureuil comme on pèle un oignon, il avait sorti trois blagues d'affilée en retenant un gloussement.

« Si tu as enfreint une règle aussi importante, poursuivit-il, je serai dans l'obligation d'aller voir la police, secret professionnel ou pas. »

J'avais appris les lois concernant le secret médical au cours de l'une de nos toutes premières séances, quand j'avais parlé pour la première fois d'allumer des feux. S'il estimait que j'avais commis un crime ou que j'en avais l'intention, ou s'il jugeait que je représentais un danger sérieux pour quiconque, la loi exigeait qu'il en informe les autorités compétentes. Elle lui permettait également de discuter de tous mes propos avec ma mère, qu'il ait ou non une bonne raison à cela. Cet été-là, tous les deux avaient eu un tas de discussions, suite auxquelles ma mère avait fait de ma vie un enfer.

« Les choses que je veux éviter se situent à un échelon bien plus bas que le meurtre, expliquai-je. En général – pour ne pas dire toujours, d'ailleurs –, les tueurs en série sont esclaves de leurs pulsions. S'ils tuent, c'est parce qu'ils y sont obligés, ils ne peuvent pas se retenir. Moi, je ne veux pas en arriver là, du coup je me suis fixé des règles concernant des détails : par exemple, j'adore observer les gens, mais je m'interdis de regarder une personne trop longtemps. Si je brise cette règle, je me force à ignorer cette personne pendant toute une semaine et je m'interdis même d'y penser.

– Donc tu as des règles qui t'empêchent de céder aux petites manies des tueurs en série afin de t'éloigner le plus possible de l'irréparable.

– Exactement.

– Il me paraît intéressant que tu emploies le mot "pulsion". En quelque sorte, cela évacue la question de la responsabilité.

– Mais pas du tout, je les prends, mes responsabilités. J'essaie de me contenir.

– Bien sûr, et c'est tout à fait admirable, mais tu as entamé cette conversation en déclarant que le "destin" voulait que tu deviennes un tueur en série. Si tu penses que c'est là ta destinée, alors n'es-tu pas précisément en train d'esquiver tes responsabilités en faisant porter le chapeau au destin ?

– J'ai dit "destin" parce que cela va bien au-delà de simples bizarreries comportementales. Il y a certains aspects de ma vie que je n'arrive pas à contrôler, seul le destin peut les expliquer.

– Par exemple ?

– Je porte le nom d'un tueur en série. John Wayne Gacy a assassiné trente-trois personnes à Chicago, qu'il a pour la plupart enterrées dans la galerie creusée sous sa maison.

– Ce n'est pas en référence à John Wayne Gacy que tes parents t'ont prénommé ainsi. Crois-le ou non, j'avais justement posé cette question à ta mère.

– Sans rire ?

– Je suis moins bête que j'en ai l'air. Toutefois tu ne dois pas oublier qu'un lien avec un tueur en série est une coïncidence, pas une destinée.

– Mon père s'appelle Sam, ce qui fait de moi le Fils de Sam : un serial killer new-yorkais qui racontait que c'était son chien qui lui ordonnait de tuer.

– Tu as donc des liens fortuits avec deux tueurs en série. C'est quelque peu étrange, je le concède, mais je ne vois toujours pas de conspiration cosmique à ton encontre.

– Mon nom de famille c'est Cleaver. Combien connaissez-vous de personnes qui portent le nom de deux tueurs en série et d'une arme blanche[1] ? »

Le Dr Neblin s'agita sur sa chaise en tapotant son stylo sur sa feuille. Ça, ça voulait dire qu'il essayait de réfléchir.

« John, dit-il au bout d'un moment, j'aimerais savoir quel genre de choses t'effraie, précisément, alors revenons sur ce que tu disais au début. Cite-moi quelques-unes de tes règles.

– Je vous ai parlé de celle concernant l'observation des gens. Celle-là, elle est importante. J'adore regarder les gens, mais je sais que si j'observe une personne trop longtemps, je vais me mettre à trop m'intéresser à elle : je vais vouloir la suivre, regarder où elle va, voir à qui elle parle et découvrir sa raison d'être. Il y a quelques années, je me suis rendu compte que je suivais partout une fille de l'école : je ne la lâchais pas d'une semelle. C'est le genre de chose qui peut vite mal tourner, du coup je me suis fixé une règle : si j'observe trop longtemps quelqu'un, après je l'ignore pendant une semaine. »

Neblin hocha la tête sans m'interrompre. J'étais content qu'il ne me demande pas le nom de cette fille, parce que rien que d'en parler j'avais l'impression d'enfreindre à nouveau mon règlement.

« Ensuite, j'ai une règle par rapport aux animaux. Vous vous rappelez ce que j'avais fait à cet écureuil. »

Neblin eut un sourire nerveux.

« En tout cas l'écureuil, lui, ne s'en rappelle plus. »

Ses blagues convulsives devenaient de plus en plus pourries.

---

1. En anglais « cleaver » signifie « couperet ». *(N.d.T.)*

« Ça n'a pas été mon seul essai. Mon père installait des pièges dans le jardin contre les écureuils, les taupes, ce genre de bêtes, et chaque matin mon boulot c'était d'en faire le tour et de défoncer avec une pelle tout ce qui n'était pas encore mort. À l'âge de sept ans, j'ai commencé à les découper pour voir à quoi elles ressemblaient à l'intérieur, mais j'ai arrêté quand je me suis mis à étudier les tueurs en série. Vous avez entendu parler de la triade Macdonald ?

– Trois caractéristiques qu'ont en commun 95 % des tueurs en série, répondit-il. Énurésie nocturne, pyromanie et cruauté envers les animaux. Effectivement, tu présentes les trois, je le reconnais.

– Je l'ai découvert quand j'avais huit ans. Mais ce qui m'a vraiment inquiété, ce n'est pas le fait que la cruauté envers les animaux annonçait parfois un comportement violent, c'est que, jusque-là, je ne m'étais jamais douté que c'était mal. Je tuais et disséquais des animaux avec la réaction émotionnelle d'un gosse qui joue au Lego. Pour moi, c'était comme s'ils n'étaient pas réels. Il s'agissait de simples jouets. De choses.

– Si tu n'avais pas l'impression de mal agir, pourquoi as-tu arrêté ?

– Parce que c'est à ce moment-là que je me suis rendu compte pour la première fois que j'étais différent des autres gens. Voilà un truc que je faisais tout le temps sans y penser, or il s'est avéré que le reste du monde jugeait cela complètement répréhensible. C'est à ce moment-là que j'ai compris qu'il fallait que je change et du coup je me suis fixé des règles. La première, c'était : "ne te frotte pas aux animaux."

– "Ne les tue pas" ?

– "Ne leur fais rien du tout." Je refuse d'avoir un animal de compagnie, de caresser un chien dans la rue et même d'aller dans une maison où quelqu'un a un animal, je n'aime pas ça. J'évite toute situation qui risquerait de me conduire de nouveau à faire quelque chose de répréhensible. »

Neblin m'observa un instant.

« D'autres règles ? demanda-t-il.

– Si jamais j'ai envie de blesser quelqu'un, je lui adresse un compliment. Si quelqu'un me tape vraiment sur le système jusqu'à ce que je le haïsse au point de m'imaginer en train de le tuer, je dis quelque chose de gentil et je fais un grand sourire. Ça m'oblige à remplacer les pensées négatives par des positives et en général, du coup, la personne s'en va. »

Neblin prit le temps de réfléchir avant de parler.

« Ce qui explique pourquoi tu te documentes autant sur les tueurs en série. Ne percevant pas le bien et le mal comme la plupart des gens, tu effectues des recherches pour voir ce que tu es censé éviter. »

Je hochai la tête.

« Et bien sûr, le fait qu'il s'agisse de trucs sympas à lire me facilite la tâche. »

Il prit quelques notes sur son calepin.

« Et quelle règle as-tu enfreint aujourd'hui ?

– Je suis allé à l'endroit où le corps de Jeb Jolley a été découvert.

– Je me demandais pourquoi tu ne m'avais pas encore parlé de lui. Est-ce que tu as une règle qui t'interdit de t'approcher de l'endroit où ont eu lieu des crimes violents ?

– Pas explicitement. C'est pour ça que j'ai réussi à trouver une justification. Même si j'enfreignais l'esprit général de mon règlement, je n'enfreignais pas une règle bien précise.

– Et pourquoi y es-tu allé ?

– Parce que quelqu'un y a été tué. Je... Il fallait que je voie ça.

– Étais-tu l'esclave de ta pulsion ?

– Vous n'êtes pas censé retourner cet argument contre moi.

– Un peu, si. Je suis psychanalyste.

– Au funérarium, je vois des cadavres tout le temps et je ne crois pas que ce soit mauvais : ça fait des années que ma mère et Margaret travaillent là, or ce ne sont pas des tueuses en série. Moi, je vois des tas de gens vivants et des tas de gens morts, mais je n'ai encore jamais vu une personne vivante se transformer en personne morte. Je suis... curieux.

– Et le lieu d'un crime est le moyen de t'en approcher le plus sans commettre toi-même un meurtre.

– C'est ça.

– Écoute, John, dit-il en se penchant en avant, je sais bien que tu présentes beaucoup d'éléments prédictifs du comportement d'un tueur en série. D'ailleurs, je crois que je n'ai jamais vu personne en présenter autant. Mais tu ne dois pas oublier que ces éléments ne sont que prédictifs : ils prédisent ce qui *pourrait* arriver, ils ne prophétisent pas ce qui *va* se passer. 95 % des tueurs en série font pipi au lit, allument des feux et se montrent cruels envers les animaux, d'accord, mais cela ne signifie pas que 95 % des gosses qui font ces choses-là deviendront des tueurs en série. C'est toujours toi qui contrôles ton destin et c'est toujours toi qui prends les décisions, personne d'autre. Le fait que tu te sois fixé ces règles et que tu les suives aussi scrupuleusement en dit beaucoup sur toi et ton caractère. Tu es quelqu'un de bien, John.

– Je suis quelqu'un de bien parce que je sais comment les gens bien sont censés se comporter et je les imite.

– Si tu es aussi discipliné que tu le dis, personne ne verra jamais la différence.

– Oui, mais si je ne le suis pas assez, répliquai-je en regardant par la fenêtre, qui sait ce qui pourrait se passer ? »

3

Ma mère et moi dînions en silence dans notre petit appartement au-dessus du funérarium, laissant le carton de la pizza que nous partagions et le bruit de la télé se substituer à la compagnie et à la conversation qu'aurait offert une véritable relation. On regardait *Les Simpson*. On était samedi soir et nous n'avions toujours pas le corps de Jeb ; si la police ne nous le confiait pas rapidement, bientôt nous ne serions plus en mesure de l'embaumer, nous nous contenterions de l'emballer dans un sac et d'organiser des funérailles avec un cercueil fermé.

Ma mère et moi n'étions jamais d'accord sur quel genre de pizza commander, du coup on demandait au vendeur de nous la diviser : sur ma moitié il mettait de la saucisse et des champignons, sur la sienne des poivrons. *Les Simpson* eux-mêmes constituaient un compromis : la série était diffusée après les infos, or comme changer de chaîne c'était risquer la bagarre, on ne touchait à rien.

Lors de la première page de pub, ma mère posa la main sur la télécommande, geste qui en général signifiait qu'elle allait couper le son pour pouvoir aborder un sujet quelconque – ce qui, en général, signifiait qu'on allait s'engueuler. Elle laissa son doigt sur le fameux bouton puis attendit sans appuyer dessus. Si elle hésitait aussi longtemps, c'est que ce dont elle voulait me parler était sûrement très sérieux. Au bout d'un moment, elle retira sa main, s'empara d'une autre part de pizza et mordit dedans.

Nous restâmes là, tendus, durant la deuxième partie de la série, conscients de ce qui nous attendait et préparant nos attaques. Je songeai à quitter la pièce, à m'échapper discrètement avant la prochaine vague de pub, mais cela n'aurait servi qu'à me mettre ma mère à dos. Je mâchai lentement, regardant d'un air hébété Homer qui s'égosillait et s'agitait dans tous les sens sur l'écran.

La pub arriva, ma mère laissa à nouveau sa main en suspens au-dessus de la télécommande – un court instant cette fois-ci – puis appuya sur le bouton pour couper le son. Elle mâcha, avala et se mit à parler.

« J'ai discuté avec le Dr Neblin, aujourd'hui. »

Je me doutais que c'était lié à ça.

« Il m'a dit que... enfin, il a dit des choses très intéressantes, John. »

Elle regarda tour à tour la télé, le mur et le plafond : tout sauf moi.

« Est-ce que tu as quelque chose à dire ?

– Merci de m'avoir envoyé chez un psy et désolé d'en avoir besoin d'un ?

– Ne le prends pas sur ce ton, John ; nous sommes loin d'en avoir terminé et j'aimerais qu'on discute le plus longtemps possible sans se bouffer le nez. »

Je pris une grande inspiration, les yeux rivés sur l'écran. *Les Simpson* étaient de retour, toujours aussi survoltés, même sans le son.

« Qu'est-ce qu'il t'a dit ?

– Il m'a dit que tu... »

Elle me regarda, ses cheveux noirs étaient tirés en arrière, ses yeux verts cernés par l'inquiétude. Elle avait environ quarante-cinq ans, ce qu'elle estimait jeune, mais un soir comme celui-ci, à polémiquer dans la lumière blafarde de la télé, elle avait l'air crevée et décatie.

« Il m'a dit que tu pensais que tu allais tuer quelqu'un. »

Elle n'aurait pas dû me regarder : elle ne pouvait pas sortir un truc pareil en me regardant sans qu'une vague d'émotion ne jaillisse. J'observais ce phénomène lui rougir le visage et lui brouiller les yeux.

« Intéressant, répliquai-je, étant donné que ce n'est pas ce que je lui ai dit. Es-tu bien sûre qu'il a employé ces mots-là ?

– Là n'est pas la question. Il ne s'agit pas d'une blague, John, c'est un sujet très grave. Le... Je ne sais pas, moi. C'est comme ça que ça va se terminer, pour nous ? Tu es tout ce qui me reste, John.

– En réalité, les mots que j'ai employés étaient que je suivais des règles strictes, histoire de m'assurer de ne rien faire de répréhensible. Ça aurait dû te réjouir, mais non, tu me cries dessus. C'est pour ça que j'ai besoin d'une thérapie.

– Un fils qui doit suivre des règles pour s'empêcher de tuer des gens, ça ne me réjouit pas, éructa-t-elle. Un psychanalyste qui me dit que mon fils est un sociopathe, ça ne me réjouit pas. Ce qui me réjouirait, c'est...

– Il a dit que j'étais un sociopathe ? »

Cool, ça. Je m'en étais toujours douté, mais c'était chouette d'avoir un diagnostic officiel.

« Trouble de la personnalité antisociale, répliqua-t-elle en montant dans les aigus. J'ai cherché dans le dictionnaire. Il s'agit d'une psychose. »

Elle se détourna.

« Mon fils est un psychotique.

– Le TPA est avant tout défini comme un manque d'empathie », rectifiai-je.

Moi aussi, quelques mois auparavant, j'avais cherché dans le dico. L'empathie est ce qui permet aux gens d'interpréter l'émotion, de même que les oreilles interprètent le son : sans empathie, vous êtes sourd émotionnellement.

« Ce qui signifie que je ne crée pas de liens émotionnels avec les autres gens. Je me demandais si c'était ce diagnostic qu'il allait choisir.

– Et comment tu sais tout ça, d'abord ? Tu n'as que quinze ans, bon Dieu ! Tu devrais être… je ne sais pas, moi, en train de courir les filles ou de jouer à la PlayStation.

– Tu demandes à un sociopathe de courir les filles ?

– Je te demande de ne pas être un sociopathe ! Passer ton temps à te morfondre ne signifie pas que tu souffres d'un trouble mental, mais que tu es un adolescent. Le truc, John, c'est qu'il ne suffit pas d'avoir un mot du docteur pour être dispensé de la vie. Tu vis dans le même monde que nous tous et il faut que tu fasses avec, comme nous. »

Elle avait raison : je voyais beaucoup d'avantages à être officiellement déclaré sociopathe. Finis les projets de groupe au lycée, par exemple.

« C'est moi, la responsable. Je t'ai traîné tout gamin dans ce funérarium et ça t'a traumatisé à vie. Où avais-je donc la tête ?

– Le funérarium n'y est pour rien. »

Je me hérissais rien que d'y penser : elle ne pouvait pas me retirer ça.

« Margaret et toi, vous y travaillez depuis je ne sais combien d'années et pourtant vous n'avez encore tué personne.

– Oui, mais, nous, on n'est pas des psychotiques.

– Tu changes de version, alors. Tu viens juste de dire que c'était le funérarium qui m'avait traumatisé et maintenant tu dis que ça m'a perturbé parce que j'étais déjà perturbé ? Si tu joues à ça, c'est sûr, quoi que je fasse, impossible que j'aie le dernier mot, pas vrai ?

– Il y a un tas de choses que tu pourrais faire, John, tu le sais très bien. Déjà, arrête de choisir les tueurs en série comme sujet de tes dissertations. Margaret m'a dit que tu avais récidivé. »

Margaret, petite balance, va.

« J'ai eu vingt sur vingt à ce devoir. Le prof a adoré.

– Quand bien même tu excelles dans un domaine critiquable, ça n'en reste pas moins critiquable.

– Il s'agit d'un cours d'histoire, or les tueurs en série font partie de l'histoire. Tout comme les guerres, le racisme et les génocides. J'ai dû oublier de m'inscrire au cours d'option "événements joyeux", désolé.

– Si seulement je comprenais pourquoi.

– Pourquoi quoi ?

– Pourquoi les tueurs en série t'obsèdent à ce point.

– Chacun ses hobbies.

– Ne plaisante pas avec ça, John.

– Tu connais John Wayne Gacy ?

– Maintenant, oui, répondit-elle en levant les bras au ciel. Grâce au Dr Neblin. Je regrette amèrement d'avoir choisi ce nom-là.

– John Wayne Gacy est le premier serial killer dont j'ai entendu parler. À huit ans, j'ai vu mon nom à côté d'une photo de clown dans un magazine.

– Je t'ai demandé il n'y a pas dix secondes d'arrêter cette obsession pour les tueurs en série. Pourquoi on parle de ça ?

– Parce que tu voulais comprendre pourquoi, alors j'essaie de t'expliquer. Quand j'ai vu cette photo je me suis dit qu'il s'agissait peut-être d'un film de clown avec John Wayne, l'acteur : papa me montrait tout le temps ses westerns. Mais il s'est avéré que John Wayne Gacy était un tueur en série qui se déguisait en clown à des fêtes de voisins.

– Tu veux en venir où, exactement ? »

J'avais du mal à m'expliquer. Être sociopathe ne signifie pas simplement être sourd émotionnellement, c'est aussi être muet émotionnellement. J'avais l'impression de ressembler aux personnages qui s'agitaient en silence sur l'écran : ils gesticulaient à grands cris sans jamais émettre un son. La communication s'avérait impossible, comme si ma mère et moi parlions deux langues complètement différentes.

« Prends un western, par exemple », dis-je.

Je me raccrochais aux branches.

« Ils se ressemblent tous : le cow-boy au chapeau blanc, pistolet à la main, course les cow-boys aux chapeaux noirs. Tu sais qui est gentil, qui est méchant et tu sais exactement ce qui va se passer.

– Et alors ?

– Alors quand un cow-boy tue quelqu'un, on ne cille même pas, parce que ça arrive tous les jours. Mais quand c'est un clown qui tue quelqu'un, là c'est différent : du jamais vu. On le croyait gentil et voilà qu'il commet un acte tellement horrible que toute émotion humaine normale ne parvient pas à l'assimiler, et puis ensuite, subitement, il accomplit de nouveau une bonne action. C'est fascinant, maman. Le fait que ça m'obsède n'a rien de bizarre, c'est plutôt l'inverse, qui est bizarre. »

Ma mère me dévisagea.

« Donc les tueurs en série sont des espèces de héros de cinéma ?

– Ce n'est pas du tout ce que je dis. Ils sont malades, tordus et ils font des choses horribles. Simplement je ne pense pas que vouloir en savoir plus sur eux signifie forcément qu'on soit malade et tordu.

– Il y a une grande différence entre vouloir en savoir plus sur eux et penser que tu vas en devenir un. Enfin, je ne te reproche rien : je ne suis pas la mère idéale et Dieu sait que ton père était encore pire comme parent. Le Dr Neblin m'a expliqué que tu t'étais fixé des règles pour rester à l'écart des mauvaises influences.

– Oui. »

Enfin, elle commençait à m'écouter, à voir le positif plutôt que le négatif.

« Je tiens à te soutenir, reprit-elle, alors voilà une nouvelle règle : plus question de nous aider au funérarium.

– Quoi !

– Ce n'est pas un environnement sain pour un enfant, d'ailleurs, je n'aurais jamais dû te laisser nous aider dans la chambre mortuaire.

– Mais je... »

Mais quoi ? Que pouvais-je dire qui ne la choquerait pas encore davantage ? « J'ai besoin du funérarium parce qu'il me permet d'avoir un contact sain avec la mort » ? « J'ai besoin du funérarium parce que j'ai besoin de voir les corps s'ouvrir comme des fleurs pour me parler et me raconter ce qu'ils savent » ? Elle me jetterait carrément dehors à coups de pied.

Avant que je puisse ajouter quoi que ce soit, son portable se mit à sonner. C'était la version métallico-électronique de l'« Ouverture » de *Guillaume Tell* que ma mère avait choisie comme sonnerie pour les appels provenant du bureau du coroner : l'appel du devoir. À 22 h 30 un samedi soir, un coup de fil du coroner ne pouvait signifier qu'une seule chose, nous le savions tous les deux. Elle soupira avant de fouiller dans son sac à main à la recherche de son téléphone.

« Salut, Ron. »

Pause.

« Non, pas du tout, on était justement en train de finir. »

Pause.

« Oui, on est au courant. On l'attendait. »

Pause.

« J'en ai pour deux minutes à descendre, alors tu peux passer quand tu veux, aucun problème. Vraiment, ne t'inquiète pas : on était au courant des horaires quand on s'est engagées. »

Pause.

« Toi aussi. À plus tard. »

Elle raccrocha avec un soupir.

« J'imagine que tu as compris de quoi il s'agissait.

– La police en a fini avec les restes de Jeb.

– Ils nous l'apportent dans un quart d'heure. Il faut que je descende. Je... il va falloir qu'on finisse notre conversation plus tard. Je suis désolée, John, pour tout. Ça aurait pu être un repas de famille agréable. »

Je jetai un œil à la télé. Homer était en train d'étrangler Bart.

« Je vais vous aider. Il est plus de 10 heures : tu vas y passer la nuit si tu essaies de t'en occuper seule.

– Margaret me donnera un coup de main.

– Bon alors ça te prendra cinq heures au lieu de huit : c'est encore trop long. Si je vous aide, en trois heures, on peut avoir fini. »

Je gardais un ton calme et mesuré : je ne pouvais pas la laisser m'écarter complètement du funérarium, mais je n'osais pas lui expliquer à quel point c'était important pour moi.

« Le corps est en très mauvais état, John ; Jeb a été éventré. Il va falloir beaucoup de temps pour recoudre les morceaux, ça va être très perturbant et tu es un psychopathe clinique.

– Olé ! »

Elle s'empara de son sac à main.

« Soit ça te perturbe, et dans ce cas tu ne devrais pas y aller, soit ça ne te perturbe pas, et dans ce cas ça fait longtemps que tu aurais dû arrêter d'y aller.

– Tu veux vraiment me laisser seul ici ?

– Tu trouveras bien une occupation constructive.

– Recoudre les morceaux d'un corps, que peut-il y avoir de plus constructif ? »

Je me raidis aussitôt : l'humour noir ne risquait pas de jouer en ma faveur. À la manière du Dr Neblin, j'avais, par réflexe, allégé la tension avec une blague.

« Et je n'aime pas cette façon que tu as de plaisanter avec la mort. Les entrepreneurs des pompes funèbres la côtoient en permanence : nous la respirons chaque minute, chaque jour. Le fait de la fréquenter autant peut conduire à se montrer moins respectueux envers elle. J'observe ce phénomène chez moi et ça m'inquiète. Si la mort ne t'était pas aussi familière, tu t'en porterais peut-être mieux.

– Je vais bien, maman. »

Que pouvais-je faire pour la convaincre ?

« Tu sais que tu as besoin de cette aide et tu sais que tu n'as pas envie de me laisser seul. »

Si je ne ressentais aucune empathie, ce n'était pas le cas de ma mère, je pouvais donc m'en servir contre elle. Là où la logique restait impuissante, la culpabilité pourrait peut-être l'emporter.

Elle poussa un soupir et ferma les yeux, les paupières crispées pour combattre quelque image mentale dont je ne pouvais qu'imaginer la teneur.

« Très bien. Mais d'abord, finissons notre pizza. »

Ma sœur Lauren avait quitté la maison six ans auparavant, deux ans après mon père. À l'époque elle n'avait que dix-sept ans et Dieu seul sait dans quoi elle s'était embarquée durant son absence. Désormais il y avait beaucoup moins de cris à la maison, cependant le peu qu'il restait était en général dirigé contre moi. Environ six mois auparavant, Lauren était revenue à Clayton en stop, débarquant d'on ne sait où, et, tête basse, avait demandé un boulot à ma mère. Elles ne s'adressaient toujours presque pas la parole, ma sœur ne venait jamais nous voir et ne nous avait jamais invités chez elle, mais elle travaillait comme réceptionniste au funérarium et s'entendait assez bien avec Margaret.

On s'entendait tous assez bien avec Margaret. Elle était l'isolant qui permettait d'éviter étincelles et courts-circuits dans notre famille.

Ma mère appela sa sœur pendant que nous finissions notre pizza et apparemment ma tante avait appelé Lauren puisqu'elles étaient toutes les deux là quand nous finîmes par descendre au funérarium : Margaret vêtue de son survêtement habituel et Lauren maquillée à la truelle en vue de la sortie en ville du samedi soir. Je me demandais si nous avions interrompu quoi que ce soit.

« Salut, John », lança Lauren.

Elle jurait terriblement avec le bureau classieux derrière lequel elle était assise à l'accueil. Elle portait une veste noire en vinyle brillant par-dessus un débardeur criard et elle s'était fait un palmier très années 1980 sur le dessus du crâne. La boîte organisait peut-être une soirée à thème.

« Salut, Lauren, répondis-je.

– C'est la paperasse ? s'enquit ma mère en la regardant par-dessus mon épaule.

– J'ai presque fini », répliqua Lauren.

Ma mère entra dans la chambre mortuaire.

« Le corps est déjà arrivé ? demandai-je.

– Ils viennent juste de le déposer », répondit ma sœur en parcourant une dernière fois la liasse de papiers.

« Margaret l'a emmené dans la chambre. »

Je tournai les talons.

« Tu survis ? » m'interrogea-t-elle.

J'avais hâte de voir le corps, mais je me retournai vers elle.

« Plutôt bien. Et toi ?

– C'est pas moi qui vis avec maman. »

Nous restâmes un instant silencieux.

« Tu as eu des nouvelles de papa ? s'enquit-elle.

– Pas depuis le mois de mai. Et toi ?

– Pas depuis Noël. »

Silence.

« Au début, il m'envoyait une carte de Saint-Valentin en février.

– Il savait où tu étais ?

– Parfois je lui demandais du fric. »

Elle posa son stylo puis se leva. Sa jupe était assortie à sa veste : vinyle noir brillant. Maman allait détester, c'était sûrement pour ça, d'ailleurs, que Lauren l'avait achetée. Elle rassembla les papiers en un paquet net puis nous entrâmes dans la chambre.

Une housse mortuaire bleu pâle recouvrait entièrement la table d'embaumement. C'est tout juste si je ne me précipitai pas pour aller ouvrir la glissière. Lauren tendit les documents à maman, qui les parcourut rapidement avant de signer quelques feuilles puis de donner le tout au coroner.

« Merci, Ron. Bonne nuit.

– Je suis désolé de vous infliger ça à une heure pareille. »

Il s'adressait à ma mère mais regardait Lauren. Il était grand et coiffait ses cheveux noirs bien lissés en arrière.

« Pas de problème », répliqua maman.

Ron s'empara des papiers avant de sortir par la porte du fond.

« Voilà, j'ai fait ma part de travail, annonça ma sœur en adressant un sourire à Margaret et à moi et un hochement de tête poli à maman. Amusez-vous bien. »

Elle retourna à l'accueil, puis, quelques instants plus tard, j'entendis la porte d'entrée se fermer et le verrou tourner.

Je crevais d'impatience, mais n'osais rien dire. Déjà que ma mère tolérait tout juste ma présence ici, me montrer trop fébrile m'aurait sûrement valu d'être éjecté à coups de pied.

Ma mère regarda Margaret. Lorsqu'elles avaient le temps de se préparer, on les différenciait nettement, en revanche, prises au dépourvu comme c'était le cas à présent, dans leurs tristes vêtements d'intérieur et sans maquillage, on arrivait à peine à les distinguer l'une de l'autre.

« Allons-y. »

Ma tante mit la ventilation en marche.

« J'espère que ce satané ventilateur ne nous lâchera pas ce soir. »

Nous enfilâmes nos tabliers avant de bien nous laver les mains, puis ma mère ouvrit la housse. Contrairement à Mrs Anderson qui n'avait presque pas été manipulée, Jeb Jolley, lui, avait tellement été frotté, lavé, déplacé par Ron et les médecins légistes de l'État qu'il ne sentait presque que le désinfectant. Lorsque nous sortîmes le corps de la housse en le faisant rouler pour l'installer sur la table, la puanteur de la pourriture se diffusa plus lentement que d'habitude. Une gigantesque incision en Y allait d'une épaule à l'autre avant de descendre au centre de la poitrine. Dans la plupart des autopsies, cette ligne se poursuit jusqu'au pubis, mais là elle s'interrompait juste en dessous des côtes, où presque tout le ventre était désagrégé en un méli-mélo de tissus déchiquetés. Les lambeaux de peau avaient été étirés puis partiellement recousus, cependant il restait de nombreux trous. On apercevait les coins d'un sac plastique à travers les entailles de l'abdomen.

Je pensai aussitôt à Jack l'Éventreur, l'un des tout premiers tueurs en série répertoriés. Il lacérait ses victimes avec une telle férocité que la plupart d'entre elles devenaient méconnaissables, ou presque.

Jeb Jolley avait-il été attaqué par un serial killer ? C'était certes envisageable, mais à quelle catégorie appartenait l'agresseur ? Le FBI classe les tueurs en série en deux catégories : les organisés et les désorganisés. Un tueur organisé ressemble à Ted Bundy – courtois, charmeur, intelligent –, qui programmait ses meurtres et les dissimulait du mieux qu'il pouvait après les avoir commis. Un tueur désorganisé, en revanche, ressemble au Fils de Sam, qui, peinant à contrôler ses démons intérieurs, tuait de manière aussi soudaine que violente à chaque fois que ses démons se déchaînaient. Il s'était baptisé Mister Monster. Quel était le profil de l'assassin de Jeb : raffiné ou monstrueux ?

Dans un soupir, je m'efforçai d'écarter ces réflexions. J'avais toujours été obsédé par les serial killers et ce n'était pas la première fois que je brûlais d'en découvrir un dans ma ville natale. Il fallait que je me concentre à nouveau sur le corps lui-même et que je l'envisage tel qu'il était et non tel que je voulais qu'il soit.

Margaret écarta les chairs, révélant un grand sac plastique qui contenait la plupart des viscères. En règle générale, ceux-ci sont retirés au cours de l'autopsie, toutefois dans le cas de Jeb, bien sûr, ils avaient été sortis au moment de la mort ou légèrement avant. Ma tante posa le sac sur un chariot qu'elle poussa jusqu'au mur afin de s'occuper des organes : ils sont remplis de bile et autres saloperies, des trucs que le liquide d'embaumement ne peut pas traiter, du coup, il faut tout aspirer.

Lors d'un embaumement normal, cette tâche est effectuée après l'injection du formaldéhyde, mais l'avantage quand il s'agit d'un corps autopsié, c'est qu'on peut procéder à l'embaumement et au travail sur les organes en même temps. Ma mère et Margaret bossaient ensemble depuis tellement longtemps qu'elles agissaient harmonieusement sans avoir besoin de parler.

« Viens m'aider, John », me demanda ma mère en s'emparant du désinfectant.

Elle était bien trop perfectionniste pour ne pas laver un corps avant de l'embaumer, même quand il s'avérait aussi propre que celui-là. Bien que le cœur et les poumons fussent presque intacts, la cavité était large et vide, et le ventre de Jeb ressemblait à un ballon dégonflé et sanguinolent. Ma mère le nettoya avant de le couvrir d'un drap.

Une idée impromptue me traversa l'esprit : les organes avaient été empilés sur le lieu du crime. Or rares sont les meurtriers qui restent auprès du cadavre après l'assassinat, à l'exception des tueurs en série. Parfois ils lui donnent une pose, le défigurent ou bien encore se contentent de jouer avec comme s'il s'agissait d'une poupée. On appelle ce phénomène la ritualisation du meurtre et cela ressemblait fort à ce qui était arrivé aux organes de Jeb.

Il s'agissait peut-être bel et bien d'un serial killer. J'évacuai cette pensée d'un mouvement de tête et immobilisai le cadavre pendant que ma mère l'aspergeait de Dis-Spray.

Jeb avait une carrure imposante et ses membres semblaient encore plus ronds à présent qu'ils étaient remplis de fluides en stagnation. J'appuyai un doigt contre son pied, qui en garda l'empreinte pendant quelques secondes avant de reprendre lentement sa forme initiale, comme un Chamallow.

« Arrête de jouer », me tança ma mère.

Après avoir lavé le corps, nous retirâmes le drap qui recouvrait la cavité principale. Les entrailles étaient marbrées de graisse. L'état du système circulatoire permettait encore l'utilisation de la pompe, mais il y avait aussi un tas de plaies ouvertes et de fuites qui en diminueraient la pression et lui feraient perdre du liquide. Il allait falloir les refermer.

« Va me chercher du fil, une quinzaine de centimètres. »

Je retirai mes gants en plastique, les jetai dans la poubelle, puis me mis à couper des longueurs de fil. Ma mère palpait l'intérieur de la cavité à la recherche d'artères principales sectionnées et, à chaque fois qu'elle en trouvait une, je lui tendais de quoi la ligaturer. Pendant ce temps, Margaret alluma l'aspirateur et commença à aspirer toute la mélasse à l'intérieur de chacun des organes. Elle utilisait un outil appelé trocart : en gros, il s'agit d'un suceur muni d'une lame à l'extrémité. Elle l'enfonçait fermement dans un organe, aspirait la substance gluante puis passait au suivant.

Ma mère laissa dans la cavité thoracique une artère et une veine ouvertes, qu'elle relia ensuite à la pompe et au drain : nul besoin d'inciser l'épaule puisque le tueur s'était déjà chargé d'ouvrir la poitrine. Cette fois-ci, le premier produit chimique versé dans la pompe fut un coagulant, qui se diffusa lentement à travers le corps afin de refermer tous les trous. Une partie du liquide se mit à goutter dans le torse vide, fuyant par de minuscules veines trop petites pour être refermées à la main, mais, le coagulant faisant son office, cet épanchement cessa vite.

En attendant, j'examinais les balafres de l'abdomen. Leur animalité ne faisait aucun doute et sur le côté gauche, à un endroit, on voyait quelque chose qui ressemblait à une trace de griffes : quatre entailles crénelées, espacées d'environ deux centimètres, qui, de la taille jusqu'au ventre, mesuraient près de trente centimètres. C'était l'œuvre du démon, bien sûr, mais nous ne le savions pas encore. Et pour cause ! À ce moment-là, nous ne savions même pas que les démons existaient. En y superposant les doigts, je déduisis que l'auteur de cette marque, qui que ce fût, avait une main bien plus grosse que la mienne.

Ma mère me regarda, sourcils froncés, et s'apprêtait à dire quelque chose lorsque Margaret maugréa rageusement.

« Et merde, Ron ! »

Elle n'avait guère de respect pour le coroner. J'ignorai donc sa sortie et me retournai vers la marque de griffes.

« Qu'est-ce qu'il y a ? demanda ma mère en se dirigeant vers sa sœur.

– Il nous manque un rein. »

Cette remarque attira aussitôt mon attention. Les tueurs en série ont pour habitude de garder des souvenirs de leurs meurtres et les parties du corps constituent un des choix les plus connus.

« Ça fait deux fois que je passe en revue le contenu du sac, poursuivit Margaret. Ron n'est pas fichu de nous envoyer tous les organes, nom d'un chien !

– Il n'y en avait peut-être pas à envoyer », suggérai-je.

Elles me regardèrent, j'essayais de parler d'un ton nonchalant.

« Peut-être que le meurtrier l'a gardé. »

Ma mère fronça les sourcils.

« C'est...

– Parfaitement possible », la coupai-je.

Comment pouvais-je m'expliquer sans mentionner les tueurs en série ?

« Tu as vu la taille de cette marque de griffes, maman. S'il s'agit d'un animal qui est allé fourrager dans ses entrailles, ce n'est pas extrapoler que de penser qu'il en a profité pour manger quelque chose. »

Version plausible, mais je savais qu'il ne s'agissait pas d'un animal. Certaines balafres étaient trop précises et, bien sûr, il y avait la pile d'entrailles bien nette. Alors... un tueur en série qui chassait avec un chien ?

« Je vais vérifier les papiers », dit ma mère.

Sur ce, elle retira ses gants puis les jeta dans la poubelle en se dirigeant vers l'accueil.

Margaret fouilla une fois de plus le sac avant de secouer la tête : pas de rein. J'avais du mal à me contenir.

Ma mère revint avec une copie des documents que Lauren avait donnés au coroner.

« C'est écrit juste là, dans la case "commentaires" : *Pas de rein gauche.* Il n'est pas indiqué qu'ils le gardent comme preuve pour effectuer des tests, il n'y en a pas, c'est tout. Il se l'était peut-être fait enlever ou je sais pas. »

Margaret exhiba le rein droit et indiqua le tube sectionné qui menait au rein manquant.

« Il s'agit d'une coupure récente. Il n'y a pas de cicatrisation ni rien.

– Lauren aurait pu le signaler, quand même, s'énerva ma mère en posant les papiers avant de sortir une autre paire de gants en plastique de la boîte. Il faudra que je lui en touche un mot. »

Les deux sœurs se remirent au travail, tandis que je restais planté là : un tourbillon d'énergie me remplissait et me vidait à la fois. Il ne s'agissait ni d'un meurtre ni d'un animal sauvage.

Jeb Jolley avait été victime d'un serial killer.

Ce dernier était peut-être venu d'une autre ville, ou alors il s'agissait de son premier meurtre, mais, peu importe, c'était bel et bien un tueur en série. Les indices me paraissaient évidents à présent. Une victime incapable de se défendre, à qui on ne connaissait ni ennemis, ni amis proches, ni parents. Ses compagnons de bar disaient qu'avant de partir il avait passé une soirée tranquille, de bonne humeur, sans engueulades ni bagarres, il ne s'agissait donc pas d'un crime passionnel ni dû à l'alcool. Une personne animée par le besoin de tuer avait attendu derrière la laverie et Jeb avait joué de malchance, il s'était trouvé au mauvais endroit au mauvais moment.

Les journaux et le lieu du crime lui-même racontaient une histoire confuse d'acharnement mêlé de simplicité – de violence animale irréfléchie cédant la place à un comportement calme et rationnel. Après avoir éventré le corps, le tueur empilait les entrailles puis prenait manifestement le temps de s'arrêter, de se calmer et de retirer un organe bien précis.

La mort de Jeb Jolley constituait presque un cas d'école de tueur désorganisé, qui, après s'être violemment déchaîné sur sa victime, s'attarde un moment, dépourvu d'émotion comme d'empathie, afin de ritualiser le cadavre – de le disposer, de prendre un souvenir et de laisser le reste à la vue de tout le monde.

Pas étonnant que la police n'ait pas mentionné le rein volé. Si on était venu à savoir qu'un tueur en série dérobait des parties de corps, une panique gigantesque s'en serait suivie. Les gens ne se sentaient déjà pas trop en sécurité, or il ne s'agissait que du premier décès.

Mais ce ne serait pas le dernier. Après tout, il s'agit là du trait caractéristique des tueurs en série : ils tuent en série.

4

On était au début du mois d'octobre, la saison où brûlent les feuilles. L'automne était la période de l'année que je préférais, non pas à cause de la reprise des cours, des légumes récoltés, ni quoi que ce soit de banal, mais parce qu'à cette époque-là les citoyens de Clayton County ratissaient leurs feuilles pour les brûler et les flammes s'élevaient haut dans l'air automnal vivifiant. Nous n'avions qu'un petit jardin sans presque aucun arbre, en revanche le couple de personnes âgées qui vivait de l'autre côté de la rue en possédait un grand où poussaient un tas de chênes et d'érables, et ils n'avaient ni enfants ni petits-enfants pour s'en occuper à leur place. L'été, je tondais leur pelouse pour cinq dollars par semaine; l'hiver, je déneigeais leurs allées pour des tasses de chocolat chaud; et, l'automne, je ratissais leurs feuilles pour le simple plaisir de les regarder se consumer.

Le feu est une chose brève, temporaire: c'est l'impermanence incarnée. Il apparaît sans crier gare, naissant dans un grondement lorsque chaleur et combustible s'unissent pour s'embraser, puis effectue une danse vorace tandis que tout, autour de lui, noircit et se recourbe. Quand il ne reste plus rien à dévorer, il disparaît, ne laissant que la cendre du combustible inutilisé: ces bouts de bois, de feuilles et de papiers qui n'étaient pas assez purs pour brûler, pas assez dignes pour prendre part à sa danse.

Moi, j'ai l'impression que le feu ne laisse absolument rien derrière lui: après tout, la cendre ne fait pas partie de la flamme, mais du combustible. Le feu le fait passer d'un état à un autre, aspirant son énergie et le transformant en... euh... en davantage de feu.

Le feu ne crée rien de nouveau, il *est*, tout simplement. Si son existence implique la destruction d'autres choses, eh bien, lui, il s'en fout. Il estime que c'est là leur principale raison d'être. Quand elles disparaissent, lui aussi disparaît, et même s'il est possible de trouver des preuves de son passage, on ne trouvera rien du feu lui-même : ni lumière, ni chaleur, ni minuscules fragments rouges provenant d'une flamme esseulée. Il retourne là d'où il est venu et s'il avait la faculté de sentir ou de se rappeler, nous n'aurions de toute façon aucun moyen de savoir s'il sent notre présence ni s'il se rappelle de nous.

Parfois, quand je scrute le cœur bleu vif d'une flamme qui danse, je lui demande si elle se souvient de moi. « On s'est déjà vus, dis-je. On se connaît. Souviens-toi de moi quand je ne serai plus là. »

Mr Crowley, le vieux monsieur pour qui je brûlais les feuilles, aimait s'asseoir sous sa véranda, histoire de « regarder passer le monde » comme il disait, et si j'étais justement en train de ratisser son jardin, il me racontait sa vie. Il avait été ingénieur hydraulique pour le comté presque toute sa carrière, jusqu'à l'année précédente où il avait dû prendre sa retraite car sa santé ne lui permettait plus de travailler. Il était vieux, de toute façon. Désormais il marchait tout doucement et, quand il s'asseyait, il reposait non sans mal sa jambe sur un tabouret.

« Bonjour, John. Bonjour. »

Il était vieux, certes, mais doté d'une carrure imposante, bien bâti et costaud : sa santé déclinait, mais il était loin d'être faiblard.

« Bonjour, monsieur Crowley.

– Ce n'est pas la peine de t'embêter, tu sais. »

Il désignait d'un geste circulaire la pelouse couverte de feuilles.

« Il va en tomber encore plein avant que tu finisses et tu n'auras plus qu'à tout recommencer.

– Ça fait durer le plaisir », répondis-je.

Il hocha la tête, satisfait.

« C'est bien vrai, John, c'est bien vrai. »

Je ratissai encore un moment, regroupant les feuilles avec des mouvements harmonieux et réguliers. L'autre raison pour laquelle je voulais m'occuper de son jardin cet après-midi-là, bien sûr, c'était que près d'un mois s'était écoulé sans que le tueur en série frappe à nouveau. Cette tension me rendait nerveux, j'avais besoin de brûler quelque chose. Je n'avais confié à personne mes soupçons concernant la nature du meurtrier : qui m'aurait cru ? J'étais déjà obsédé par les serial killers, alors les gens auraient dit : ben, voyons... Je m'en fichais. Peu importe ce que pensent les autres quand on a raison.

« Hé, John ! Viens par là une minute », appela Mr Crowley.

D'un geste, il m'invita à le rejoindre près de sa chaise. Cette interruption me fit grimacer, mais, une fois calmé, je m'approchai quand même. Parler est un acte normal : c'est ce que font ensemble les gens normaux. J'avais bien besoin d'entraînement.

« Est-ce que tu t'y connais en téléphone portable ? me demanda-t-il en me montrant le sien.

– Un peu.

– Je voudrais envoyer un bisou à ma femme.

– Vous voulez envoyer un bisou ?

– Kay et moi nous les sommes achetés hier, expliqua-t-il en manipulant maladroitement son portable. On est censés pouvoir prendre des photos et se les envoyer. Donc je voudrais envoyer un bisou à Kay.

– Vous voulez prendre une photo de vous les lèvres tendues et ensuite la lui envoyer ? »

Parfois, je ne comprenais vraiment pas les gens. Regarder Mr Crowley parler d'amour, c'était comme l'entendre parler une langue étrangère. Je n'avais pas la moindre idée de ce qui se passait.

« À t'entendre, on dirait que tu l'as déjà fait, commenta-t-il en me tendant le téléphone d'une main tremblante. Montre-moi comment on s'y prend. »

Le bouton « appareil photo » était très clairement indiqué, je lui montrai donc comment procéder, puis il prit un cliché flou de ses lèvres. Je lui expliquai ensuite comment l'envoyer avant de retourner à mon râteau.

L'idée que j'étais peut-être un sociopathe n'avait pour moi rien d'inédit : je savais depuis longtemps que j'étais incapable de communiquer avec les gens. Je ne les comprenais pas, ils ne me comprenaient pas non plus ; la langue émotionnelle qu'ils parlaient, quelle qu'elle soit, semblait dépasser mon entendement. Le trouble de la personnalité antisociale ne peut être diagnostiqué officiellement qu'à partir de dix-huit ans. Avant cet âge, on parle simplement de « trouble de la conduite », mais soyons francs : il ne s'agit là que d'une façon d'annoncer en douceur aux parents que leur gosse souffre d'un TPA. Je ne vois pas pourquoi on tourne autour du pot. J'étais un sociopathe, mieux valait prendre tout de suite en charge ma maladie.

Je ratissai le tas de feuilles jusque dans un vaste foyer situé de l'autre côté de la maison : les Crowley s'en servaient l'été pour les feux de joie et les grillades, auxquels ils invitaient tout le quartier. J'y allais à chaque fois, ignorant les gens pour m'occuper uniquement du feu. S'il s'agissait d'une drogue, Mr Crowley constituait mon meilleur fournisseur.

« Johnny ! cria-t-il depuis la véranda. Elle m'a répondu avec un bisou ! Viens voir ! »

Je lui souris, m'efforçant de feindre le lien émotionnel que je n'éprouvais pas. Je voulais être un garçon comme les autres.

Cette absence de lien donne l'impression bizarre d'être un étranger isolé : comme si on observait la race humaine depuis une autre planète, aussi indifférent qu'indésirable. Cela faisait des années que j'avais ce sentiment, bien avant que je rencontre le Dr Neblin et bien avant que Mr Crowley envoie des mots doux ridicules avec son portable. Les gens courent dans tous les sens pour se rendre à leur petit boulot et élever leur petite famille en hurlant leurs émotions futiles à la face du monde, et toi, pendant ce temps-là, tu restes sur la touche à observer, abasourdi. Chez certains sociopathes, ce phénomène nourrit un sentiment de supériorité, comme si l'humanité entière n'était constituée que d'animaux qu'il fallait chasser ou piquer, tandis que d'autres, jaloux, ressentent une colère noire et sont prêts à tout pour obtenir ce qu'ils ne peuvent avoir. Moi, je me sentais simplement seul, pareil à une feuille oubliée à des kilomètres d'un gigantesque tas.

J'empilai précautionneusement du bois d'allumage puis jetai une allumette au centre. Les feuilles s'enflammèrent, les flammes montèrent, aspirant l'air, puis, un instant plus tard, le tout ronflait sous la chaleur et le feu chatoyant dansait malicieusement.

Une fois qu'il se serait consumé, que resterait-il ?

Cette nuit-là, l'assassin frappa de nouveau.

Je l'appris en regardant la télé pendant mon petit déjeuner. De par son caractère gore, la première mort avait légèrement suscité la curiosité ; la deuxième, en revanche – tout aussi gore que la première mais bien moins discrète –, avait attiré l'attention d'un journaliste local et de son équipe de tournage. Ils y avaient assisté en direct et, à la grande consternation du shérif de Clayton County, diffusaient dans tout l'État les images floues, filmées de loin, d'un corps éviscéré.

Désormais, plus de doute possible. Il s'agissait bien d'un tueur en série. Ma mère arriva de la pièce d'à côté, le visage à moitié maquillé ; je levai les yeux vers elle, elle soutint mon regard. Aucun de nous ne prononça un mot.

« Ici Ted Rask, en direct de Clayton, une ville d'ordinaire paisible qui est aujourd'hui le théâtre d'un meurtre véritablement effroyable – il s'agit du deuxième de cette nature en l'espace de moins d'un mois. Vous assistez à un reportage exclusif de Five Live News. Je me trouve à présent avec le shérif Meier. Shérif, pouvez-vous me dire ce que vous savez au sujet de la victime ? »

Derrière sa grosse moustache grise, Meier semblait renfrogné, il jeta un regard noir au journaliste qui s'approchait de lui. Rask était connu pour couvrir les mélodrames à sensations, or, à voir l'expression menaçante du policier, je compris que cette perspective ne l'enchantait guère.

« À ce stade-là, nous ne souhaitons pas ajouter au désarroi de la famille de la victime, ni effrayer de manière injustifiée les habitants de ce comté, et nous apprécierions que tout le monde coopère en gardant son calme et en ne répandant pas de rumeurs ni d'informations erronées au sujet de cet incident. »

Il avait complètement esquivé la question du journaliste. Au moins il ne se couchait pas devant Rask sans opposer de résistance.

« Avez-vous déjà identifié la victime ?

– Il portait ses papiers sur lui, mais, à ce stade, nous ne souhaitons pas divulguer cette information.

– Et le tueur, avez-vous une idée de qui ça pourrait être ?

– À ce stade, nous ne divulguons pas cette information.

– Comme cet incident talonne de près le dernier et s'avère de nature très similaire, pensez-vous qu'il y ait un lien entre les deux ? »

Le shérif ferma un instant les yeux, soupir visuel, et laissa passer quelques secondes avant de répondre.

« Pour le bon déroulement de notre enquête, nous ne souhaitons pas discuter de la nature de ce cas à ce stade. Comme je le disais, nous apprécierions que tout le monde conserve calme et discrétion en ne répandant pas de rumeurs sur cet incident.

– Merci, shérif. »

La caméra pivota pour filmer Rask en gros plan.

« Si vous venez de nous rejoindre, je le répète, nous sommes à Clayton County, où un meurtrier vient juste de frapper, probablement pour la deuxième fois, laissant dans son sillage un cadavre et une ville terrifiée.

– Quel imbécile, ce Ted Rask ! s'exclama ma mère en se dirigeant d'un pas rageur vers le frigo. S'affoler de l'existence d'un tueur de masse, c'est bien la dernière chose dont cette ville ait besoin. »

Meurtres de masse et meurtres en série sont deux choses complètement différentes, mais, à ce moment-là, je n'avais pas spécialement envie de polémiquer sur cette distinction.

« Je crois que la dernière chose que nous voulions ce sont les meurtres, hasardai-je. S'en affoler serait plutôt l'avant-dernière.

– Dans une petite ville comme celle-ci, l'affolement serait tout aussi nocif, voire davantage, répliqua-t-elle en se servant un verre de lait. Soit les gens prennent peur et ils s'en vont, soit ils s'enferment chez eux le soir venu, et tout à coup les commerces commencent à péricliter et la tension monte encore d'un cran. »

Elle but une rasade de lait.

« Et à ce stade-là, il suffit que quelqu'un de mesquin se mette à chercher un bouc émissaire pour que très vite l'affolement se transforme en meurtre.

– Nous ne pouvons pas vous montrer le corps, dit Rask à la télé, car il est véritablement effroyable à voir, sans compter que la police refuse de nous laisser approcher, toutefois nous connaissons quelques détails. Il semblerait que personne n'ait été témoin de l'assassinat, mais, d'après ceux qui ont vu le cadavre de près, il y a beaucoup plus de sang sur le lieu du crime que lors du meurtre précédent ; s'il s'agit du même assassin, il est possible que son agressivité augmente, ce qui ne laisserait rien présager de bon pour la suite.

– Comment peut-il dire une chose pareille ! s'exclama ma mère en croisant furieusement les bras. Je vais écrire à la chaîne dès aujourd'hui.

– Il y a une tache de pétrole ou de quelque chose d'approchant par terre, près du corps, poursuivit Rask, une fuite dans le moteur de la voiture du fuyard pourrait en être à l'origine. Nous vous donnerons plus de détails quand nous en aurons. Ici Ted Rask avec un reportage exclusif pour Five Live News : la mort frappe au cœur des États-Unis. »

Je repensai à la tache que j'avais vue derrière la laverie : noire et huileuse, comme de la boue rance. La tache de pétrole près du corps de la nouvelle victime était-elle similaire ? Des liens obscurs reliaient ces affaires et j'étais bien déterminé à les mettre à jour.

« La question clé du profilage psychologique, dis-je en regardant fixement Max qui mangeait son déjeuner, ce n'est pas "Que fait le tueur ?" mais "Que fait-il sans y être obligé ?"

– C'est un loup-garou, mec, répliqua Max.

– Pas du tout.

– T'as vu les infos aujourd'hui. Le tueur a "l'intelligence d'un homme et la férocité d'une bête". Qu'est-ce que ça peut être d'autre ?

– Les loups-garous, ça n'existe pas.

– Va le dire à Jeb Jolley et au type qui est mort sur la D12, rétorqua Max en mordant à nouveau dans son sandwich avant de poursuivre la bouche pleine. Y se sont fait méchamment charcuter, et c'était pas le coup d'une tarlouse de serial killer.

– Il y a de fortes chances que ce soient les tueurs en série qui soient à l'origine des légendes de loups-garous et de vampires : un homme qui chasse et tue d'autres hommes, pour moi, c'est un tueur en série. À l'époque, la psychologie n'existait pas, du coup on a inventé une espèce de monstre déjanté pour expliquer les meurtres.

– D'où tu sors ça ?

– Internet, mais j'essaie de t'expliquer ma théorie. Si tu veux rentrer dans la tête d'un serial killer, il faut te demander : "Que fait-il sans y être obligé ?"

– Et pourquoi je voudrais rentrer dans la tête d'un serial killer ?

– Quoi ? Et pourquoi tu voudrais pas ? OK, écoute, il faut qu'on découvre la raison de ses agissements.

– Bah non, ça c'est le boulot de la police. Nous, on est au lycée, et ce qu'il faut qu'on découvre, c'est la couleur du soutif de Marci. »

Pourquoi est-ce que je traîne avec ce type ?

« Changeons de point de vue. Disons que tu es un grand fan de... t'es fan de quoi ?

– De Marci Jensen. Et de *Halo* et de *Green Lantern* et...

– *Green Lantern*. La BD. T'es un grand fan de BD, alors disons qu'un nouvel auteur de BD débarque en ville.

– Classe.

– Ouais, et il bosse sur une toute nouvelle BD et toi tu veux découvrir ce que c'est. Ce serait classe, ça ?

– Je viens de te le dire.

– Tu y penserais tout le temps, tu essaierais de deviner ce qu'il dessine, tu comparerais tes théories avec celles des autres, ça t'éclaterait.

– Ouais.

– Pour moi, c'est la même chose. Un nouveau tueur en série, c'est comme un nouvel auteur qui travaille sur un nouveau projet, et il est juste là, en ville, sous notre nez, alors moi j'essaie de le percer à jour.

– T'es ouf, mec. T'es vraiment ouf, démoulé trop chaud, bon à enfermer.

– Mon psy, lui, trouve que je m'en sors très bien.

– Ouais, bref. Alors, c'est quoi notre grande question ?

– *Que fait le tueur sans y être obligé ?*

– Et comment on sait ce qu'il est obligé de faire ?

– Techniquement, tout ce qu'il est obligé de faire, en supposant que son objectif de base soit de tuer les gens, c'est de leur tirer dessus. C'est le moyen le plus simple.

– Sauf qu'il les éventre.

– Alors on tient notre premier point : il approche frontalement sa victime puis l'attaque au corps à corps. »

Je sortis un calepin pour noter.

« Cela signifie certainement qu'il veut voir ses victimes de près.

– Pourquoi ?

– Je ne sais pas. Quoi d'autre ?

– Il les attaque la nuit, dans l'obscurité. »

Max commençait à se prendre au jeu.

« Et il les attrape quand il n'y a personne aux alentours, ajouta-t-il.

– Ça, il faut sûrement le classer dans la catégorie des choses qu'il *doit* faire, surtout s'il tient à attaquer ses victimes de près. Il ne veut être vu par personne d'autre.

– Ça ne rentre pas dans notre liste, ça ?

– Je suppose que si, mais aucun tueur ne veut vraiment être vu, donc il ne s'agit pas d'un trait particulier.

– Vas-y, mets-le sur la liste. Y a pas de raison que ce soit toujours tes idées qui soient dessus.

– D'accord, dis-je en prenant note, c'est sur la liste. Il ne veut pas être vu ; il veut que personne ne sache qui il est.

– Ou ce qu'il est.

– Ou ce qu'il est. Peu importe. Allez, on continue.

– Il arrache les tripes de ses victimes et ensuite il les empile. Ça, c'est classe. On pourrait l'appeler l'Empileur de tripes.

– Et pourquoi est-ce qu'il empile leurs tripes ? »

Une fille longea notre table en nous jetant un regard bizarre, je baissai la voix.

« Peut-être qu'il veut prendre son temps avec ses victimes pour bien profiter du crime.

– Tu crois qu'il leur arrache les tripes quand ils sont encore vivants ? demanda Max.

– Non, je suis pas sûr que ce soit possible. Ce que je veux dire, c'est qu'il veut peut-être profiter du crime après qu'il a eu lieu. Il y a une citation célèbre de Ted Bundy…

– Qui ça ?

– Ted Bundy. Il a tué une trentaine de personnes à travers tout le pays dans les années 1970. C'est suite à ses meurtres que le terme "tueur en série" a été inventé.

– Tu sais des trucs chelous.

– Enfin bref, lors d'une interview réalisée avant son exécution, il a dit qu'après avoir tué quelqu'un, si on avait suffisamment de temps, on pouvait lui attribuer l'identité de son choix. »

Max resta un instant silencieux.

« Je ne sais pas si j'ai encore envie de parler de ça, dit-il.

– Qu'est-ce que tu racontes ? Y a trente secondes ça te dérangeait pas.

– Y a trente secondes, on parlait de tripes qui dégueulent, et ça c'est juste dégueu, pas flippant. Alors que ton histoire, là, c'est un peu tordu.

– Mais on vient juste de s'y mettre. On commençait juste à rentrer dedans. On parle du profil d'un tueur en série, alors forcément c'est tordu !

– Ouais, ben, ça me fout les jetons, OK ? Je sais pas. Faut que j'aille aux chiottes. »

Sur ce, il s'en alla, mais sans emporter son déjeuner. Au moins, il ne partait pas pour de bon. De toute façon, je m'en foutais pas mal.

Pourquoi n'arrivais-je pas à avoir une conversation normale avec quelqu'un ? Sur un sujet dont je voulais parler ? Étais-je vraiment timbré à ce point ?

Ouais.

5

Quelques kilomètres après notre maison, en dehors de la ville, il y a un lac. Son vrai nom, c'est Clayton Lake, ce qui ne devrait pas vous surprendre puisque tout, dans ce comté, s'appelle Clayton, mais moi je préférais l'appeler le lac Marginal. Il fait environ un kilomètre et demi de large et quelques kilomètres de long, mais il n'y a pas de marina, rien : les plages, marécageuses, sont couvertes de roseaux et, chaque été, l'eau se remplit d'algues, du coup personne ne va vraiment y nager. L'hiver, il gèle, alors les gens vont y patiner ou pêcher, mais c'est à peu près tout. Une saison sur deux, il n'y a vraiment aucune raison d'y aller, personne n'y fait rien.

Du moins c'est ce que je croyais avant de tomber sur les marginaux.

Pour être franc, je ne sais pas s'ils le sont vraiment, mais j'ai la nette impression qu'il y a un truc qui cloche chez eux. J'étais tombé sur eux l'année précédente quand, incapable de supporter de rester seul à la maison avec ma mère une minute de plus, j'avais enfourché mon vélo et étais sorti de la ville, direction nulle part. Je n'allais pas au lac, j'allais, c'est tout, et le lac se trouvait justement dans la même direction. J'étais passé à côté d'un type assis dans une voiture garée sur le bas-côté, il restait là sans bouger. Ensuite j'en avais dépassé un autre. Un kilomètre plus loin, j'avais longé un camion vide, j'ignore où se trouvait le chauffeur. Encore une centaine de mètres après, une femme se tenait appuyée contre le capot de sa voiture sans parler à personne, le regard vide, elle était juste appuyée là.

Que faisaient-ils tous là ? Le lac n'offrait pas un paysage exceptionnel. Il n'y avait rien à y faire. J'avais tout de suite pensé à des activités illicites (trafic de drogue, liaisons secrètes, lancer de cadavres dans le lac) mais je ne crois pas qu'il s'agissait de ça. Je crois plutôt que ces gens se trouvaient là pour la même raison que moi : ils avaient besoin de s'éloigner de tout. Des marginaux, quoi.

Après cet épisode, je me suis rendu au lac Marginal à chaque fois que j'avais envie d'être seul, ce qui arrivait de plus en plus souvent. Les marginaux étaient là, parfois les mêmes, parfois des différents, égrenés le long de la route en bordure du lac comme un collier de perles délaissées. Nous ne parlions jamais : on n'arrivait à s'intégrer nulle part, il était donc absurde de croire qu'on y arriverait mieux ici. On se contentait d'y aller, d'y rester, de réfléchir et de repartir.

Après sa crise pendant la pause déjeuner, Max garda ses distances le reste de la journée et à la fin des cours je me rendis en vélo au lac Marginal pour méditer. Les feuilles orange vif avaient depuis longtemps viré au brun et l'herbe sur le bas-côté était raide morte.

« Qu'est-ce que le tueur avait fait sans y être obligé ? »

Je m'interrogeais tout haut en me chauffant dans une tache de soleil après avoir laissé tomber mon vélo par terre. J'avais aperçu d'autres voitures, toutefois aucune n'était suffisamment proche pour que quelqu'un m'entende. Les marginaux respectaient l'intimité de chacun.

« Il a volé un rein à la première victime, mais qu'a-t-il pris à la deuxième ? »

La police refusait de parler, cependant le corps arriverait bientôt au funérarium. Je ramassai une pierre puis la jetai dans le lac.

J'observai la voiture la plus proche, quelques centaines de mètres plus loin : une vieille voiture blanche, dont le conducteur avait les yeux rivés sur l'eau.

« C'est toi, l'assassin ? » murmurai-je.

Ce jour-là il y avait cinq ou six personnes, à différents endroits de la route. Combien de temps restait-il avant que la prédiction de ma mère se réalise et que, en ville, les habitants se mettent à s'accuser les uns les autres ? Comme les gens redoutaient la différence, c'est le plus différent de tous qui gagnerait le gros lot de la chasse aux sorcières. S'agirait-il d'un des marginaux qui se réfugiaient au lac ? Que lui feraient-ils ?

Tout le monde savait que j'étais un marginal. Serait-ce *moi* qu'ils accuseraient ?

Le deuxième cadavre arriva au funérarium huit jours plus tard. Maman et moi n'avions pas beaucoup parlé de ma sociopathie, mais j'avais redoublé mes efforts au lycée, histoire de la dépister, de l'obliger à considérer mes côtés positifs plutôt que mes côtés détraqués. Apparemment, mon stratagème avait fonctionné puisque, quand je rentrai à la maison après les cours et que je les trouvai dans la chambre mortuaire en train de travailler sur le corps de la deuxième victime, ma mère ne prononça pas un mot lorsque, après avoir enfilé tablier et masque, je me mis à les aider.

« Qu'est-ce qu'il manque ? » demandai-je.

Je présentais les bouteilles à ma mère tandis qu'elle versait du formaldéhyde dans la pompe. À côté, sur la paillasse, Margaret s'affairait à enfoncer le trocart dans le peu d'organes qu'il y avait afin de les nettoyer en les aspirant. J'en déduisis que le reste se trouvait certainement déjà à l'intérieur. Ma mère avait recouvert le cadavre d'un drap et je ne voulais pas me risquer à jeter un coup d'œil en dessous alors qu'elle se tenait juste à côté.

« Quoi ? demanda ma mère, les yeux fixés sur les graduations du réservoir pendant qu'elle versait.

– La dernière fois, il manquait un rein. De quel organe s'agit-il cette fois-ci ?

– Les organes sont tous là, s'esclaffa-t-elle. Faut pas s'acharner comme ça sur Ron : il va quand même pas perdre quelque chose à chaque fois. Par contre, j'ai parlé des documents à ta sœur, je lui ai dit qu'il fallait qu'elle les lise un peu plus attentivement et qu'elle m'informe de toute anomalie éventuelle. Parfois je ne sais pas quoi faire avec cette fille.

– Mais... tu es sûre ? »

Le tueur devait prendre quelque chose, c'était obligé.

« Il s'agit peut-être de la vésicule biliaire, Ron a dû croire que le type se l'était fait enlever avant et du coup il n'a rien remarqué.

– John... Ron et la police – ainsi que le FBI, devrais-je préciser – ont gardé ce corps pendant plus d'une semaine. Les médecins légistes l'ont passé au peigne fin en quête du moindre détail qui leur permettrait de choper ce malade. S'il avait manqué un organe, ils l'auraient remarqué.

– Il fuit », dis-je en montrant du doigt l'épaule gauche du cadavre.

Un produit chimique bleu vif troublé par des traînées de sang épais suintait à travers le drap.

« Je croyais l'avoir mieux rafistolé que ça », commenta-t-elle en refermant le formaldéhyde avant de me le passer.

Elle repoussa le drap, révélant le moignon de l'épaule entouré d'un bandage serré, dont la partie inférieure était à moitié trempée par le liquide violacé gluant. Le bras manquait.

« Et merde ! » s'exclama ma mère.

Sur ce, elle se mit en quête de bandages.

« Et son bras ? »

Je levai les yeux vers elle.

« Je t'ai demandé ce qui manquait et tu n'as pas pensé à me parler de son bras ?

– Quoi ? intervint Margaret.

– Le tueur a pris le bras. »

Je me dirigeai vers le cadavre pour repousser le drap. L'abdomen était ouvert, comme la fois précédente, mais pas de façon aussi atroce : les entailles, plus petites, étaient aussi moins nombreuses. Le fermier décédé – Dave Bird, à en croire l'étiquette – n'avait pas été éviscéré.

« L'éviscération et l'empilement des organes : il n'y a pas procédé cette fois-ci.

– Qu'est-ce que tu fabriques ? aboya ma mère en m'arrachant le drap des mains pour recouvrir le corps. Fais preuve d'un peu de respect ! »

Je parlais trop, j'en étais bien conscient, pourtant je n'arrivais pas à m'arrêter. C'était comme si on m'avait ouvert le cerveau et que toutes les pensées qui s'y trouvaient se déversaient par terre.

« Je croyais qu'il faisait quelque chose avec les organes, alors qu'en réalité il s'était contenté de les fouiller pour trouver ce qu'il voulait. Il ne les organisait pas, il ne jouait pas avec non plus et...

– John Wayne Cleaver ! tonna ma mère. Mais qu'est-ce que tu racontes, bon sang ?

– Ça change complètement le profil. »

J'aurais voulu la fermer, mais ma bouche continuait malgré moi. Ma nouvelle découverte était bien trop excitante.

« L'important ce n'est pas ce qu'il *fait* aux corps, c'est ce qu'il leur *prend*. Sortir toutes les tripes, c'était un simple moyen de trouver un rein, pas un rituel macabre...

– Un rituel macabre ? » répéta ma mère.

Margaret posa le trocart et me regarda ; je sentais leurs yeux me transpercer et je compris que j'allais avoir des problèmes. J'en avais beaucoup trop dit.

« Tu veux bien t'expliquer ? » demanda ma mère.

Il fallait que j'arrive à faire marche arrière, mais je m'étais déjà trop enfoncé.

« Je disais simplement que le tueur ne jouait pas avec les corps. C'est bon signe, non ?

– Tu étais tout excité, répliqua ma mère d'un ton accusateur. Tu étais aux anges devant le cadavre de cet homme et la façon dont il a été éventré.

– Mais...

– J'ai vu de la joie sur ton visage, John, c'est bien la première fois que ça arrive, il me semble, or ce qui l'a provoquée c'est un cadavre, une vraie personne, avec une vraie famille, une vraie vie, et toi tu t'en repais.

– Non, ce n'est pas...

– Dehors, intima ma mère d'un ton catégorique.

– Quoi ?

– Dehors ! Désormais, tu n'es plus autorisé à venir ici.

– Tu n'as pas le droit !

– Je suis à la fois la propriétaire et ta mère, et puis toi tu t'emballes beaucoup trop sur cette affaire, je n'aime ni ton comportement ni les choses dont tu parles.

– Mais...

– Il y a longtemps que j'aurais dû prendre cette décision, coupa-t-elle, une main sur la hanche. Tu es interdit de chambre funéraire. Margaret ne te laissera pas entrer non plus et j'en informerai aussi Lauren. Il est temps que tu te trouves des loisirs normaux et de vrais amis, et je n'admettrai aucune contestation.

– Maman !

– Aucune. Va-t'en. »

J'avais envie de la cogner. De cogner les murs, les paillasses, le fermier mort étendu sur la table et de prendre le trocart pour le balancer dans la sale tronche de ma mère, histoire de lui aspirer le cerveau...

Non. Calme-toi.

Je fermai les yeux. J'enfreignais beaucoup trop de règles. Je n'avais pas le droit de nourrir de telles pensées, je ne pouvais pas laisser ma colère prendre le dessus. Les yeux toujours clos, lentement, je retirai mes gants puis mon masque.

« Je suis désolé. Je... »

Je ne pouvais pas sortir comme ça et ne jamais revenir. Il fallait que je me batte et...

Non. Calme-toi.

« Je suis désolé », répétai-je.

J'enlevai mon tablier avant de sortir par la porte du fond. Je pourrais m'occuper de ça plus tard. Pour l'instant, le plus important, c'était mon règlement.

Il fallait que j'empêche le monstre de briser le mur.

Je détestais Halloween. C'était tellement crétin : personne n'avait vraiment peur, tout le monde se baladait couvert d'hémoglobine ou bien se trimballait avec des couteaux en caoutchouc, ou, pire que tout, portait des déguisements qui ne foutaient même pas les jetons. Halloween est censé être la nuit où les esprits malins viennent sur terre – la nuit où les druides brûlent les enfants dans des cages en osier. Se déguiser en Spider-Man, où est le rapport ?

Je m'étais désintéressé de cette fête à l'âge de huit ans, à peu près à l'époque où j'avais commencé à me renseigner sur les tueurs en série. Cela ne signifiait pas que j'avais arrêté de me déguiser, mais simplement que j'avais arrêté de choisir mes costumes. Chaque année, ma mère en choisissait un, je le portais sans y prêter attention et je l'oubliais jusqu'à l'année suivante. En CM1, elle avait été jusqu'à m'envoyer à l'école en robe. Je ne le lui ai jamais pardonné. Un jour il faudra que je lui parle d'Ed Gein, que sa mère avait déguisé en fille pendant presque toute son enfance. Adulte, il s'est mis à tuer des femmes et à confectionner des vêtements avec leur peau.

Cette année-là, on aurait pu croire que ça allait être plutôt sympa, Halloween. Après tout, on avait en ville un véritable démon, avec crocs, griffes et tout le bastringue. C'était pas rien, quand même. Mais personne n'était encore au courant et, jusque-là, il n'avait tué que deux personnes, du coup, au lieu de nous terrer, tremblants, dans nos caves, à prier pour notre salut, on s'est retrouvés dans le gymnase du lycée à faire semblant de s'éclater au bal d'Halloween. Des deux options, je ne sais pas trop quelle est la pire, d'ailleurs.

Les bals du collège avaient été désastreux, pourtant ma mère m'obligeait chaque fois à y aller et, comme elle n'avait pas l'intention de changer de politique à mon entrée au lycée, j'espérais au moins qu'ils s'amélioreraient. Mais non. Le bal d'Halloween se révéla particulièrement débile : c'était l'heure où tous les lycéens balourds en phase de mutation et mal dans leur peau se rassemblaient, déguisés, pour tenir les murs du gymnase tandis que des lumières colorées clignotaient mollement et que le proviseur adjoint passait des chansons pour gamins de dix ans sur la sono du bahut. Dans le cadre de l'initiative maternelle « fais-toi de vrais amis », je fus comme d'habitude contraint de m'y rendre, toutefois, dans un élan de bonne volonté, ma mère m'autorisa à choisir mon déguisement. Sachant que ça lui foutrait les boules, j'y allai en clown.

Max, lui, incarnait une espèce de soldat de commando, il portait la veste de camouflage de son père et des taches de maquillage marron sur le visage. Bien qu'on nous ait avertis à plusieurs reprises de ne pas apporter d'armes, il s'était aussi acheté un pistolet en plastique, que le proviseur lui avait évidemment confisqué à l'entrée.

« C'est dégueulasse », s'offusqua Max en tapant du poing.

Il fusillait du regard le proviseur qui se trouvait à l'autre bout du gymnase.

« Je vais aller le récupérer, mon cochon, je te jure. Tu crois qu'il va me le rendre ?

– M'aurais-tu traité à l'instant de "cochon" ?

– Mec, sur ma vie, je vais aller reprendre mon feu, y va rien comprendre. Mon père m'a montré des techniques trop bien : y me verra même pas approcher.

– Tu ne portes pas le bon camouflage. »

On occupait notre poste habituel – traîner dans un coin – d'où j'observais les allées et venues des gens entre les murs et le buffet.

« Mon père a eu cette veste en Irak, expliqua Max. C'est pas de la daube.

– Alors ce sera top quand Mr Layton cachera ton pistolet en Irak, mais là on est dans un bal de lycée en plein Dakota du Nord. Si tu ne veux pas qu'il te voie, il faut te déguiser en victime d'accident de la route. Y en a un paquet ce soir. Ou alors il te faudrait un faux impact de balle dans le front. »

La prothèse gore premier prix avait été adoptée par au moins la moitié des types présents à la soirée. On aurait pu croire que deux abominables meurtres perpétrés dans la ville auraient quelque peu sensibilisé les gens à ce sujet, mais que voulez-vous ? Personne ne s'était déguisé en garagiste éviscéré, c'était déjà ça.

« Ça aurait été trop la classe, dit Max en regardant passer un impact de balle en plastique. J'en mettrai un demain soir pour la tournée des bonbons : ils vont flipper leur mère.

– Tu vas faire la tournée des bonbons ? » se marra une voix.

C'était Rob Anders, qui passait avec quelques-uns de ses amis. Ils me haïssaient depuis le CE2.

« Deux petits bébés qui vont faire mumuse en disant : "un bonbon ou je te joue un tour"... c'est bon pour les gosses ! »

Ils passèrent leur chemin en ricanant.

« Si j'y vais, c'est parce qu'il y a ma petite sœur, grommela Max en les fusillant du regard. Je vais aller récupérer mon flingue ; mon déguisement est beaucoup plus classe avec. »

Sur ce, il se dirigea d'un pas décidé vers la porte la plus éloignée, me laissant seul dans l'obscurité. Je décidai d'aller prendre un verre.

La table du buffet était sacrément clairsemée : un plateau de légumes plus très frais, quelques moitiés de doughnuts et un saladier rempli de jus de pomme mélangé à du Sprite. Je m'en servis un verre, qui m'échappa aussitôt lorsque quelqu'un me bouscula par-derrière. Jus et gobelet retombèrent violemment dans le saladier, m'éclaboussant tout le poignet et le bras. Rob Anders et ses potes s'éloignèrent, rictus aux lèvres.

Avant, j'avais une liste de gens qu'un jour je tuerais. Désormais c'était contraire à mes règles, mais parfois cette liste me manquait vraiment.

« T'es en ça ? » demanda une voix féminine.

Je me tournai et vis Brooke Watson, une fille qui habitait ma rue. Elle était habillée un peu comme ma sœur l'autre soir, dans le style années 1980.

« Est-ce que je suis en quoi ? demandai-je en repêchant mon gobelet.

– Le clown de *Ça*, tu sais, le roman de Stephen King.

– Non. »

J'essorai ma manche au-dessus du gobelet sauvé des eaux avant de la tamponner avec des serviettes.

« Et puis je crois que ce clown s'appelait Grippe-Sou.

– Je sais pas, je l'ai jamais lu, répliqua-t-elle, les yeux baissés. Mais il est dans la bibliothèque de mes parents et j'ai vu la couverture, du coup je me suis dit que c'était peut-être ton déguisement. Je sais pas. »

Elle avait un comportement bizarre, comme si elle... Je ne saurais pas expliquer. Je m'étais entraîné à interpréter les indices visuels émis par les gens que je connaissais bien, histoire de savoir ce qu'ils ressentaient, mais quelqu'un comme Brooke était pour moi indéchiffrable.

Je sortis la première chose qui me passait par la tête.

« Tu es déguisée en punk ?

– Quoi ?

– On les appelle comment, les gens des années 1980 ?

– Ah ! » s'esclaffa-t-elle.

Elle avait un très joli rire.

« En fait, je suis ma mère. Enfin, c'est les fringues qu'elle mettait quand elle était au lycée. Mais bon, je ferais mieux de dire aux gens que je suis Cyndi Lauper ou un truc dans ce genre parce que se déguiser en sa mère, c'est franchement naze.

– Moi aussi j'ai failli me déguiser en ma mère, mais j'avais peur de ce que me dirait mon psy. »

Elle rit de nouveau et je me rendis compte qu'elle croyait que je blaguais. C'était probablement mieux ainsi, vu que lui décrire la deuxième moitié du costume de ma mère – un énorme couteau de farces et attrapes planté en travers du crâne – l'aurait sûrement fait flipper. Elle était vraiment très jolie : de longs cheveux blonds, les yeux vifs et un grand sourire avec une fossette. Je lui souris à mon tour.

« Salut, Brooke, lança Rob Anders en s'avançant, l'air retors. Pourquoi tu parles à ce gamin ? Il joue encore à la tournée des bonbons.

– C'est vrai ? me demanda-t-elle. Moi aussi j'avais envie d'y aller mais j'étais pas sûre : ça reste marrant, même si maintenant on est au lycée. »

Je n'avais peut-être pas compris quelle émotion avait émis Brooke, en revanche la gêne m'était très familière, trop, même, et, à cet instant-là, Rob la diffusait sur grandes ondes.

« Je... ouais, bafouilla-t-il. C'est vrai que ça reste marrant. On se croisera peut-être demain, alors. »

J'eus soudain l'envie pressante de le poignarder.

« Et c'est quoi ce déguisement de clown, John ? demanda-t-il en se focalisant sur moi. Tu vas nous faire un numéro de jonglage, ou te casser la gueule en marchant dans un seau d'eau ? »

Il éclata de rire puis regarda derrière lui pour voir si ses potes se marraient aussi, mais ils s'étaient barrés pour aller parler à Marci Jensen. Elle était déguisée en chaton, déguisement qui soulignait très clairement pourquoi Max était obsédé par son soutif. Rob la dévisagea un instant puis se retourna vivement.

« Alors, qu'est-ce que tu vas nous faire, clown ? Pourquoi tu souris comme ça ?

– T'es un type bien, Rob », répondis-je.

Il me jeta un regard suspicieux.

« Quoi ?

– T'es un type bien. Il est superclasse ton déguisement, j'aime beaucoup l'impact de balle dans le front. »

J'aurais aimé qu'il s'en aille, à présent. Complimenter les gens qui m'énervaient au plus haut point faisait partie de mes règles afin d'éviter que les choses ne dégénèrent, mais je ne savais pas combien de temps je pourrais tenir.

« Tu te fous de ma gueule ? »

Il me fusillait du regard.

Je n'avais pas de règle pour le cas où la personne complimentée ne partait pas.

« Non. »

J'essayais d'improviser, cependant j'étais déjà déstabilisé. Je ne savais pas quoi dire.

« Tu souris parce que t'es qu'un demeuré. »

Il s'approcha.

« Bonjour ! Je suis le clown joyeux ! »

Il m'énervait vraiment beaucoup.

« Tu es... »

Il me fallait un compliment.

« J'ai entendu dire que tu avais bien réussi le DS de maths, hier. Félicitations. »

C'était tout ce qui m'était passé par la tête. J'aurais dû m'éloigner, mais j'avais envie de parler à Brooke.

« Écoute, espèce de taré. Ici c'est une fête pour les gens normaux. La fête des barjos, c'est au bout du couloir, dans les chiottes, avec les gothiques. Alors barre-toi, tu veux ? »

Il jouait les durs, mais ça restait du jeu : la posture typique du macho de quinze ans. J'étais tellement énervé que j'aurais pu le tuer sur place, toutefois je m'efforçai au calme. Je valais mieux que ça – et je valais mieux que lui. Il voulait me faire flipper ? J'allais lui en filer, moi, de la série noire.

« Je souris parce que je suis en train de m'imaginer tes tripes.

– Quoi ? »

Il eut un rictus.

« Ah, tu me menaces, mon gros ! Tu crois que tu me fais peur, sale mioche ?

– Un diagnostic clinique a établi que j'étais sociopathe. Tu sais ce que ça veut dire ?

– Ça veut dire que t'es timbré.

– Ça veut dire qu'à mes yeux tu as autant de valeur qu'une boîte en carton. Tu n'es qu'une chose : un déchet que personne n'a encore pris le temps de jeter. C'est ça que tu veux entendre ?

– Ta gueule. »

Il jouait toujours les durs, pourtant je sentais qu'il se la pétait déjà moins. Il était à court de mots.

« Le truc, avec les boîtes, repris-je, c'est qu'on peut les ouvrir. Même si de l'extérieur elles semblent totalement insignifiantes, il se peut qu'à l'intérieur il y ait quelque chose d'intéressant. Donc, pendant que tu débites des conneries sans nom, je m'imagine ce que ça donnerait de t'ouvrir pour voir ce que tu as là-dedans. »

Je m'interrompis, les yeux plantés dans les siens ; il soutint mon regard. Il avait les jetons. Je le laissai encore un peu mariner dans son jus avant de poursuivre.

« Le truc, Rob, c'est que j'ai pas envie de t'ouvrir. Je n'ai pas envie d'être cette personne-là. Du coup, je me suis fixé une règle : à chaque fois que j'ai envie d'éventrer quelqu'un, je le complimente. Voilà pourquoi je dis, Rob Anders, qui habite 232 Carnation Street, que tu es un type bien. »

Sa bouche s'ouvrit en grand comme s'il s'apprêtait à parler, mais il la referma et battit en retraite. Il s'assit sur une chaise, les yeux toujours rivés sur moi, puis il se releva et quitta la pièce. Je le suivis du regard jusqu'à ce qu'il sorte.

« Je... » bafouilla Brooke.

Je l'avais oubliée.

« Intéressante, cette méthode pour te débarrasser de lui. »

Je ne savais pas quoi répondre : elle n'aurait pas dû entendre ça. Pourquoi étais-je aussi stupide ?

« Oh, c'est rien ! dis-je avec empressement. J'ai entendu ça dans un film, je crois. Qui aurait cru que ça l'effraierait à ce point ?

– Ouais. Il faut que... Contente de t'avoir parlé, John. »

Elle esquissa un sourire avant de s'éloigner.

« T'as déchiré, mec », s'écria Max.

Surpris, je fis volte-face.

« T'es là depuis quand ?

– Presque depuis le début, répondit-il en contournant la table du buffet. Et t'as déchiré. Anders a failli chier dans son froc.

– Brooke aussi. »

Je regardai dans la direction où elle était partie, mais ne vis qu'une masse de gens dans l'obscurité.

« C'était tordant ! s'exclama Max en buvant une rasade de cocktail. Surtout qu'au début elle te kiffait trop.

– Elle me kiffait ?

– Quoi, t'as pas remarqué ? T'es aveugle, mec. Elle allait trop te demander si tu voulais danser.

– Pourquoi elle m'aurait demandé de danser ?

– Parce qu'on est à un bal et parce que t'es chaud bouillant mon amour de clown. Mais bon, à mon avis, elle t'adressera plus jamais la parole ; t'as *déchiré.* »

Le lendemain soir, Max et moi accompagnâmes sa petite sœur Audrey dans sa tournée de bonbons. On commença par leur quartier, leur mère nous suivait nerveusement, équipée d'une lampe torche et d'une bombe lacrymogène. Une fois ce quartier terminé, elle nous conduisit en voiture au mien et Mr Crowley secoua la tête lorsque nous vînmes frapper à sa porte.

« Vous ne devriez pas être dehors à cette heure-là, dit-il, sourcils froncés. Vous n'êtes pas en sécurité avec ce tueur qui rôde.

– Tous les lampadaires sont allumés, les vérandas aussi et nous sommes accompagnés par un adulte. Aux infos, ils ont même dit qu'il y aurait davantage de policiers dans les rues. On est sûrement plus en sécurité que n'importe quel autre soir. »

Mr Crowley s'esquiva derrière sa porte et toussa bruyamment avant de se retourner vers nous.

« Ne restez pas dehors trop longtemps, entendu ?

– On sera prudents », répondis-je.

Sur ce, le vieil homme nous tendit des bonbons.

« Je n'ai pas envie que la peur s'empare de cette ville, se lamenta-t-il. L'ambiance était tellement joyeuse, avant. »

Il toussa à nouveau puis ferma la porte.

Ce qui paraissait idiot à la lumière du jour – hémoglobine et membres factices – semblait désormais plus inquiétant à la faveur de l'obscurité. Plus terrifiant. Le tueur était de nouveau dans tous les esprits et la nervosité s'emparait des gens. Les gadgets gore des farces et attrapes cédèrent la place à une véritable peur de mourir. Génial, Halloween, cette année-là !

6

« Ici Ted Rask avec un reportage exclusif pour Five Live News en direct de Clayton, petite ville paisible en proie à une crise qui s'intensifie à cause de ce que certains appellent "le Tueur de Clayton". Ici, nombreux sont ceux qui craignent de sortir de chez eux le soir, voire en plein jour. Toutefois, malgré ce sentiment de peur contagieux, l'espoir reste permis. En effet, l'enquête de la police et du FBI avance à grands pas. »

Il était 18 heures, je regardais les infos. Ma mère trouvait bizarre qu'un ado de quinze ans s'y intéresse autant, mais comme nous n'avions pas Court TV, la chaîne des tribunaux, le journal télé local était en général la seule émission que je suivais. Et puis comme le tueur en série constituait toujours un sujet brûlant, la couverture continue qu'assurait Ted Rask était devenue le programme le plus regardé en ville, malgré – ou peut-être grâce à – son sens aigu du mélodrame. Tandis qu'un orage de neige typique du mois de novembre se déchaînait dehors, au sein de nos foyers, nous nous réchauffions auprès de la frénésie médiatique.

« Rappelez-vous, lors de mon premier reportage sur la mort de David Bird, ce fermier local, poursuivait Rask, j'avais précisé qu'une substance visqueuse avait été retrouvée non loin du lieu du crime : nous avions d'abord cru qu'elle provenait du véhicule du fuyard, mais grâce aux tests scientifiques nous savons désormais qu'elle est de nature biologique. D'après une de mes sources internes à l'enquête dont je tairai le nom, le FBI a réussi à y trouver un tout petit échantillon d'ADN dans un état avancé de dégradation. Tôt ce matin, ils l'ont identifié comme étant d'origine humaine, mais la piste s'arrête là, malheureusement. L'ADN ne correspond à aucune des victimes, à aucun des suspects, à aucun dossier de personne disparue, ni à aucune base de données des fichiers judiciaires de l'État. Il me faut d'ailleurs préciser que cette banque de données est très limitée. Il s'agit en effet d'une nouvelle technologie, il n'existe donc dans le pays que très peu de fichiers qui remontent à plus de cinq ans. Sans une vaste campagne de tests ADN comparable à celle menée pour constituer la base de données nationale d'empreintes digitales, cette signature ADN ne sera peut-être jamais identifiée. »

À voir sa détermination et son sérieux à toute épreuve, on aurait dit qu'il espérait remporter un prix de journalisme grâce à son seul charisme. Ma mère le haïssant toujours autant, elle refusait de regarder. Bientôt, disait-elle, il allait se mettre à désigner des coupables et quelqu'un allait se faire lyncher. En ville, la tension était à son comble, la perspective d'un troisième meurtre pendait au-dessus de nos têtes comme une épée de Damoclès.

« Pendant que la police analysait les indices retrouvés sur le lieu du crime, continuait le journaliste, l'équipe de Five Live News a mené sa propre enquête et nous avons déniché quelque chose de très intéressant : en Arizona, une affaire non résolue qui remonte à plus de quarante ans avait impliqué une substance noire très similaire à celle retrouvée ici. Cette découverte pourrait-elle contribuer à arrêter le tueur ? Nous vous en dirons plus ce soir à 10 heures. Ici Ted Rask pour Five Live News. À vous les studios, Sarah. »

Mais Ted Rask ne revint pas à 10 heures. Le démon l'avait eu. Son caméraman l'avait découvert juste après 20 h 30 dans l'allée derrière leur motel, éventré, avec une jambe en moins. Sur son visage et sa tête s'étalait une énorme flaque de boue noire et âcre. Elle devait être brûlante car il avait la peau cloquée et rouge comme un homard.

« J'ai entendu dire que tu terrorisais tes camarades d'école », commença le Dr Neblin.

Sans lui prêter attention, je regardais par la fenêtre en pensant au corps de Rask. Il y avait quelque chose qui... ne tournait pas rond.

« Je refuse que tu te serves de mon diagnostic comme d'une arme pour effrayer les gens, poursuivit-il. Ces séances sont là pour que tu progresses, pas pour que tu jettes ta psychologie à la tête des autres. »

La tête. Celle de Rask avait été barbouillée de boue – pourquoi ? Une humiliation, semblait-il : chose à laquelle le tueur ne s'était jamais adonné auparavant. Que se passait-il ?

« Tu ne fais pas attention à ce que je dis, John. Tu penses au nouvel assassinat qui a eu lieu hier soir ?

– Ce n'était pas un assassinat. C'était un meurtre en série.

– Il y a une différence ?

– Bien sûr qu'il y a une différence. »

Je fis volte-face. Je me sentais presque... trahi par son ignorance.

« Vous êtes psychologue, vous devriez le savoir. L'assassinat, c'est... eh ben, c'est différent. Les assassins sont des saoulards, des maris jaloux, ce genre de types : leur geste est motivé.

– Pas celui des tueurs en série ?

– Tuer est une motivation en soi. À l'intérieur du serial killer, quelque chose est affamé ou vide ; tuer est une manière de le remplir. Appeler ce geste un assassinat le dévalue. Le rend stupide.

– Et tu n'as pas envie que le meurtre en série paraisse stupide.

– C'est pas ça, c'est... Je ne sais pas comment l'expliquer. »

Je me retournai vers la fenêtre.

« Ça me semble injuste.

– Tu essaies peut-être de transformer les tueurs en série en ce qu'ils ne sont pas. Tu as envie qu'ils revêtent une signification particulière. »

Je refusai de répondre, boudeur. Dehors, les voitures roulaient au pas sur la couche de verglas qui recouvrait la rue. J'espérais que l'une d'entre elles renverse un piéton en dérapant.

« Tu as vu les informations hier soir ? »

Il essayait de m'amener à parler en m'appâtant avec mon sujet préféré. Je gardai le silence, les yeux toujours rivés dehors.

« Il me semble un peu louche, poursuivit-il, que ce journaliste annonce qu'il possède un indice lié au meurtrier et qu'il meure juste une heure et demie avant d'avoir l'opportunité d'en révéler au monde la nature. J'ai l'impression qu'il était sur une piste. »

Excellente déduction, *Sherlock*. Le journal de 10 heures en était arrivé à la même conclusion.

« Je n'ai pas vraiment envie d'en parler.

– Alors nous pourrions peut-être parler de Rob Anders. »

Je me retournai.

« Je voulais justement vous demander qui vous avait raconté cette histoire.

– La conseillère du lycée m'a téléphoné hier. Autant que je sache, elle et moi sommes les seules personnes à qui il s'est confié. Tu lui as donné des cauchemars, quand même. »

Je souris.

« Ce n'est pas drôle, John, il s'agit là d'un signe d'agression.

– Rob est une brute. Et ce depuis le CE2. Si c'est des signes d'agressions que vous cherchez, il suffit de le suivre pendant quelques heures.

– L'agression est une attitude normale chez un garçon de quinze ans. Brute ou pas. Là où je commence à m'inquiéter, c'est quand cette agression provient d'un sociopathe de quinze ans qui est obsédé par la mort – et surtout quand, jusqu'alors, il avait été un modèle en matière de comportement non conflictuel. Qu'est-ce qui a changé, récemment, pour toi, John ?

– Voyons voir... il y a un serial killer en ville qui vole à des gens des parties de leur corps. Vous en avez peut-être entendu parler, c'est passé aux infos.

– La présence d'un tueur dans la ville t'a-t-elle affecté ? »

Derrière le mur, le monstre remua.

« Il est tout près, répondis-je. Plus près que n'importe quel tueur que j'étudie. Je me documente sur les serial killers en lisant des livres et en surfant sur le Net pour... enfin, c'est pas pour m'amuser mais bon, vous voyez ce que je veux dire ; mais ils restent toujours très lointains. Ils existent et c'est leur réalité qui me fascine en partie, mais... Cette ville, c'est un trou perdu. Ils sont censés exister ailleurs, pas ici.

– Est-ce que tu as peur du tueur ?

– Je n'ai pas peur d'être tué. Jusqu'ici, les trois victimes étaient des hommes adultes, donc je suppose qu'il va continuer à suivre ce schéma. Ce qui signifie que je n'ai rien à craindre et que ma mère, Margaret et Lauren n'ont rien à craindre non plus.

– Et ton père ?

– Mon père n'est pas là. Je ne sais même pas où il est.

– Mais as-tu peur pour lui ?

– Non », répondis-je prudemment.

C'était vrai, cependant je lui cachais quelque chose et je voyais bien qu'il le savait.

« Y a-t-il autre chose ?

– Il devrait ?

– Si tu n'as pas envie d'en parler, nous n'en parlerons pas.

– Mais s'il le faut ?

– Alors nous en parlerons. »

Les psys ont parfois l'esprit tellement ouvert que c'est miracle qu'il y reste quoi que ce soit. Je le fixai un moment, pesant le pour et le contre de la conversation que je sentais venir, puis finis par décider que ça ne pourrait pas faire de mal.

« La semaine dernière, j'ai rêvé que c'était mon père, l'assassin. »

Neblin ne réagit pas.

« Que faisait-il ?

– Je ne sais pas, il n'est même pas venu me voir.

– Tu voulais qu'il t'emmène avec lui quand il tuait ?

– Non, répondis-je, mal à l'aise sur ma chaise. Je... voulais l'emmener avec moi, là où il ne pourrait plus tuer.

– Que s'est-il passé ensuite ? »

Soudain, je n'eus plus envie d'évoquer ce qui s'était passé ensuite, même si c'était moi qui avais abordé le sujet. Il s'agissait là d'autocontradiction, je le savais bien, mais ce sont des choses qui arrivent quand on rêve qu'on tue son père.

« On pourrait parler d'autre chose ?

– Bien sûr que oui. »

Il prit une note.

« Je pourrais lire ce que vous venez d'écrire ?

– Bien sûr. »

Il me passa son calepin.

Première raison : tueur dans la ville.
Ne veut pas parler de son père.

« Pourquoi avez-vous écrit "première raison" ?

– La première raison pour laquelle tu as effrayé Rob Anders. Il y en a d'autres ?

– Je ne sais pas.

– Si tu ne veux pas parler de ton père, pourquoi ne pas parler de ta mère ? »

Derrière le mur, le monstre remua à nouveau. J'en étais venu à l'envisager comme un monstre, toutefois il ne ressemblait en rien au démon qui massacrait tout le monde. Ça, c'était quelque chose de réel, alors que ce monstre, c'était simplement... euh... moi. Ou du moins la partie la plus sombre de moi-même. Vous vous dites sûrement que ce serait flippant d'avoir un véritable monstre caché en vous, mais, croyez-moi, c'est bien pire quand le monstre n'est en réalité que votre propre esprit. L'appeler « monstre » me permettait de légèrement le distancier et ainsi de me déculpabiliser. Pas beaucoup, mais tout est bon à prendre.

« Ma mère est une imbécile, à présent elle refuse de me laisser entrer dans la chambre mortuaire. Ça fait presque un mois maintenant.

– Jusqu'à hier soir, ça faisait presque un mois que personne n'était mort. Pourquoi voulais-tu aller dans la chambre mortuaire s'il n'y avait rien à y faire ?

– Avant j'y allais souvent – pour réfléchir. J'aimais bien ça.

– As-tu d'autres endroits où tu peux aller réfléchir ?

– Le lac Marginal, mais maintenant il fait trop froid.

– Le lac Marginal ?

– Clayton Lake. Il y a un tas de gens bizarres là-bas. Mais j'ai passé presque toute mon enfance dans ce funérarium, elle n'a pas le droit de m'enlever ça.

– Avant tu m'avais dit que tu n'aidais à la chambre mortuaire que depuis quelques années. Y a-t-il d'autres endroits du funérarium auxquels tu es attaché ?

– Ce journaliste est mort hier soir, dis-je, ignorant sa question, et il est possible qu'on nous l'apporte. Il sera envoyé chez lui pour l'enterrement, bien sûr, mais il se pourrait qu'on nous l'envoie d'abord pour l'embaumer. J'ai besoin de voir ce corps et elle va m'en empêcher. »

Neblin réfléchit un instant.

« Pourquoi as-tu besoin de voir ce corps ?

– Pour savoir ce qu'il a dans la tête. »

Je regardais à nouveau par la fenêtre.

« J'essaie de le comprendre.

– Le tueur ?

– Il y a quelque chose qui ne tourne pas rond chez lui et je n'arrive pas à mettre le doigt dessus.

– Eh bien, nous pouvons parler du meurtrier, si c'est ça que tu veux.

– Vraiment ?

– Vraiment. Mais quand on aura fini, il faudra que tu répondes à ma question, quelle qu'elle soit.

– Laquelle ?

– Tu verras bien quand je te la poserai, répondit-il dans un sourire. Alors, que sais-tu sur ce tueur ?

– Vous saviez qu'il avait volé un rein à sa première victime ? »

Neblin inclina la tête.

« Je n'étais pas au courant.

– Personne ne l'est, alors gardez-le pour vous. Quand le corps est arrivé au funérarium, il manquait un rein. Tout le reste semblait avoir été déchiqueté, mais le rein, lui, avait été sectionné assez proprement.

– Et le deuxième cadavre ?

– Il a pris le bras, quant à l'abdomen, il était lacéré, mais pas éviscéré ; la plupart des entrailles se trouvaient encore à l'intérieur.

– Et sur le troisième, il a pris une jambe. Intéressant. La pile d'organes lors de la première attaque était donc fortuite : il ne ritualise pas ses meurtres, il se contente de prendre des parties du corps.

– C'est *exactement* ce que j'ai dit à ma mère ! m'écriai-je, ravi qu'il ait pigé.

– Juste avant qu'elle ne te jette de la chambre mortuaire ? »

Je haussai les épaules.

« Dire un truc pareil est un peu flippant, j'imagine.

– Ce qui me semble intéressant, c'est la manière dont il abandonne ses victimes. Il ne les emporte pas, il ne les cache pas, il se contente de les laisser sur place pour que les gens tombent dessus. En général, cela signifie que le tueur en série essaie de communiquer quelque chose, il faut qu'en voyant le cadavre on comprenne le message qu'il essaie de faire passer. Mais si tu dis vrai, alors il ne met pas en scène les corps : il frappe rapidement avant de disparaître et passe le moins de temps possible auprès de ses victimes.

– Mais qu'est-ce que ça signifie ?

– D'abord qu'il déteste sûrement ce qu'il fait.

– Ça paraît tout à fait logique, acquiesçai-je en hochant la tête. Je n'y avais pas pensé. »

Je me sentais coupable de ne pas y avoir songé. Pourquoi ne m'était-il pas venu à l'esprit qu'un tueur pouvait ne pas aimer tuer ?

« Pourtant il a défiguré le corps du journaliste, dis-je, il avait donc là un motif autre que simplement lui ôter la vie.

– Chez les serial killers, le motif est très souvent d'ordre émotionnel : colère, frustration ou perplexité. Ne commets pas l'erreur de croire que les sociopathes sont incapables de sentiments. Ils en ont – de très vifs, même –, seulement ils ne savent pas comment gérer leurs émotions.

– Vous avez dit qu'il n'aimait pas tuer, mais, jusqu'ici, il a gardé un souvenir à chaque fois. Ce n'est pas logique. Pourquoi prend-il des choses qui proviennent d'un événement dont il ne veut pas se rappeler ?

– Bonne question, dit Neblin en la notant sur son calepin. Mais maintenant, c'est l'heure de la mienne.

– D'accord. »

Avec un soupir, je repris ma position à la fenêtre.

« Qu'on en finisse.

– Dis-moi ce que Rob Anders était en train de faire juste avant que tu menaces de le tuer.

– Je n'ai pas menacé de le tuer.

– Tu as évoqué sa mort d'une manière menaçante. Ne coupons pas les cheveux en quatre.

– On était au gymnase du lycée pour le bal d'Halloween et il ne me lâchait pas : il était là à se moquer de moi, à renverser mon verre et des trucs de ce genre. Ensuite, alors que je discutais avec quelqu'un, il a rappliqué et a vraiment commencé à se foutre de moi, or je savais que les deux seules façons de se débarrasser de lui c'était de le taper ou de lui faire peur. Comme j'ai une règle qui m'interdit de faire mal aux gens, je lui ai fait peur.

– Tu n'as pas une règle qui t'interdit de menacer de tuer les gens ?

– Maintenant, si.

– À qui parlais-tu ?

– Quelle importance ?

– Simple curiosité.

– Une fille. »

Derrière le mur, le monstre poussa un long grondement sourd.

Le Dr Neblin inclina la tête.

« Elle a un nom ?

– Brooke, répondis-je, soudain mal à l'aise. Elle compte pas : ça fait des années qu'elle habite dans ma rue.

– Elle est jolie ?

– Un peu jeune pour vous, docteur.

– Disons-le autrement, se reprit-il en souriant. Tu la trouves attirante ?

– Je croyais qu'on parlait de Rob Anders.

– Simple curiosité. »

Il prit une note sur son calepin.

« De toute façon, nous avons presque fini pour aujourd'hui. Y a-t-il autre chose dont tu voudrais parler ?

– Je ne crois pas. »

Par la fenêtre, je voyais les voitures passer lentement entre les immeubles, pareilles à des scarabées dans un labyrinthe. La camionnette de Five Live News s'avança prudemment dans la rue, elle se dirigeait vers l'est : la sortie de la ville.

« On dirait qu'il leur a fait peur », commenta Neblin en suivant mon regard.

Il avait sûrement raison... Bon sang ! Mais bien sûr ! C'était ça la pièce manquante.

Le meurtrier leur avait fait peur.

« Ce n'est pas un serial killer, lançai-je à brûle-pourpoint.

– Ah non ?

– Rien ne colle. C'est impossible. Il ne s'est pas enfui après avoir tué Rask : il a mis en scène le cadavre, comme vous disiez, en lui étalant cette boue dessus. Il ne cherchait pas seulement à empêcher la diffusion des infos, il cherchait à effrayer les journalistes pour qu'ils partent. Vous ne comprenez pas ? Il avait un motif !

– Et tu penses que les tueurs en série n'ont pas de motif.

– C'est la réalité. Épluchez tous les casiers judiciaires que vous avez, jamais vous ne verrez un tueur en série tuer quelqu'un simplement parce que cette personne touchait au but. La plupart d'entre eux se mettent en quatre pour obtenir davantage de couverture médiatique, pas moins. Ils adorent ça. La moitié d'entre eux écrivent des lettres aux journaux.

– La célébrité ne constitue-t-elle pas un motif ?

– Ce n'est pas la même chose. Ils ne tuent pas pour attirer l'attention, ils veulent attirer l'attention parce qu'ils tuent. Ils veulent de la reconnaissance. Tuer est toujours le motif originel : le besoin basique auquel les tueurs s'efforcent de subvenir. Et puis ce type a quelque chose d'autre ; je ne sais pas ce que c'est, mais c'est là.

– Et John Wayne Gacy, alors ? Il tuait des homosexuels parce qu'il voulait les punir. Il s'agit bien d'un motif.

– En fait, très peu de ses victimes étaient gay. Qu'est-ce que vous avez lu, exactement, sur lui ? L'homosexualité ne constituait pas un motif mais une excuse : il avait besoin de tuer quelque chose, du coup affirmer qu'il punissait les pécheurs allégeait un peu sa culpabilité.

– Tu t'emballes un petit peu trop, John. On ferait peut-être mieux de s'arrêter là.

– Les serial killers n'ont pas le temps de tuer les fouineurs car ils sont trop occupés à tuer les gens qui correspondent à leur profil de victime : vieux messieurs, petits enfants, étudiantes blondes, que sais-je ? Pourquoi celui-là est-il différent ?

– John. »

Je commençais à avoir des vertiges, comme si je faisais de l'hyperventilation. Le Dr Neblin avait raison : mieux valait arrêter. Je pris une grande inspiration et fermai les yeux. J'aurais le temps d'y réfléchir plus tard. Cependant je sentais un fourmillement d'énergie, pareil à des cascades dans les oreilles. Cet assassin était d'un genre différent, d'un genre nouveau.

Derrière le mur, le monstre renifla avec un bruit sourd. Il sentait le sang.

7

La première fois que je remarquai le zonard, ce fut en centre-ville, à côté du cinéma. On en rencontrait assez souvent à Clayton – des gens qui passaient par là dans leur quête de boulot, de bouffe, ou d'un ticket de bus pour la ville suivante – mais celui-là était différent. Il ne mendiait pas, ne parlait à personne, se contentant de regarder. D'observer. À part moi, personne ne se livrait aussi assidûment et aussi longuement à une telle activité, or j'avais de sérieux problèmes émotionnels. Je décrétai donc que quiconque me rappelait mon comportement nécessitait qu'on le tienne à l'œil. Il pouvait fort bien être dangereux.

Mes règles ne me permettaient pas de le suivre ni même de le chercher, toutefois je l'aperçus encore à plusieurs reprises lors des jours qui suivirent : assis dans le parc en train d'observer les enfants qui descendaient sur les fesses les congères tassées du parking, ou bien debout devant la station-service, à fumer en regardant les gens faire le plein. Comme s'il nous évaluait, comme s'il nous confrontait à une liste qu'il avait dans la tête. Je m'attendais presque à voir la police l'arrêter, pourtant il ne faisait rien d'illégal. Il était là, c'est tout. La plupart des gens – surtout si, contrairement à moi, ils ne se divertissaient pas en lisant des livres sur le profilage criminel – passaient à côté de lui sans lui prêter attention. Il avait une capacité étrange à se fondre dans le décor, même dans une toute petite ville comme Clayton County, et la plupart des gens ne le remarquaient tout simplement pas.

Lorsque, quelques jours plus tard, on parla d'un cambriolage aux infos, je pensai aussitôt à lui. Il était vigilant, observateur et il avait étudié notre ville suffisamment longtemps pour savoir qui valait la peine d'être cambriolé. Restait une question : s'agissait-il seulement d'un voleur ou de plus que ça ? J'ignorais la date de son arrivée : s'il traînait dans le coin depuis un moment, il pouvait fort bien s'agir du Tueur de Clayton. Règles ou pas, il fallait que je voie quel serait son prochain mouvement.

J'avais l'impression d'être au bord d'une falaise, à essayer de me convaincre de sauter. Si je suivais des règles, il y avait une raison : elles m'aidaient à m'empêcher de faire ce que je ne voulais pas faire, mais là il s'agissait d'un cas spécial, non ? Cet homme était dangereux, et si enfreindre une de mes règles permettait de l'arrêter – une règle très mineure, qui plus est – alors pas de problème. C'était une bonne action. Je me débattis avec moi-même une semaine durant pour enfin parvenir à rationaliser l'idée que, sur le long terme, mieux valait enfreindre cette règle-là en suivant ce type. Si ça se trouve, je sauverais même la vie de quelqu'un.

La veille de Thanksgiving, je n'avais pas cours, pourtant, malgré l'arrivée du corps de Ted Rask au funérarium ce matin-là, ma mère refusa que je vienne l'aider, j'avais donc une journée de libre. Je me rendis à vélo au centre-ville, où je dus tourner pendant une heure avant de le trouver, assis sur le banc de l'arrêt de bus à côté de la quincaillerie Allman. Je traversai la rue et allai m'installer au Friendly Burger à une table près de la fenêtre afin de l'observer.

Il avait la bonne taille pour être le Tueur de Clayton : pas gigantesque, mais bien bâti et il paraissait suffisamment costaud pour mettre à terre un type comme Jeb Jolley. Ses longs cheveux bruns délibérément en bataille lui arrivaient au menton. Une apparence somme toute assez courante à Clayton County, surtout en hiver : comme il faisait un froid de chien, les cheveux longs permettaient d'avoir les oreilles au chaud. Il serait encore passé plus inaperçu s'il avait porté un bonnet, mais bon, zoner, c'est pas toujours le pied.

L'air sortait de sa bouche en petites bouffées vaporeuses – contrairement aux autres gens qui rejetaient de longs nuages traînants. Signe qu'il respirait rapidement et donc qu'il était nerveux. Recherchait-il une victime ?

Le bus arriva puis repartit, l'homme ne monta pas à bord. Il regardait quelque chose de l'autre côté de la rue – de l'autre côté par rapport à lui, donc de mon côté. Je jetai un regard circulaire. À gauche du fast-food se trouvait Twain Station, la librairie, et, à droite, Earl's Hunting Supply, le magasin de chasse. C'est ce dernier qu'il observait, ce qui en soi n'augurait rien de bon. Parmi les quelques voitures garées devant le magasin, l'une d'elles me semblait familière. Dans mes connaissances, qui possédait une Buick blanche ?

Quand Mr Crowley sortit du magasin les bras chargés de matériel de pêche, je compris pourquoi cette voiture me semblait familière : elle passait la plupart de son temps à cent cinquante mètres de chez moi. S'efforcer de ne pas penser aux gens rendait difficile la mémorisation, même de détails aussi simples.

Lorsque le zonard se leva puis traversa la rue en trottinant pour rejoindre Mr Crowley, je compris que la situation était soudain devenue cruciale. Il fallait que j'aille écouter. Je sortis, m'agenouillai à côté de mon vélo et simulai avec force gestes l'ouverture de mon antivol. Je ne l'avais attaché à rien, mais il était posé à côté de tuyaux et je supposais que ni Crowley ni l'inconnu ne me prêtaient beaucoup d'attention. Voire pas du tout, d'ailleurs, avec un peu de chance, vu que je me trouvais à une dizaine de mètres d'eux.

« Vous allez pêcher ? » demanda le type.

La peau burinée par le vent et les années, on lui donnait entre trente-cinq et quarante ans.

« Il fait un peu frisquet, pour ça, à cette époque. »

Mr Crowley leva la tête en souriant.

« Pêche sur glace, répondit-il en exhibant une barre à mine. Le lac est gelé depuis une semaine ou deux, alors je me suis dit que maintenant y aurait plus de danger à marcher dessus.

– Ça alors ! Dans le temps je passais ma vie à pêcher sur glace. Sacrés souvenirs !

– Ah, un collègue pêcheur ? demanda le vieil homme, soudain guilleret. Y a pas beaucoup de gens qui aiment ça, dans le coin. Earl, il a dû passer une commande spéciale pour ma nouvelle tarière. Avec le froid qu'il fait aujourd'hui et le vent qui se lève, je parie qu'il n'y aura même pas de patineurs. J'aurai le lac pour moi tout seul.

– Vraiment ? »

Je fronçai les sourcils. Quelque chose dans sa voix me chiffonnait. Allait-il cambrioler la maison de Crowley pendant son absence ?

Allait-il le suivre jusqu'au lac pour le tuer ?

« Vous avez du temps ? On se sent drôlement seul sur le lac, un peu de compagnie ne serait pas de refus. J'ai une deuxième canne à pêche. »

Crowley, espèce d'imbécile.

« C'est très gentil de votre part, répondit l'autre, mais je ne voudrais pas m'imposer. »

Mais où Crowley avait-il la tête ? Je songeai à bondir pour le prévenir, cependant je me retins. Je me faisais sûrement des films.

Pourtant mon voisin correspondait en tout point au profil de la victime : un homme blanc relativement âgé et bien bâti.

« Ne vous inquiétez pas. Montez. Vous avez un bonnet ?

– J'ai bien peur que non.

– Alors on fera un crochet sur la route pour vous en acheter un et pour compléter un peu le pique-nique. Un compagnon de pêche vaut largement cinq dollars. »

Ils montèrent dans sa voiture puis partirent. Je fus encore à deux doigts de le prévenir, mais je savais où ils allaient – et je savais qu'ils se retarderaient un peu en achetant de la nourriture et le bonnet. Je risquais donc le pari d'arriver sur place avant eux pour me cacher. Je voulais voir ce qui allait se passer.

Trente minutes plus tard, j'atteignis la rive la plus empruntée du lac, l'endroit où la pente qui relie la route à la plage est plus progressive et où on peut aller jusqu'au bord de l'eau. Il n'y avait aucun signe de Mr Crowley ni de son dangereux passager, ni de personne d'autre, d'ailleurs. Nous avions le lac pour nous tout seuls. J'enfonçai mon vélo dans une congère située au sud de la rive dégagée avant d'aller au nord me tapir au milieu d'un petit taillis. Si jamais Mr Crowley arrivait jusque-là, il emprunterait ce chemin. Je m'assis et attendis.

Comme l'avait pressenti le vieil homme, le lac était gelé et saupoudré d'une neige blanche granuleuse. Sur la rive la plus éloignée surgissait une modeste colline, qui ne semblait haute que par contraste avec l'étendue plate du lac. La neige soufflée par le vent rendait visibles les spirales d'air, véritables remous, tourbillons, vrilles de tornades. Tapi dans l'ombre, je me pétrifiai tandis que le blizzard dessinait des grimaces dans le ciel.

Subir l'agression des éléments - froid, chaleur, eau - est la façon la plus déshumanisante de mourir. La violence, elle, est passionnée, réelle. Lors des moments ultimes où vous luttez pour rester en vie en tirant un coup de feu, en vous battant contre un agresseur ou en criant pour demander de l'aide, votre cœur pompe à grands coups et votre corps fourmille d'énergie ; vous êtes aux aguets, alerte et, l'espace d'un bref instant, plus vivant et plus humain que jamais.

Avec la nature, c'est une autre paire de manches. Quand vous êtes à la merci des éléments, c'est l'opposé qui arrive : votre corps ralentit, vos pensées s'enlisent et c'est alors que vous prenez conscience de n'être qu'un pur mécanisme. Votre corps est une machine, remplie de tuyaux, de valves, de moteurs, de signaux électriques et de pompes hydrauliques dont le bon fonctionnement est soumis à la réunion d'une série de conditions. Lorsque la température chute, votre machine tombe en panne : les cellules gèlent puis se brisent ; les muscles utilisent plus d'énergie pour travailler moins ; le sang circule trop lentement et ne va pas où il faut. Vos cinq sens perdent de leur acuité, votre température intérieure plonge et votre cerveau mitraille des directives aléatoires que votre corps, trop faible, ne peut ni interpréter ni suivre. Réduit à cet état-là, vous n'êtes plus un être humain, vous êtes une défaillance : un moteur sans essence, qui se disloque avec maints grincements en s'efforçant d'exécuter un ordre ultime et non moins vain.

J'entendis une voiture approcher puis bifurquer vers la clairière. Bien caché parmi les arbres, j'observai du coin de l'œil et reconnus la Buick blanche de Crowley. Le zonard descendit en premier et regarda le lac d'un air sombre, jusqu'à ce que l'autre portière s'ouvre sur le vieil homme qui toussait.

« Ça fait un bail que je n'ai pas fait de pêche sur glace, dit l'inconnu en se tournant vers son compagnon. Merci encore de m'avoir laissé venir avec vous.

– Pas de problème. »

Mr Crowley se dirigea vers le coffre. Il tendit une canne à pêche à l'inconnu ainsi qu'un seau rempli d'outils, des filets, une tarière à glace et deux tabourets pliants, puis referma la malle. Lui-même portait une canne à pêche et une petite glacière.

« J'ai toujours tout en double au cas où, expliqua-t-il en souriant. Et assez de chocolat chaud pour nous contenter et nous réchauffer tous les deux.

– Notre déjeuner m'a bien calé. Ne vous inquiétez pas.

– Ici, on est partenaires. Ce qui est à moi est à vous et vice versa. »

Son sourire s'élargit.

« Et vice versa », répéta l'inconnu.

À ces mots, mon pressentiment du danger s'intensifia. Mais qu'est-ce que le vieil homme fabriquait ? Le simple fait de ramasser un vagabond pouvait s'avérer fatal, même sans l'emmener seul au beau milieu de nulle part – même sans qu'il y ait un meurtrier psychopathe en liberté.

J'observai les mains du zonard à la recherche d'une quelconque trace d'armes griffues, mais elles étaient vides et tout ce qu'il y a de plus normales. Finalement, ce n'était peut-être pas lui, le tueur. En tout cas, ma curiosité était piquée. Si c'était lui, je voulais voir comment il s'y prenait.

Je fronçai les sourcils, perplexe. Me préoccupais-je davantage d'observer le tueur que de sauver la vie de Crowley ? Je savais que c'était mal. Si j'avais été une personne normale capable d'empathie, je me serais précipité pour secourir mon voisin. Mais ce n'était pas le cas.

Alors j'observais.

Mr Crowley se mit à descendre prudemment la pente qui menait à la rive, l'inconnu sur ses talons. Je me recroquevillai dans ma cachette, essayant de me faire aussi petit et aussi invisible que possible.

« Attendez, dit le type. Le café commence à faire son effet. Il faut que j'aille pisser. »

Il posa son seau puis plaça soigneusement la canne à pêche en équilibre dessus.

« J'en ai pour deux secondes. »

Sur ce, il remonta la pente à toute vitesse et j'eus un mouvement de recul, terrorisé à l'idée qu'il vienne se soulager près de mes arbres, mais il se dirigea vers l'autre taillis, au-delà de la voiture.

Pile à l'endroit où se trouvait mon vélo. Il ne pouvait pas le rater.

L'homme s'attarda juste assez dans le choix du bon coin pour que je commence à me méfier. Après avoir jeté un œil à Crowley, je compris que lui aussi se méfiait : le visage plissé par l'anxiété, il regardait la glace derrière lui comme s'il s'agissait d'une horloge géante et qu'il était en retard à quelque rendez-vous. Une quinte de toux le secoua.

Je m'attendais à ce que d'une minute à l'autre l'inconnu voie mon vélo et se mette à crier, ou bien à ce qu'il sorte une tronçonneuse des arbres avant de se jeter sur la rive en hurlant, mais non, rien. Il se trouva un coin à sa convenance, s'immobilisa, puis, après une longue pause, remonta sa braguette et fit demi-tour.

Il avait dû être à deux doigts de mon vélo. Pourquoi n'avait-il rien dit ? Peut-être qu'il l'avait vu, qu'il savait que j'étais là et qu'il attendait le bon moment pour nous tuer ensemble, Crowley et moi.

« Je me répète, hein, mais c'est drôlement chouette de votre part. Je vais avoir une dette envers vous, monsieur, et je ne sais pas comment je vais pouvoir vous rembourser, dit-il en riant. Ce bonnet, c'est ce que j'ai de plus joli, et c'est vous qui me l'avez acheté.

– On trouvera bien quelque chose », répliqua le vieil homme.

Il retira un gant pour se gratter la joue, il avait une barbe de deux jours.

« Si on ne trouve pas, je me contenterai de m'adjuger tout le mérite de la pêche. »

Il fit un large sourire puis toussa à nouveau.

« Ça s'arrange pas, votre toux, on dirait.

– C'est rien, un petit problème de poumons, répondit Crowley en se tournant vers le lac gelé. Ça ne va pas durer. »

Il fit un pas sur la glace, la jaugeant d'un pied.

L'autre atteignit le bas de la pente et s'arrêta un moment à côté de son seau à outils. Il s'apprêta à le ramasser, se ravisa, jeta un rapide coup d'œil vers la route puis glissa une main sous son manteau. Quand il l'en ressortit, il tenait un couteau – pas un cran d'arrêt ni un surin, juste un grand couteau de cuisine couvert de poussière et de rouille. On aurait dit qu'il l'avait volé dans une décharge.

« Je pense qu'on ferait mieux d'aller par là, annonça Crowley en indiquant le nord-est. Le vent souffle pareil partout, mais c'est l'endroit où le lac est le plus profond et c'est pas loin de l'embouchure de la rivière. On aura davantage de courant sous les pieds, ce sera mieux pour pêcher. »

Le zonard s'avança, la main droite serrée autour du couteau et la main gauche tendue sur le côté pour s'équilibrer. Environ un mètre le séparait du dos de Crowley ; un pas de plus et il pourrait asséner un coup mortel.

Le vieil homme se gratta de nouveau le menton.

« Je voudrais vous remercier de m'avoir accompagné ici. »

Quinte de toux.

« On va former une bonne équipe, vous et moi. »

L'autre s'approcha d'un pas.

« Vous n'avez pas de famille, poursuivit Crowley, et moi je peux à peine respirer. »

Quinte de toux.

« À nous deux, on devrait à peu près former une personne complète.

– Attendez... *quoi ?* »

L'homme s'immobilisa, aussi perplexe que moi, Crowley en profita : il se retourna en un éclair et lacéra l'air de sa main nue – bizarrement, elle était désormais plus longue, plus sombre et ses ongles s'étiraient démesurément pour former des griffes d'ivoire acérées.

Le premier coup éjecta le couteau et l'envoya valser à l'autre bout de mon taillis, le second frappa à revers le visage de l'inconnu abasourdi, qui s'écroula dans la neige épaisse. Il s'efforça de se relever, mais Crowley laissa tomber glacière et canne à pêche, et lui sauta dessus en rugissant comme une bête ; cinq autres griffes sortirent de sa main gantée, déchirant le tissu au passage, puis les deux serres lacérèrent le bras tendu de l'homme, arrachant la chair de l'os. Comme le zonard était enfoncé dans la neige, je ne parvenais plus à le distinguer, mais je l'entendis hurler: un cri indéfinissable où se mêlaient douleur et effarement. Crowley répondit par un grondement, dans sa bouche étincelaient des dents semblables à des aiguilles. Après deux autres coups bestiaux, le silence se fit.

Au milieu d'un nuage de vapeur, Mr Crowley s'accroupit au-dessus du corps, ses bras avaient une longueur anormale et ses griffes surnaturelles luisaient de sang. Sur sa tête devenue noire et tubéreuse pointaient des oreilles aiguisées comme des lames. Sa mâchoire étrangement basse était hérissée de dents. Il haletait bruyamment et, tandis que je l'observais, il reprenait lentement la forme que je lui connaissais. Ses bras et ses mains rétrécirent, ses griffes se rétractèrent jusqu'à devenir de simples ongles, et sa tête, après s'être dégonflée, recouvra son apparence habituelle. Quelques instants plus tard, c'était redevenu le bon vieux Mr Crowley, aussi normal qu'on pouvait l'être. Sans les taches de sang qui maculaient ses vêtements, personne n'aurait jamais deviné la transformation qu'il avait subie, ni ce qu'il avait fait. Il toussa puis, après avoir retiré le gant déchiqueté de sa main gauche, le laissa tomber d'un air las.

Je restais assis là, choqué, le visage fouetté par le vent, les jambes réchauffées par ma propre urine. Je ne me rappelais même pas m'être pissé dessus.

Mr Crowley était un monstre.

Mr Crowley était *le* monstre.

Trop terrorisé pour penser à me cacher, je restais là à regarder, frigorifié et nauséeux. Il transforma une fois de plus sa main droite en serre et se mit à déchirer couche par couche les vêtements de l'inconnu.

« Essayer de me tuer, marmonna-t-il. Alors que je t'avais acheté un bonnet. »

Avec une moue, il tendit les mains vers le cadavre et j'entendis une série de craquements horribles – un, deux, trois, quatre, cinq, six –, un chapelet de côtes brisées. Il se pencha davantage, disparaissant de ma vue pour se relever quelques instants plus tard avec deux sacs informes et sanguinolents à la main.

Les poumons.

Lentement, il se mit à déboutonner son manteau... puis sa première chemise en flanelle... puis sa deuxième... puis sa troisième. Bientôt sa poitrine nue fut exposée au froid, il serra les dents, la respiration difficile, et ferma les yeux. Il fit passer les poumons flasques dans sa main humaine, porta sa serre démoniaque à son ventre et s'entailla juste en dessous des côtes. Je retins un cri au moment même où il laissa échapper un grognement sourd; apparemment, il ne m'avait pas entendu. Du sang se déversa de son ventre ouvert, il chancela, mais se redressa vite.

J'étais au-delà de l'effarement à présent: trop sonné par ce que j'avais vu, j'étais paralysé, le regard fixe.

Mr Crowley, au martyre, toussa à nouveau, puis il fourra précipitamment les poumons dans l'entaille de son abdomen. Il tomba à genoux, le visage tordu de douleur, et j'observais le dernier bout de poumon disparaître en lui, comme si une force l'attirait à l'intérieur. Soudain, il ouvrit démesurément les yeux, jamais je n'aurais cru possible de les écarquiller autant, et, épouvanté, il remua la bouche, s'efforçant vainement de respirer. Un truc sombre s'échappa de sa blessure, il s'empressa de l'attraper: une autre paire de poumons, semblables aux premiers sauf qu'ils étaient noirs et maladifs comme ceux qu'on voit dans les pubs contre le cancer. Ils sortirent de la chair ouverte avec un sifflement et Crowley les laissa tomber sur le cadavre de l'inconnu. Il resta un instant sans bouger, suspendu dans un silence de plomb, asphyxié, puis soudain il inspira bruyamment, comme un plongeur qui émerge d'un bassin, cherchant désespérément de l'air. Il respira ainsi à trois reprises, de grandes inspirations avides, avant de retrouver un rythme plus calme, plus mesuré. Sa main droite reprit sa taille normale, passant mystérieusement du monstrueux à l'humain, puis il comprima sa plaie béante.

Le trou se referma à la manière d'une braguette. Trente secondes plus tard, sa poitrine redevint uniforme, blanche et sans aucune cicatrice.

Tout à coup, les branches au-dessus de ma tête cédèrent, laissant tomber un tas de neige autour de ma cachette. Je me mordis la langue pour étouffer un cri de surprise et me jetai à plat ventre dans le creux entre les troncs. Je ne voyais plus Crowley, mais je l'entendis se lever d'un bond : je l'imaginais aux aguets, prêt à se battre – prêt à tuer quiconque aurait assisté ne serait-ce qu'à une fraction de ses agissements. Je retins mon souffle tandis qu'il s'approchait de mes arbres, mais il passa son chemin sans même jeter un regard dans ma direction. Un peu plus loin, il se baissa pour chercher quelque chose dans la neige – le couteau éjecté, supposai-je –, se redressa au bout de quelques instants puis se dirigea vers sa voiture. J'entendis le cliquetis du coffre qui s'ouvrait, un froissement de plastique, puis le hayon claqua et Crowley retourna près du cadavre, la démarche assurée.

Je venais de voir un homme mourir. Je venais de voir mon voisin d'en face le tuer. C'était trop à assimiler ; mon corps se mit à trembler de façon incontrôlable, de froid ou de peur, je n'aurais su dire. J'essayai de maintenir mes jambes au sol pour les empêcher de trahir ma présence en agitant les broussailles.

Je ne sais pas exactement combien de temps je restai allongé là dans la poudreuse à l'écouter s'activer et à prier pour qu'il ne me trouve pas. J'avais de la neige dans les chaussures, le pantalon et la chemise : elle s'était infiltrée par le col et la ceinture, aussi froide que de la glace – tellement froide qu'elle brûlait. Il me parvenait en boucle des bruits de plastique froissé, d'os entrechoqués et de succion. Un siècle plus tard, j'entendis Crowley traîner quelque chose de lourd, puis il émit un râle et ses bottes cliquetèrent sur la glace.

Deux pas. Trois pas. Quatre pas. Après dix, je m'autorisai à me redresser – tout doucement – pour regarder à travers les arbres. Crowley était au milieu de l'eau gelée, il avait jeté un sac en plastique noir en travers de ses épaules et une scie à glace pendait à sa ceinture. Lentement, prudemment, il avançait, jaugeant chaque pas et luttant contre le vent glacial. Sa silhouette diminuait de plus en plus, des bourrasques puissantes chargées de petits glaçons tourbillonnaient rageusement autour de lui, comme si son geste avait provoqué la colère de la nature – ou le contentement de quelque force obscure. Quand il eut parcouru près d'un kilomètre, son profil solitaire s'évanouit complètement dans le blizzard, il avait disparu.

Je sortis tant bien que mal du taillis, les jambes flageolantes et le cerveau en alerte rouge. Sachant qu'il fallait que je me débrouille pour effacer mes traces, j'arrachai la branche basse d'un pin. Je marchai ensuite à reculons jusqu'à mon vélo tout en balayant mes empreintes comme j'avais vu un Indien le pratiquer dans un de ces vieux films de John Wayne. Ce n'était pas parfait, mais il faudrait faire avec. Je redressai ensuite mon vélo avant de traverser en courant la rive dégagée dans l'espoir que Crowley ne verrait pas mes empreintes aussi loin du lieu du crime. Une fois sur la route, j'enfourchai mon vélo et pédalai comme un fou afin d'atteindre la ville avant qu'il ne revienne et me double avec sa voiture.

Autour de moi, les pins formaient des cornes noires démoniaques et le soleil qui se couchait derrière les chênes travestissait leurs branches nues en os sanglants.

8

Cette nuit-là, je dormis très peu, hanté par ce que j'avais vu au lac. Mr Crowley avait tué un homme – paf ! comme ça. Un instant il était vivant, il hurlait et se débattait pour rester en vie, et l'instant d'après il n'était plus qu'un sac de viande. La vie, quelle que fût sa nature, s'était métamorphosée en néant.

J'avais très envie de revivre cette scène, ce que je me reprochais amèrement.

Mr Crowley était une espèce de monstre – une bête à forme humaine qui semblait avoir absorbé les poumons de l'homme qu'il venait de tuer. Je repensai à la jambe manquante de Ted Rask, au rein de Jeb Jolley et au bras de Dave Bird : avait-il aussi absorbé ces parties-là ? Je l'imaginais entièrement composé de morceaux de cadavres : le Dr Frankenstein et son monstre fusionnant pour former un tueur contre nature. Mais quel était le point de départ ? Qu'avait-il été avant de voler le premier morceau ? Je revoyais cette peau tannée et rugueuse, cette tête tubéreuse et ces longues griffes pareilles à des lames. Je n'étais pas croyant et ne savais presque rien de l'occulte ni du surnaturel, pourtant le mot qui me vint aussitôt à l'esprit fut « démon ». C'est ainsi que le Fils de Sam avait baptisé les monstres de sa vie et je me disais que si ça lui convenait, ça me conviendrait aussi.

Ma mère eut l'intelligence de me laisser tranquille. En rentrant à la maison, j'avais jeté mes vêtements trempés d'urine au linge sale avant de prendre une douche ; j'imagine qu'en les voyant ou en les sentant elle s'était dit que j'avais eu un de mes accidents. Il est rare que les gens qui souffrent d'énurésie nocturne perdent le contrôle en étant éveillé, mais les raisons qui peuvent déclencher une fuite (forte angoisse, tristesse ou peur) étaient suffisamment sensibles pour que ce soir-là elle évite le sujet et se passe les nerfs sur la lessive plutôt que sur moi.

Une fois sorti de la douche je m'étais enfermé dans ma chambre et en avais émergé vers midi le lendemain, bien que je fusse tenté d'y prolonger mon séjour. C'était le jour de Thanksgiving et Lauren avait refusé de venir : à la maison, la tension serait palpable. Toutefois, après ce que je venais de vivre, un dîner tendu passerait comme une lettre à la poste. Je m'habillai donc et me rendis dans la salle à manger.

« Salut, John », lança Margaret.

Assise sur le canapé, elle regardait la fin du défilé de Macy's[1].

Dans la cuisine, ma mère leva les yeux du plan de travail.

« Bonjour, mon chou. »

Elle ne m'appelait jamais « mon chou », sauf quand elle voulait se racheter. Je répondis par un grognement avant de me servir un bol de céréales.

« Tu dois être affamé, reprit ma mère. Nous n'allons pas tarder à manger, mais bon, vas-y, tu n'as rien avalé depuis hier midi. »

Je détestais quand elle se montrait gentille avec moi car elle semblait le faire uniquement en cas d'urgence, comme si elle reconnaissait ouvertement que quelque chose n'allait pas. Personnellement, je préférais laisser les choses macérer en silence.

Je mâchais lentement mes céréales en me demandant comment ma mère et Margaret réagiraient si elles savaient la vérité : à savoir que je ne m'étais pas terré par peur ou à cause

1. Défilé organisé par la chaîne de magasins Macy's, qui se déroule chaque année à New York à l'occasion de Thanksgiving. *(N.d.T.)*

d'une détresse émotionnelle, mais parce que j'étais fasciné par les possibilités dont bénéficiait un tueur surnaturel. J'avais passé la nuit à assembler les pièces du puzzle avec le profil du criminel et j'étais ravi de voir comme tout s'emboîtait à la perfection. Le tueur volait des parties du corps pour remplacer celles qui ne fonctionnaient plus. Crowley avait les poumons malades, du coup il s'en était procuré de nouveaux et il paraissait logique qu'il ait tué les autres victimes pour la même raison. Avant, sa jambe le faisait terriblement souffrir, mais hier il avait marché facilement, sans boiter : il avait remplacé sa jambe folle par celle qu'il avait volée à Rask. La boue noire qu'on avait retrouvée auprès de chaque victime provenait des parties déficientes dont il s'était débarrassé. Les victimes étaient des hommes costauds et âgés parce que Crowley était un homme costaud et âgé et qu'il avait besoin de parties du corps qui lui correspondaient. La nature double de ces meurtres à la fois violents et réfléchis tenait à celle de Crowley lui-même : un démon dans un corps d'homme.

Ou, plus exactement, un démon dans un corps fabriqué à partir d'autres hommes. L'affaire vieille de quarante ans que Ted Rask avait déterrée en Arizona relevait probablement du même schéma, voire du même démon. Existait-il d'autres démons semblables ? Crowley se trouvait-il en Arizona quarante ans plus tôt ? Rask était un connard prétentieux, certes, mais il avait flairé une piste et il en était mort.

Cependant, tout au long de mes réflexions, je ne cessais de repenser au meurtre proprement dit et au sang, aux bruits et aux cris d'un homme qui meurt. Je savais, en théorie, que ça aurait dû davantage me travailler, que j'aurais dû vomir, pleurer ou refouler ces souvenirs. Mais non, je mangeais simplement un bol de céréales en m'interrogeant sur la suite des opérations. J'aurais pu envoyer la police chez mon voisin, mais qu'aurait-elle trouvé ? La dernière victime était un vagabond dont personne ne se souviendrait – qu'il puisse manquer à quelqu'un, n'en parlons pas –, sans compter que Crowley avait coulé le corps et toutes les preuves dans le lac : il faisait des progrès. Les policiers dragueraient-ils le lac sur un tuyau anonyme ? Fouilleraient-ils la maison d'un homme respecté sur les conseils d'un ado de quinze ans ? Hautement improbable. Si je voulais que la police me croie, il fallait que je la fasse venir sur le lieu d'un crime. Il fallait qu'elle le prenne en flagrant démon. Mais comment ?

« John, tu pourrais m'aider avec la farce ? »

Debout à la table, ma mère découpait du céleri tout en regardant le défilé à la télé.

« Bien sûr », répondis-je.

Je me levai. Elle me tendit quelques oignons sortis du frigo et le couteau. Ce dernier était presque identique à celui avec lequel l'inconnu avait essayé de tuer Crowley. Je le soupesai un peu, puis tranchai dans le vif de l'oignon, traversant toutes les couches.

« C'est l'heure du jus », annonça ma mère.

Sur ce, elle sortit la dinde du four. Puis elle s'empara d'une grosse seringue qu'elle enfonça dans la volaille avant de presser le piston.

« J'ai vu faire ça à la télé hier, expliqua-t-elle. C'est un mélange de bouillon de poulet, de sel, de basilic et de romarin. C'est censé être délicieux. »

Par habitude, elle avait enfoncé la seringue juste au-dessus de la clavicule, pile à l'endroit où elle aurait inséré le tuyau de la pompe dans un macchabée. Je l'observais qui injectait le bouillon et imaginais le liquide se répandre à travers l'animal, l'embaumant avec du sel et des aromates, le remplissant de perfection artificielle tandis qu'un flot de sang et d'horreur gouttait par le fond avant de disparaître sous terre. J'enlevai la peau sèche et parcheminée du deuxième oignon puis coupai le bulbe en deux.

Ma mère couvrit la dinde avant de la renfourner.

« Il faut pas qu'on mette la farce ? demandai-je.

– En fait, on ne la fait pas cuire à l'intérieur de la dinde, répondit-elle en farfouillant dans un placard. C'est un coup à risquer un empoisonnement alimentaire. »

Elle sortit un flacon en verre où restait un tout petit fond de liquide brunâtre.

« Oh, non ! On est presque à sec. John, mon chou ? »

Encore ce mot.

« Ouais ?

– Tu pourrais filer chez les Watson pour emprunter un peu de vanille ? Je suis sûre que Peg en a ; s'il y a quelqu'un dans cette rue qui pense toujours à tout, c'est bien elle. »

Il s'agissait de la maison de Brooke. Je m'étais interdit de penser à elle depuis que le Dr Neblin m'avait posé des questions à son sujet. Je sentais que je commençais à faire une fixation, à trop penser à elle, du coup mes règles étaient intervenues pour m'arrêter. J'avais envie de dire non, mais pas d'expliquer pourquoi.

« Bien sûr.

– Mets un manteau, il a encore neigé. »

J'enfilai ma veste puis descendis les escaliers qui menaient au funérarium. L'obscurité et le silence régnaient ; j'adorais cette atmosphère. Il faudrait que j'y retourne plus tard si je pouvais y arriver sans éveiller les soupçons de ma mère. Je sortis par la porte latérale et observai la maison de Mr Crowley de l'autre côté de la rue. La neige avait tout recouvert d'une pellicule blanche. Rien n'était sale après une chute de neige, du moins rien de visible : en surface, chaque voiture, chaque maison, chaque plaque d'égout était blanche et calme. Je me frayai un chemin jusque chez les Watson, qui habitaient deux maisons plus loin, et appuyai sur la sonnette.

« Tu peux y aller, Brooke ?

– J'y vais. »

J'entendis des bruits de pas et, peu après, Brooke Watson ouvrit la porte. Elle portait un jean et un sweat-shirt, et elle avait noué ses cheveux en un chignon qui tenait à l'aide d'un crayon. Je l'avais évitée depuis le bal, quand, effarouchée, elle avait battu en retraite. Elle souriait, à présent – pour tout dire, elle sourit en me voyant.

« Salut, John.

– Salut. Ma mère a besoin de vanille, un truc dans ce genre. Vous en auriez pas, par hasard ?

– De la glace, tu veux dire ?

– Non, c'est marron, c'est pour cuisiner.

– Maman, cria-t-elle, on a de la vanille ? »

Sa mère apparut en s'essuyant les mains avec un torchon et me fit signe d'approcher.

« Viens donc. Ne le laisse pas planté dehors, Brooke, tu vas le faire mourir de froid. »

Elle prononça ces mots avec un sourire et Brooke rigola.

« Tu ferais mieux d'entrer », dit-elle en souriant.

Je tapai des pieds pour enlever la neige de mes chaussures avant d'avancer, puis Brooke ferma la porte.

« Viens, Brooke, c'est à toi ! » cria une voix haut perchée.

J'aperçus son petit frère et son père allongés devant un plateau de Monopoly grand ouvert. Brooke s'affala par terre, lança le dé, puis déplaça son pion avec un grognement. Son petit frère, Ethan, gloussa de plaisir tandis qu'elle comptait une liasse de billets.

« Il fait frisquet, dehors ? » demanda le père.

Il était encore en pyjama et portait de grosses chaussettes en laine.

« C'est à toi, papa, vas-y, dit Ethan.

– C'est pas pire, répondis-je en repensant à la veille au soir. Le vent est tombé, c'est déjà ça. »

Et je ne suis pas caché dans les arbres pendant que mon voisin arrache les poumons d'un type, donc y a vraiment du mieux.

La mère de Brooke, l'air affairé, revint dans la pièce avec un petit Tupperware rempli de vanille.

« Ça devrait être largement suffisant, dit-elle. Tu veux une tasse de chocolat chaud ?

– Moi oui ! » cria Ethan.

Et il bondit sur ses pieds avant de courir à la cuisine.

« Non merci. Ma mère a besoin de ce truc, alors je ferais mieux de ne pas traîner à lui rapporter.

– S'il te faut quoi que ce soit d'autre, n'hésite pas, répliqua-t-elle dans un sourire. Joyeux Thanksgiving !

– Joyeux Thanksgiving, John », répéta Brooke.

J'ouvris la porte et elle se leva pour me raccompagner. On aurait dit qu'elle s'apprêtait à parler, mais elle secoua la tête en riant.

« On se voit au lycée. »

Je hochai la tête.

« Ouais, à bientôt. »

Tandis que je descendais les marches, elle me fit un signe de la main tout en découvrant son appareil dentaire dans un large sourire. Douloureuse beauté ; je m'obligeai à détourner le regard. Mes règles étaient trop enracinées. Elle était plus en sécurité comme ça.

Je retournai à la maison d'un pas lourd, la boîte de vanille tout au fond de ma poche et les poings serrés pour garder les mains au chaud. Sous la neige, les maisons se ressemblaient toutes : pelouse blanche, allée blanche, toit blanc, angles arrondis, contours estompés. Personne n'aurait deviné en passant en voiture que, parmi elles, l'une abritait une famille joyeuse, une autre une demi-famille malheureuse et qu'encore une autre dissimulait le repaire d'un démon.

Le dîner de Thanksgiving fut à la hauteur de ce qu'on pouvait espérer chez moi. L'ensemble des chaînes diffusaient un film familial ou un match de foot, que ma mère et Margaret, tout en mangeant, regardaient d'un œil vide ; quant à moi, j'avais positionné ma chaise de façon à avoir une bonne vue de la maison des Crowley et je passais le repas à regarder par la fenêtre.

Ma mère zappait inlassablement. Avant le départ de papa, Thanksgiving était la journée du foot, du matin jusqu'au soir, ma mère s'en plaignait chaque année. Désormais elle zappait fébrilement d'un match à l'autre en marquant une pause plus longue sur les chaînes sans sport, comme pour leur donner une plus grande valeur : ne lui rappelant pas mon père, elles étaient meilleures que le reste.

Mes parents ne s'étaient jamais super bien entendus, mais la situation avait empiré l'année qui avait précédé le départ de mon père. Il avait fini par déménager dans un appart à l'autre bout de la ville, où il était resté presque cinq mois, le temps que la procédure de divorce se fraye un chemin à travers l'appareil digestif des tribunaux du comté. Je n'allais chez lui qu'une semaine sur deux et pourtant même le bref contact qu'ils avaient lorsqu'ils effectuaient le roulement leur était insoutenable. Sur la fin, ils se contentaient de rester chacun à un bout du parking du supermarché, tard le soir, quand il était vide, et je trimballais mon oreiller et mon sac à dos d'une voiture à l'autre, dans l'obscurité. J'avais sept ans.

Un soir, alors que je me trouvais à mi-chemin de la voiture de ma mère, j'avais entendu le moteur de celle de mon père gronder : il avait allumé les phares, était sorti sur la route, puis avait tourné au coin de la rue avant de disparaître dans un vacarme rageur. Je ne le revis plus jamais. Il envoyait des cadeaux à Noël et parfois pour mon anniversaire, mais sans jamais écrire son adresse. Il aurait aussi bien pu être mort.

Notre repas s'acheva par une tarte à la citrouille du supermarché et de la crème chantilly en bombe. Tapie au milieu de la table, la carcasse de la dinde ressemblait à une araignée décharnée ; tout en songeant à l'homme mort au lac, je tendis la main vers l'animal et lui brisai une côte avec un bruit sec. La télé ronronnait en fond sonore. Il régnait une nette absence de conflit, nous n'aurions pas pu approcher le bonheur de plus près.

« Bonsoir et bienvenue sur Five Live News. Walt Daines, pour vous servir.

– Et Sarah Bello. Nombreux sont ceux qui choisissent de célébrer Thanksgiving autour d'une dinde frite, hélas ! les friteuses peuvent se révéler dangereuses. Nous y reviendrons dans quelques instants, mais voici tout d'abord les dernières nouvelles du Tueur de Clayton County qui a jusqu'ici trois victimes à son actif, notamment Ted Rask, journaliste à Five Live News. Regardons le reportage de Carrie Walsh. »

Nous nous redressâmes comme un seul homme, les yeux rivés sur l'écran.

« La ville de Clayton a peur », commença une jeune journaliste qui se tenait devant la laverie.

Si elle était venue, c'était sûrement uniquement parce que, étant la plus novice, elle n'avait pu refiler le boulot à personne. Il faisait beaucoup plus beau à l'écran que dehors, j'en déduisis donc qu'elle avait dû tourner cette séquence vers 14 heures.

« La police patrouille les rues vingt-quatre heures sur vingt-quatre et même à présent, en plein jour, une escorte armée m'accompagne. »

La caméra recula afin de montrer que la journaliste était effectivement encadrée par deux policiers.

« De quoi a-t-on aussi peur ? poursuivit-elle. Trois meurtres non résolus en l'espace d'à peine trois mois. La police n'a que très peu de pistes, cependant Ted Rask, reporter d'investigation, avait découvert un indice tellement sensible que le meurtrier a dû l'assassiner. »

Elle parlait d'une voix posée, mais elle avait les yeux injectés de sang et les jointures de ses doigts étaient livides à force de serrer le micro. Elle était terrorisée.

« Aujourd'hui, avec l'aide de l'agent Forman du FBI, nous allons vous divulguer un document qui pourrait favoriser l'arrestation du meurtrier. »

Le reportage nous emmena alors vers une espèce de réserve de dossiers, tandis que l'agent du FBI expliquait en voix off l'histoire de T. Openshaw, un habitant de l'Arizona qui avait disparu de chez lui depuis quarante-deux ans. Il s'agissait d'un adulte, mais pas très vieux: la quarantaine. Je ne suis pas très fort avec les âges. Il me semblait vaguement familier, comme c'est souvent le cas quand on regarde de vieilles photos: cette impression persistante dans un coin de votre tête que, avec des vêtements et une coupe de cheveux modernes, cette personne serait quelqu'un qu'on croise tous les jours. La police avait découvert du sang et des traces de violence, mais pas de corps et surtout, et c'était là la raison pour laquelle cette histoire était liée à Clayton County, on avait retrouvé une flaque de boue noire par terre, au milieu de la cuisine de cet homme. La police avait échafaudé quelques théories, que la journaliste expliqua nerveusement, mais aucune ne correspondait à ce que j'avais vu. Et pour cause!

Les yeux rivés sur l'écran, je m'imaginais l'homme de l'Arizona: il entend frapper à sa porte, ouvre et se retrouve face à Mr Crowley qui lui raconte une histoire de panne de voiture ou de carte égarée. Mr Crowley demande à entrer, l'homme accepte et dès qu'il a le dos tourné Crowley l'égorge et vole son... quoi? La police n'avait jamais retrouvé le corps, donc ils n'avaient jamais su que le tueur en avait fauché un morceau.

Mais pourquoi aurait-il caché les cadavres à l'époque et pas ses trois premières victimes ici? Ce n'était pas logique. Si on revient aux classifications du FBI, c'est comme si de tueur organisé il était devenu un tueur désorganisé. Et désormais, avec l'agression du zonard, il était repassé du côté organisé du spectre. Pourquoi?

Il y eut un changement de séquence, on voyait à présent l'agent du FBI dans un bureau terne, qui répondait à une interview sûrement tournée un peu plus tôt.

« Nous avons poursuivi les tests ADN dans l'affaire de Clayton, expliquait-il, et la boue retrouvée près des trois victimes est identique. Le FBI n'est pas parvenu à identifier l'ADN, en revanche nous pouvons affirmer de manière catégorique qu'il provient à chaque fois de la même personne. »

De la même personne ? Ça non plus, ça n'était pas logique. Si la boue provenait des organes délaissés et que chaque organe provenait d'un corps différent, l'ADN n'aurait-il pas dû être différent à chaque fois ? Malheureusement, ce genre de sciences dépassait un peu le programme de seconde, je ne pouvais donc pas résoudre ce problème tout seul. Et puis comme mes théories se basaient sur des informations que l'agent du FBI ne possédait pas, il ne put me fournir davantage d'explications.

« Malheureusement, la mort d'Emmet T. Openshaw remonte à tellement longtemps qu'il nous a été impossible d'effectuer un test ADN, poursuivit l'agent Forman, et pas la moindre particule de boue retrouvée chez lui n'a été conservée comme preuve. Pour tout dire, nous ne savons pas pourquoi il s'agit d'une information importante, ni même si elle l'est réellement – tout ce que nous savons, c'est que le meurtrier ne voulait pas que ça s'ébruite. Si cette information vous rappelle quelque chose, ou si vous avez une piste, quelle qu'elle soit, s'il vous plaît, parlez-en à la police. Votre identité ne sera pas révélée. Merci. »

La journaliste revint à l'image, elle hocha sèchement la tête avant de regarder la caméra.

« Carrie Walsh pour Five Live News. À vous les studios, Sarah. »

Désiraient-ils vraiment connaître n'importe quelle piste ? Même la plus grotesque ?

De toute évidence, le démon était davantage que la somme de ses parties. Il pouvait transformer ses mains – dont une avait appartenu à un fermier à peine deux mois auparavant – en des griffes de démon. Il avait besoin de parties de corps humains, cela au moins ne semblait faire aucun doute, mais, une fois qu'il les avait absorbées, elles devenaient une part de lui. Elles prenaient ses caractéristiques, sa force, et, apparemment, sa signature ADN.

Mais si tel était le cas, pourquoi l'ADN était-il identifié comme étant d'origine humaine ? Les démons possédaient-ils seulement un ADN ?

Grotesque ou pas, il fallait que j'aille voir les flics. La seule autre option consistait à essayer d'arrêter le démon moi-même, or je n'avais pas la moindre idée de par où commencer. Pouvais-je lui tirer dessus ? Le poignarder ? Il était capable de guérir de blessures sacrément graves, alors je doutais de l'efficacité de ces deux solutions. Sans compter que c'était mal, je le savais. J'avais passé trop de temps à me protéger de pensées violentes pour dès lors m'y abandonner. Derrière le mur, le monstre réveillé s'agitait en grognant, impatient d'être libéré. Je n'osais pas le laisser sortir : qui savait ce qu'il aurait pu faire ?

Encore une fois, mon seul dilemme constituait à trouver comment amener la police à me croire. Il fallait que je leur donne davantage que ma seule parole, que je leur fournisse une preuve quelconque. S'ils venaient inspecter la maison de Mr Crowley, ils ne trouveraient certainement rien : il était devenu trop prudent et cachait trop bien ses traces. Si je voulais les convaincre, il fallait qu'ils voient ce que j'avais vu. Il fallait qu'ils le prennent la main dans le sac, qu'ils sauvent sa victime et qu'ils voient ses griffes démoniaques de leurs propres yeux.

La seule façon dont je pouvais y parvenir, c'était de l'observer, de le suivre, et de les appeler quand il s'apprêterait à passer à l'acte. Il fallait que je devienne l'ombre de Mr Crowley.

9

C'est le premier pas qui coûte : sortir de chez moi, traverser la rue et remonter l'allée de Mr Crowley jusqu'à son perron. J'hésitai avant de frapper. S'il m'avait vu au lac – s'il soupçonnait que je connaissais son secret –, il pourrait très bien me tuer sur place. Je frappai. Il faisait plusieurs degrés en dessous de zéro, pourtant je gardais les mains hors de mes poches afin de m'équilibrer au cas où j'aurais dû me mettre à courir.

Mrs Crowley ouvrit la porte. Était-elle un démon elle aussi ?

« Bonjour, John. Comment ça va aujourd'hui ?

– Bien, madame Crowley. Et vous ? »

J'entendis un craquement derrière elle : son mari passait lentement d'une pièce à l'autre. *Savait-elle ce qu'il était ?*

« Je vais bien, mon lapin. Qu'est-ce qui t'amène par une soirée aussi froide ? »

Ma voisine, âgée et ratatinée, était la plus stéréotypée des « petites vieilles » que je connaissais. Elle portait de grandes lunettes, et je songeai soudain que son mari, lui, n'en avait pas. Volait-il des yeux tout neufs à chaque fois que les siens le lâchaient ?

« Il a neigé hier soir, répondis-je, je voudrais déneiger vos allées.

– Le jour de Thanksgiving ?

– Oui, je n'ai pas grand-chose d'autre à faire. »

Elle eut un sourire malicieux.

« Je connais la vraie raison de ta présence ici, dit-elle. Tu veux du chocolat chaud. »

Je souris – un sourire soigné, répété, conçu pour ressembler en tout point à celui d'un ado de quinze ans qui vient de tomber dans un gentil piège. Je l'avais bossé toute la nuit. Ma voisine me servait du chocolat chaud à chaque fois que je déneigeais chez eux ; c'était la seule occasion où l'on m'invitait à entrer. Or si j'étais ici ce jour-là, c'était parce que j'avais besoin qu'on m'y invite. Il fallait que je voie si Mr Crowley était en bonne santé et si non, à quel stade il en était. Il allait bien finir par devoir tuer à nouveau et il fallait que je sache exactement quand si je voulais envoyer la police le prendre en flagrant délit.

« Je vais en mettre à chauffer tout de suite. La pelle est dans le cabanon. »

Après qu'elle eut fermé la porte, je contournai la maison, la neige crissait doucement sous mes pas. C'était parti.

Quelques minutes plus tard, Mr Crowley apparut sur le perron, la santé incarnée : il marchait d'un pas ferme, le dos bien droit et ne toussa pas une seule fois. Ses nouveaux membres faisaient bien leur travail. Il se dirigea vers la rambarde à l'extrémité de la véranda pour m'observer ; j'essayais de l'ignorer, mais, bien trop méfiant, je n'osais lui tourner le dos. Je me relevai donc et lui fis face.

« Bonsoir, lançai-je.

– Bonsoir, John. »

Il semblait aussi enjoué que d'habitude. Je n'arrivais pas à déterminer s'il mc soupçonnait ou pas.

« Vous avez passé un bon Thanksgiving ? demandai-je.

– Oui, oui. Très bon. La dinde de Kay vaut le détour, c'est moi qui te le dis, c'est la meilleure de l'État. »

Il n'observait pas que moi, il regardait tout autour de lui : la neige, les arbres, les maisons, tout. Il paraissait presque heureux, ce qui était plutôt logique, finalement. Grâce à sa paire de poumons flambant neuve, il avait littéralement retrouvé un second souffle. Je me demandais combien de temps ça allait durer.

Il n'allait pas me tuer ; il ne semblait même pas se douter que je connaissais son secret. Rassuré, pour l'heure, quant à ma sécurité, je repris mon déneigement.

Lors des deux semaines qui suivirent, je passais mes journées à pelleter de la neige et mes nuits à prier qu'il en tombe davantage. Tous les deux ou trois jours, j'inventais une excuse pour aller voir mes voisins : pelleter, couper du bois de chauffage, aider à porter les courses. Mr Crowley ne se déparait pas de sa gentillesse : il causait, blaguait et embrassait sa femme. C'était l'image même de la santé, jusqu'au jour où je découvris un laxatif en déballant un sac de courses.

« C'est son ventre, m'expliqua sa femme avec un sourire espiègle. Nous les vieux, on ne peut plus manger comme avant. Tout se déglingue.

– Il m'avait l'air plutôt en bonne santé.

– C'est juste un petit problème de digestion. Rien d'alarmant. »

Oui, enfin, sauf si Mr Crowley lorgne votre système digestif.

Toutefois je ne m'inquiétais pas pour elle. D'abord, ses organes vieux de soixante-dix ans ne valaient sûrement pas la peine d'être volés, mais il n'y avait pas que ça. Il se montrait gentil avec elle et l'embrassait à chaque fois qu'il la rejoignait dans une pièce. Même si elle lui servait uniquement de couverture, jamais il ne lui ferait de mal.

Un samedi soir tard, le 9 décembre, il s'éclipsa pour retirer ses plaques d'immatriculation. Je l'observais depuis ma fenêtre, entièrement habillé, comme chaque soir, et, dès qu'il partit au volant de sa voiture après avoir rangé ses plaques, je descendis furtivement les escaliers et sortis par la porte latérale. Le vent soufflait tellement fort qu'il me mordait le visage à travers mon écharpe et il fallait que je pédale doucement pour garder l'équilibre sur les routes verglacées. J'avais retiré les catadioptres de mon vélo, ce qui me rendait presque invisible dans l'obscurité, cependant je ne craignais pas d'être percuté. Les routes étaient pratiquement désertes.

Mr Crowley conduisait doucement, lui aussi, je suivais de loin ses feux arrière. À cette heure tardive, les seuls lieux ouverts étaient l'hôpital et la station-service Flying J, tous deux situés en périphérie de la ville. Je pensais qu'il irait à la station pour essayer de ramasser un autre zonard, mais non, il roula doucement en direction du minuscule centre-ville. Logique : à cette heure de la nuit, le centre serait probablement désert, mais s'il parvenait quand même à dénicher quelqu'un, il pourrait alors le tuer en toute impunité. Il n'y aurait ni commerces ouverts, ni maisons, ni témoins susceptibles d'entendre les cris.

Soudain, une voiture déboucha à l'angle de la rue, loin devant moi, et s'arrêta à côté de Mr Crowley à un feu rouge. Une voiture de police. J'imaginais les flics lui demander si tout allait bien, s'il avait besoin de quoi que ce soit, s'il avait vu quelque chose de louche. Le feu passa au vert et, après quelques secondes de battement, ils poursuivirent leur chemin. La police continua tout droit, Crowley tourna à droite. J'accélérai le mouvement pour le rattraper et anticipai son trajet en bifurquant à droite dans une rue parallèle afin d'éviter les lampadaires. Je ne voulais pas que lui ou les flics me voient.

Lorsque je l'aperçus de nouveau, il était garé et parlait à un homme sur le trottoir. Je les observais de longues minutes, durant lesquelles l'homme se redressa à deux reprises pour regarder au bout de la rue ; il ne cherchait rien en particulier, il regardait, c'est tout. Serait-il l'élu ? Il portait une parka de couleur sombre et une casquette de base-ball – pas franchement adapté, vu la météo et l'heure tardive. Crowley était sûrement en train de lui proposer de monter : *Venez donc vous abriter du froid, on mettra le chauffage, je vous déposerai où vous voulez. Et à mi-chemin, je vous viderai comme un poisson.*

L'homme leva de nouveau la tête. Je l'observai sans respirer. Franchement, je ne sais pas si j'avais envie qu'il monte dans la voiture ou non. J'allais appeler les flics, bien sûr, mais si ça se trouve, ils arriveraient trop tard. Qu'est-ce que je ferais si cet homme mourait ? Devais-je laisser tomber mon plan et simplement me précipiter pour le prévenir ? Si je le sauvais, Crowley se contenterait d'aller chercher quelqu'un d'autre. Je ne pouvais pas le filer le restant de mes jours pour avertir les gens. Il fallait que je prenne le risque d'attendre le bon moment.

L'homme ouvrit la portière passager puis monta. Désormais, plus moyen de reculer.

Il y avait une cabine téléphonique dans Main Street, à l'extérieur de la station-service, si je l'atteignais à temps, je pourrais appeler la police pour leur dire d'aller voir la fameuse Buick. Ensuite, soit ils arrêteraient Crowley, soit ils le tueraient, mais, dans les deux cas, ça mettrait un point final à la situation.

La voiture bifurqua à droite, je pris à gauche en restant dans l'obscurité jusqu'à ce qu'elle disparaisse.

Une fois dans la cabine, je couvris le récepteur avec mon écharpe et utilisai des gants de manière à ne laisser aucune empreinte. Je ne voulais pas que ce coup de téléphone me trahisse.

« 911, dit une voix. Quelle est l'adresse de l'urgence ?

– Le Tueur de Clayton vient à l'instant de faire monter une nouvelle victime dans sa voiture. Dites à la police de chercher une Buick blanche LeSabre, quelque part entre le centre-ville et la scierie.

– Le... »

Le standardiste s'interrompit.

« Vous dites que vous avez vu le Tueur de Clayton ?

– Je l'ai vu alpaguer une nouvelle victime. Envoyez vite quelqu'un !

– Avez-vous une preuve qu'il s'agit bien du tueur ?

– Je l'ai vu assassiner quelqu'un d'autre.

– Ce soir ?

– Il y a deux semaines.

– Avez-vous signalé cet incident à la police ? »

Le standardiste semblait presque... s'ennuyer.

« Vous ne prenez pas cette histoire au sérieux. Il s'apprête à tuer quelqu'un, là, maintenant. Envoyez la police !

– Une voiture de patrouille vient d'être envoyée dans la zone entre le centre-ville de Clayton et la scierie de Clayton suite à un renseignement anonyme, répondit le standardiste qui s'emmerdait ferme. C'est le treizième de la semaine, si vous voulez savoir. À moins que vous ne souhaitiez me donner un nom ?

– Vous allez vous sentir vraiment con demain matin. Envoyez les flics tout de suite, je vais essayer de gagner du temps. »

Je raccrochai puis sautai sur mon vélo. Il fallait que je les retrouve.

Ils avaient bifurqué en direction de la scierie près de dix minutes plus tôt ; ils pouvaient se trouver n'importe où à présent, y compris au lac Marginal. Je redescendis Main Street pour atteindre l'endroit où ils avaient tourné afin d'essayer de suivre ou de deviner le trajet qu'ils avaient emprunté, mais à mi-chemin j'entendis une portière claquer et j'allai jeter un œil. Environ deux rues plus loin, entourée par des vitrines silencieuses et faiblement éclairée par le clair de lune, la voiture de Mr Crowley était garée derrière une autre sur le bas-côté. Mon voisin s'éloignait de son coffre pour se diriger vers un tas par terre. En m'approchant, je distinguai qu'il s'agissait d'un corps étendu sur une bâche. J'arrivai trop tard.

Après avoir laissé tomber mon vélo dans un coin sombre, je profitai que Crowley me tourne le dos pour m'approcher un peu plus en rampant ; j'atteignis le coin de la rue où il se trouvait, quelques mètres plus loin, puis me glissai dans une niche formée par l'entrée d'un magasin. La seconde voiture appartenait sûrement à la victime, tombée en panne au pire endroit, au pire moment : dans l'obscurité, loin de toute oreille humaine et près de Mr Crowley. Ce dernier avait manifestement rencontré le malchanceux en train de chercher de l'aide et lui avait proposé de jeter un œil.

Sur la bâche, à côté du corps, se trouvait un amas de boue noire fumante : il avait déjà effectué l'échange d'estomac, d'intestins ou de je ne sais quoi dont il avait besoin cette fois-ci, et il avait eu la présence d'esprit d'étaler une protection au sol de manière à récupérer cette preuve nocive. Il tendit la bâche et, au moment où il commençait à la rouler, les phares de la police apparurent. Je m'accroupis à leur passage et observais, à travers un angle de la vitrine, Mr Crowley qui interrompit son geste, baissa la tête puis se releva lentement.

L'un des policiers descendit de voiture et dégaina son pistolet sous couvert de sa portière ouverte ; l'autre, dont on distinguait la silhouette dans le siège conducteur, parlait à la radio. Le cadavre était caché dans la bâche roulée, mais il y avait du sang par terre suite à l'agression.

« Mains en l'air ! » lança le flic.

J'en connaissais quelques-uns à Clayton, mais, dans l'obscurité, je ne parvenais pas à reconnaître celui-là.

« Couchez-vous, vite ! »

Lentement, Mr Crowley se retourna.

« Monsieur ! Ne vous retournez pas ! Couchez-vous, plus vite que ça ! »

Crowley leur faisait face, à présent, son imposante carrure se découpait dans la lumière vive des phares. Son ombre s'étirait derrière lui presque jusqu'au bout de la rue, silhouette géante.

« Grâce à Dieu vous êtes là, dit-il. Je viens juste de le trouver. Je crois que ce fameux tueur s'en est pris à lui. »

Son pantalon était imbibé du sang de la victime ; je n'en revenais pas qu'il tente quand même le coup.

« Tournez-vous et allongez-vous sur le ventre », ordonna le policier.

Son arme, dans sa raideur noire, semblait être une extension de ses bras. À ce moment-là, les griffes de Crowley étaient rentrées, il paraissait parfaitement humain et pourtant parfaitement menaçant. Ses yeux formaient une fente sinistre et ses lèvres serrées dessinaient une ligne plate, inexpressive.

« Tournez-vous et allongez-vous sur le ventre, réitéra le flic. Nous ne vous le répéterons pas. »

Crowley semblait les transpercer du regard, je me demandais ce qu'il ressentait. De la colère ? De la haine ? Un trait de lumière sur sa joue attira mon attention. Des larmes.

Il était triste.

Le policier au volant ouvrit sa portière et sortit. Plus jeune que son partenaire, ses mains tremblaient ; il parla d'une voix chevrotante.

« Les renforts sont en... »

Avant même qu'il puisse finir sa phrase, Crowley les chargea, il revêtait toujours sa forme humaine, mais grondait sauvagement. Le flic le plus âgé lança un avertissement puis les deux hommes se mirent à tirer, les balles percutèrent une à une la poitrine de l'assaillant. Il s'écroula.

« Nom de... » murmura le jeune flic.

L'autre baissa lentement son arme avant de regarder son collègue.

« Le suspect est à terre. Je n'aurais jamais cru ce tuyau valable. C'était quoi, le troisième cette nuit ?

– Le quatrième.

– Alors, qu'est-ce que t'attends ? Appelle une ambulance ! »

En un éclair, Crowley était de nouveau sur pied à côté du policier expérimenté : visage monstrueusement allongé, mâchoire tremblante hérissée de crocs ciselés. L'homme mourut presque instantanément : des griffes ivoire lui lacérèrent les tripes, puis Crowley le démon bondit par-dessus la voiture de patrouille. Le jeune flic hurla et tira dans tous les sens, atteignant l'angle arrière de la voiture de Crowley juste avant que celui-ci ne lui saute dessus et le jette à terre, où je ne pouvais plus rien voir. Le policier poussa un nouveau cri puis se tut.

La violence cessa aussi vite qu'elle avait éclaté. Les flics, le démon, les armes, la rue, le ciel nocturne glacial... aussi silencieux qu'une tombe.

Un instant plus tard, Crowley contourna la voiture de police en traînant le corps des deux hommes à l'aide de son bras droit: le gauche pendait sur le côté, inerte. Le démon avait retrouvé forme humaine. Après avoir déroulé la bâche, il laissa tomber les deux cadavres à côté de celui de la première victime et resta là un moment à étudier la scène: trois macchabées, une mer de sang, deux voitures supplémentaires et un impact de balle dans la sienne. Il n'arriverait jamais à tout maquiller avant l'arrivée des renforts.

Il retourna vers la voiture de patrouille pour éteindre les phares; le carnage devint une silhouette grise. Il farfouilla encore un moment à l'intérieur, il s'ensuivit une série de craquements et de frottements, jusqu'à ce qu'il finisse par émerger pour balancer deux boîtiers noirs sur la pile de cadavres. Je supposais qu'il s'agissait de la caméra de surveillance, toutefois, à cette distance-là, je ne pouvais en être certain.

Il n'était pas trop tard. La police avait appelé des renforts, mais, même sans ça, quelqu'un allait forcément tomber sur lui. Il ne pourrait pas tout cacher.

Il retira son manteau et sa chemise en flanelle, les jeta sur la pile et resta là, pâle et à demi nu dans le clair de lune. Son bras gauche était méchamment amoché à cause de la balle qu'il avait reçue, il le palpa en grognant. Il leva alors la main droite – ses doigts se transformèrent naturellement en griffes – qu'il posa sur son épaule. Campé sur le trottoir, il rassemblait ses forces en vue de je ne sais quoi quand soudain il sursauta: son portable sonnait bruyamment à sa ceinture. Il l'attrapa de sa main valide, l'ouvrit et le porta à son oreille.

« Allô, Kay ! Je suis désolé, ma chérie, je n'arrivais pas à dormir. »

Pause.

« Je ne t'ai rien dit parce que je ne voulais pas te réveiller. Ne t'inquiète pas, mon chou, ce n'est rien, de l'insomnie, c'est tout. Je suis parti me balader en voiture. »

Pause.

« Non, ce n'est pas le ventre, je vais très bien. »

Il baissa les yeux sur la pile de cadavres à ses pieds.

« D'ailleurs, ça fait des semaines que mon estomac ne s'est pas porté aussi bien, ma chérie. »

Pause.

« Oui, je rentre bientôt. Retourne te coucher. Je t'aime, ma chérie. Je t'aime. »

Elle n'était donc pas un démon. Elle ignorait tout de cette situation.

Il éteignit son portable, puis, les doigts engourdis par le froid, le remit à sa ceinture. Ensuite il leva la main et se trancha l'épaule gauche, découpant la chair tout en exerçant un mouvement de torsion sur l'os, qui se détacha avec un « pop ! » sordide. Je reculai, choqué. La bouche béante, il tomba à genoux puis jeta le bras sur la première victime, où il se mit instantanément à grésiller et à se ratatiner. Une fois privé de l'obscure énergie qui maintenait le démon en vie, le membre se désagrégeait en boue en l'espace de quelques secondes.

Maladroitement et d'un seul bras, Crowley effectua la même opération sur l'un des policiers en lui arrachant d'abord son manteau, ensuite son bras gauche. Puis il porta ce membre à son épaule déchiquetée : je regardais, effaré, la chair qui semblait se tendre vers ce nouvel élément, l'attirer à elle et le coudre tout naturellement à son corps. L'instant d'après, le bras bougeait et se levait à hauteur d'épaule. Crowley fit des arcs de cercle, d'abord modestes, puis de plus en plus grands, jaugeant le poids du membre et vérifiant sa capacité de mouvement. Satisfait, il sortit une poignée de sacs-poubelle de son coffre et commença à emballer les corps en grelottant.

Je me surpris alors bêtement à me demander pourquoi il ne s'était pas contenté de prendre le bras de sa première victime. Pourquoi s'emmerder à déshabiller ce flic alors qu'il y avait un corps en parfait état juste à côté, prêt à l'emploi ?

J'entendis une voiture approcher, les roues crissaient péniblement dans la neige fondue, je me retournai. Un pick-up passait deux rues plus loin, dans Main Street, rouge vif sous la lumière des lampadaires. À cette distance et dans une telle obscurité, il était impossible d'apercevoir le manège macabre qui se déroulait. Le véhicule poursuivit sa route, le bruit s'estompa.

Crowley travaillait vite et bien : il bourra les flics dans le coffre de la voiture en panne, dont le propriétaire, lui, bien emballé dans un sac-poubelle, atterrit dans le coffre de la Buick, aux côtés du sac de vêtements, de la bâche ensanglantée et du matériel volé dans le véhicule de police. Pas bête, ce plan. Quand les enquêteurs retrouveraient leurs collègues, ces derniers apparaîtraient comme les seules victimes et l'inconnu serait automatiquement suspecté. Si son cadavre disparaissait, la police ne soupçonnerait jamais qu'il avait lui aussi été assassiné ce soir-là. Il serait le suspect numéro un, ce qui détournerait longtemps la police et le FBI de la piste de mon voisin.

Ce dernier remonta dans sa voiture, mit le moteur en marche et s'en alla. Personne à l'horizon. Il s'en était sorti.

Il s'était tiré de l'affrontement avec deux flics armés sans une égratignure – même en meilleure santé qu'avant les hostilités, d'ailleurs. Et le peu de preuves qu'il restait accusait quelqu'un d'autre. Dès qu'il eut disparu, je me précipitai sur mon vélo et pédalai aussi vite que possible dans la direction opposée. La dernière chose que je voulais, c'était que, en me trouvant ici, on m'associe à ce carnage.

Comment arrêter ce démon ? Il était littéralement increvable, trop fort et trop intelligent, même pour la police. Ils avaient fait tout leur possible, mis en pratique leur entraînement et leur adresse – ils l'avaient carrément canardé, bordel de merde – et à présent ils étaient morts. Tous.

Tous, sauf moi.

Tu parles d'un truc. Que faire ? Refiler un nouveau tuyau à la police et conduire à leur trépas d'autres policiers ? Ils étaient morts par ma faute. C'est Crowley qui les avait tués, certes, mais seulement parce que je l'y avais contraint. Ce soir-là, il avait l'intention de ne tuer qu'un seul homme, or désormais, comme je m'en étais mêlé, deux de plus pourrissaient dans le coffre d'une voiture. Impossible de réitérer ce plan. Peut-être aurait-il mieux valu le laisser tranquillement tuer à son rythme : un par mois au lieu de trois en une nuit. Je refusais d'avoir davantage de macchabées sur la conscience.

Sauf qu'il ne se contentait plus d'une victime par mois, son dernier meurtre remontait à moins de trois semaines. Il accélérait le mouvement. Peut-être son corps se déglinguait-il plus rapidement. Combien de temps restait-il avant qu'il en dézingue un par semaine ? Un par jour ? Je ne voulais pas avoir ceux-là sur la conscience non plus, pas si je pouvais l'empêcher.

Mais comment ? Je cessai de pédaler et m'arrêtai au beau milieu de la rue : je réfléchissais. Impossible de l'attaquer. Armé ou pas, je venais de constater l'ineptie de cette idée. Si deux policiers aguerris ne parvenaient pas à le tuer, je ne risquais pas d'y arriver. Pas comme ça.

Derrière le mur, le monstre remua, il était réveillé, il avait faim. Je *peux* le faire.

Non.

Non ?

Peut-être que si. N'était-ce pas ce que je redoutais ? De tuer quelqu'un ? Mais si cc quelqu'un en question était un démon ? Ça serait acceptable ?

Non. Si je me contrôlais, il y avait une raison : les pensées que j'entretenais avant et contre lesquelles j'avais bâti ce mur étaient malsaines. Tuer, c'était mal. Je ne le ferais pas.

Oui mais Crowley, lui, il ne s'en priverait pas, il tuerait, encore et encore.

« Non ! » hurlai-je, furieux contre moi-même, furieux contre mon voisin.

C'est ça, énerve-toi ! Lâche-toi !

Non. Je fermai les yeux. Je connaissais ma part d'ombre et je savais de quoi j'étais capable : des mêmes choses que les serial killers que j'avais étudiés, sur lesquels je m'étais documenté. Cruauté. Mort. Des mêmes choses que Crowley. Je ne voulais pas lui ressembler.

Cependant si une fois ma mission accomplie je m'arrêtais, je ne lui ressemblerais pas. Si je le stoppais lui et moi ensuite, personne d'autre ne mourrait.

Mais serais-je capable de m'arrêter ? Une fois le mur abattu, saurais-je le reconstruire ?

Avais-je seulement le choix ? J'étais peut-être le seul à pouvoir le tuer. Ou alors je pourrais en parler à quelqu'un, mais si cette solution conduisait à faire la moindre victime innocente, alors c'était encore pire. Mieux valait m'en charger moi-même. Inutile qu'une tierce personne souffre.

Toutefois, s'engager sur cette voie exigeait de la prudence. Crowley étant une créature dotée d'une puissance infinie, l'attaque frontale s'avérait inenvisageable. Les tactiques que j'avais étudiées, les meurtriers que je pouvais imiter étaient spécialisés dans l'anéantissement des faibles – la domination des sans-défense. Rien à voir avec la situation présente.

Soudain, j'eus un haut-le-cœur, je tournai la tête et vomis sur la route.

Il y avait désormais sept victimes. Sept en trois mois. Et il accélérait le mouvement. Combien d'autres si je ne l'arrêtais pas ?

Je pouvais l'arrêter. Tout le monde a ses faiblesses, même les démons. Après tout, c'est une faiblesse qui le poussait à tuer : son corps se déglinguait. Cette faille en cachait peut-être d'autres, que je pourrais mettre à profit une fois découvertes.

Je pourrais sauver la ville, le comté, le monde, même. Je pouvais arrêter ce démon.

Et je le ferais.

Finies les questions, fini d'attendre. Ma décision était prise. Il était temps d'abattre le mur et de bazarder mes règles.

Temps de lâcher le monstre.

Trou noir dans la nuit, je remontai sur mon vélo et rentrai chez moi. Brique après brique, le mur s'écroulait, le monstre s'étirait, faisait jouer ses griffes et se léchait les babines.

Dans quelques heures, nous partirions en chasse.

10

Le lendemain matin, au réveil, une nouvelle chute de neige nous attendait : à peine trois centimètres, mais cela constituait un prétexte suffisant. C'était dimanche, jour de grasse matinée, pourtant, à 8 heures, je traversais la rue, pelle en main. La voiture de Crowley était garée dans l'allée, recouverte d'une pellicule de poudreuse, et je m'arrêtai net, surpris de constater qu'à la place de l'impact de balle à l'arrière gauche se trouvaient une gigantesque bosse et de la tôle froissée. Les phares avaient volé en éclats et la peinture s'écaillait par lambeaux entiers. Apparemment, il avait eu un accident. Je m'attardai un peu à étudier la carrosserie, perplexe, avant de me diriger vers le porche et de sonner.

C'est Mr Crowley en personne qui vint ouvrir : jovial, humain, on ne peut moins louche. Je l'avais vu tuer quatre personnes durant le mois, et, malgré tout, j'en arrivais presque à douter – l'espace d'une seconde – qu'un homme comme lui puisse faire du mal à une mouche.

« Salut, John, qu'est-ce qui t'amène... ? Bon sang, mais c'est bien sûr ! Il a neigé. Tu ne laisses rien passer, toi, hein ?

– Non, rien.

– Tu sais, il est tombé trois fois rien et puis aujourd'hui on ne compte aller nulle part. Laisse donc, on va attendre qu'il neige un peu plus avant que tu t'embêtes. Inutile de déneiger deux fois.

– Ça m'embête pas, monsieur Crowley.

– Qui est-ce ? demanda sa femme en déboulant d'on ne sait où. Oh, bonjour, John ! Bill, écarte-toi de cette porte, tu vas attraper la mort ! »

Il rit.

« Je vais bien, Kay, je t'assure : même pas un petit rhume.

– Il a passé la nuit dehors, m'expliqua-t-elle en lui mettant un manteau sur les épaules, Dieu seul sait où à faire Dieu seul sait quoi, et ensuite il me dit qu'il a eu un accident de voiture. D'ailleurs on ferait bien d'aller constater les dégâts maintenant qu'il fait jour. »

Je jetai un regard à Mr Crowley, qui me fit un clin d'œil en gloussant.

« J'ai un peu dérapé sur le verglas et elle croit qu'il s'agit d'un complot communiste.

– Ne plaisante pas, Bill, c'est... Nom d'un chien ! C'est pire que ce que je pensais.

– J'ai fait une balade en voiture hier soir, me raconta-t-il en sortant sur le pas de la porte pour se joindre à nous, et j'ai glissé sur le verglas du côté de l'hôpital : j'ai fait une sortie de route et hop ! je suis venu me planter dans un mur en ciment. En même temps c'était l'endroit idéal. Deux secondes plus tard, une poignée d'infirmières et de médecins ont débarqué pour savoir si tout allait bien. Je n'arrête pas de répéter à Kay que je n'ai rien, mais elle s'inquiète. »

Il lui passa un bras autour des épaules et elle se serra contre lui.

« Je suis contente que tu sois sain et sauf. »

À supposer qu'il se fût débarrassé du corps sans encombre, l'impact de balle restait le dernier indice qui aurait pu le lier aux meurtres, cependant il avait résolu ce problème de main de maître. Il fallait bien le reconnaître, il excellait dans l'art de dissimuler ses traces. Il n'avait eu qu'à retirer la balle avant de percuter violemment un mur pour cacher l'impact. Mais là où il avait fait fort, c'était en choisissant l'hôpital. Désormais il disposait de tout un groupe de témoins, qui croyaient savoir exactement ce qui était arrivé à sa voiture, et, si l'occasion se présentait, pourraient aussi témoigner qu'il se trouvait de l'autre côté de la ville par rapport aux meurtres. C'était faire d'une pierre deux coups: dissimuler la preuve et se procurer un alibi.

Je me tournai vers lui plein d'un nouveau respect. Il était intelligent, aucun doute là-dessus; mais pourquoi maintenant et pas avant? S'il était si malin, pourquoi avait-il laissé les trois premiers corps à la vue de tous? Il me vint à l'esprit qu'il était peut-être novice et venait juste de comprendre la marche à suivre. Peut-être qu'il n'avait pas tué cet habitant de l'Arizona, finalement – ou peut-être ce meurtre avait-il eu un caractère différent, qui ne l'avait pas préparé à ceux-là.

« John, dit Mrs Crowley, je tiens à ce que tu saches que nous apprécions beaucoup tout ce que tu fais pour nous. Ces dernières semaines, il n'y a pas eu un seul moment où tu n'as pas été là pour nous aider.

– C'est pas grand-chose.

– Penses-tu! Ça faisait des années qu'on n'avait pas connu un hiver aussi rude, nous sommes trop vieux pour nous en sortir seuls: tu as bien vu comme l'état de santé de Bill fluctue. Et maintenant ça... enfin, c'est rassurant de savoir que nos voisins veillent sur nous.

– Nous n'avons pas d'enfants, ajouta Mr Crowley, mais nous te considérons presque comme un petit-fils. Merci. »

Je les dévisageais, guettant les signes de gratitude que j'avais appris à identifier chez eux: sourires, mains serrées, quelques larmes au coin de l'œil de Mrs Crowley. De sa part, je m'attendais à cette sincérité, mais même Mr Crowley semblait touché. Je levai la pelle et commençai à dégager les marches.

« C'est pas grand-chose, répétai-je.

– Tu es un gentil garçon », dit-elle.

Sur ce, ils rentrèrent.

Somme toute, il me semblait pertinent que la seule personne qui me jugeât gentil soit la femme d'un démon.

Je passai le reste de la matinée à déneiger leurs allées tout en réfléchissant à comment tuer le vieil homme. Malgré moi, mon règlement n'arrêtait pas de me traverser l'esprit : il était trop enraciné pour partir sans se battre. À peine pensais-je à différents moyens de tuer Crowley que je me surprenais à lui adresser des compliments ; à peine passais-je en revue son emploi du temps que je sentais mon esprit dériver sur d'autres sujets. D'ailleurs, par deux fois j'arrêtai mon déneigement et m'apprêtai à rentrer chez moi : tentative inconsciente d'empêcher toute fixation. Mes anciennes règles m'auraient obligé à ignorer mon voisin une semaine entière, comme je m'y étais efforcé avec Brooke, mais les choses avaient changé, il fallait que ce règlement disparaisse. Des années durant je m'étais entraîné à garder mes distances avec les gens, à déraciner le moindre germe d'attachement, et pourtant il fallait que ces barrières tombent, il fallait enrayer ces mécanismes, les remiser ou les détruire.

Au début, c'était flippant : imaginez, rester assis parfaitement immobile sans jamais pouvoir chasser le cafard qui vous grimpe sur la chaussure, le long de la jambe puis sous la chemise. Je voyais le tableau : couvert de blattes, d'araignées, de sangsues et autres bestioles, toutes là à se tortiller, à sonder, à sucer, je m'efforçais de rester stoïque jusqu'à ce que leur présence me soit familière. Il fallait tuer Mr Crowley (un vers sur le visage), je voulais tuer Mr Crowley (un vers dans la bouche), je voulais l'éventrer (une colonie de vers grouillante sur mon corps, creusant des galeries...).

Je les crachai, secoué de frissons, et revins à la réalité : debout sur le trottoir, je dégageais la neige. Il allait me falloir un peu de temps.

« John, viens boire du chocolat chaud ! »

C'était Mr Crowley, qui m'appelait depuis l'entrée. Je finis les derniers mètres de trottoir avant de m'attabler à leur cuisine, où, sourire poli aux lèvres, je m'interrogeais sur l'efficacité d'une éventration. Quand il avait volé les poumons du zonard, l'entaille de son abdomen s'était refermée comme une braguette. Et il était capable de se remettre d'un tir de barrage. Je souris de nouveau et avalai une gorgée de chocolat en me demandant s'il lui serait possible de faire repousser sa tête.

De sombres pensées occupèrent le reste de ma journée, durant laquelle j'anéantis mes règles une par une. Le lendemain matin, j'allais au lycée hagard et terrifié, pareil à un être neuf logé dans son ancien corps devenu trop petit. Les autres continuaient à m'ignorer, comme d'habitude, en revanche c'était une nouvelle paire d'yeux qui les regardaient, un nouvel esprit qui observait le monde à travers cette carapace étrangère. Je parcourais les couloirs, assistais aux cours et dévisageais les gens autour de moi comme si je les voyais pour la première fois. Lors d'un interclasse, un élève me bouscula, je le suivis jusqu'au bout du couloir en imaginant ce que ça ferait de savourer ma vengeance lentement, morceau par morceau, pendant qu'il pendrait à un crochet au sous-sol du lycée.

Je secouai la tête et m'assis sur les marches, le souffle court. C'était mal, toute ma vie j'avais lutté contre ce genre d'idées. Le flot d'élèves s'écoulait tel un troupeau dans un abattoir, tel du sang dans un réseau d'artères. La cloche retentit bruyamment et ils disparurent, se dispersant comme des blattes pour aller se serrer dans leur trou. Les yeux fermés, je pensais à Mr Crowley. *C'est pour ça que tu le fais*, me sermonnai-je. *C'est lui que tu veux ; laisse les autres tranquilles.* Je pris une grande inspiration avant de me lever en essuyant mon front poisseux de sueur. Il fallait que j'aille en cours. Il fallait que je sois normal.

À la moitié de l'heure, le proviseur convoqua l'ensemble des enseignants à une réunion extraordinaire, de laquelle ma prof d'anglais, Miss Parker, revint quinze minutes plus tard d'une pâleur que je n'avais jusqu'à ce jour jamais vue chez un vivant. À son entrée, le silence se fit dans la classe et nous la regardâmes se diriger à pas lents vers son bureau, où elle s'assit lourdement, comme si elle avait le poids du monde sur les épaules. Ce devait avoir un lien avec le tueur et je craignis un instant que Crowley n'ait déjà récidivé sans que je le sache, mais non. Il était encore trop tôt. On avait dû retrouver les corps des flics.

Au bout d'une minute d'un silence de mort, où personne n'osait parler, Miss Parker leva les yeux.

« Reprenons le travail.

– Attendez, lança Rachel, une des meilleures amies de Marci Jensen. Vous n'allez pas nous dire ce qui se passe ?

– Je suis désolée, répondit la prof, c'est juste que je viens d'apprendre une très mauvaise nouvelle. Ce n'est rien. »

À ces mots, elle plissa aussitôt ses yeux rougis et je me demandai si elle allait se mettre à pleurer.

« Apparemment, tous les profs viennent d'apprendre une très mauvaise nouvelle, insista Marci. Il me semble qu'on a le droit de savoir. »

Miss Parker se frotta les yeux et secoua la tête.

« Je m'y prends mal. Si les enseignants ont été informés en premier, c'est pour que nous puissions vous faciliter les choses. Manifestement, je passe à côté de ma mission. »

Elle s'essuya les yeux avant de nous regarder.

« Le proviseur Layton vient de nous apprendre que deux nouvelles victimes ont été découvertes. »

La classe retint son souffle.

« On a retrouvé le corps de deux policiers dans le coffre d'une voiture, en centre-ville. »

Brooke n'était pas dans la même classe que moi à cette heure-là, je me demandai si sa prof leur annonçait aussi la nouvelle. Comment réagirait-elle ?

« Toujours le même type ? demanda un dénommé Ryan, assis deux rangs derrière moi.

– La police pense que oui, répondit Miss Parker. Les... blessures des victimes ressemblent aux trois premières. Et puis il y avait le même... truc, ce truc noir.

– On connaît le nom des policiers ? » demanda Marci.

Elle était blanche comme un linge. Son père était flic.

« Ce n'est pas ton père, ma petite. C'est lui, par contre, qui a retrouvé la voiture et a alerté les autorités. »

Marci éclata en sanglots, Rachel alla la serrer dans ses bras.

« Est-ce que le tueur a pris quelque chose sur les corps ? demanda Max.

– Franchement, Maxwell, cette question ne me paraît pas opportune.

– Je parie que oui, maugréa-t-il.

– Je sais que c'est difficile. Croyez-moi, je... enfin, je suis aussi choquée que vous. Nous n'avons qu'une conseillère, mais tout le monde est libre d'aller la voir s'il le souhaite, toutefois si vous préférez en parler avec moi, aller aux toilettes ou rester assis là en silence, faites – ou bien nous pouvons avoir une discussion de groupe. »

Elle se cacha la tête dans les mains.

« Ils ont dit qu'il ne fallait pas s'inquiéter... que le schéma est toujours le même, quelque chose comme ça. J'ignore en quoi cette information est censée vous tranquilliser, je suis vraiment désolée. J'aimerais savoir quoi dire.

– Cela signifie qu'il n'a pas changé de méthode, expliquai-je. Ils ont peur qu'on ne croie que ça empire parce que cette fois-ci on a retrouvé deux corps au lieu d'un.

– Merci, John, mais il est inutile de s'étendre sur les... méthodes criminelles.

– Je ne fais qu'expliquer ce que voulaient dire les flics. Manifestement, ils pensaient que ça nous rassurerait.

– Merci, répéta-t-elle en hochant la tête.

– Pourtant il en a bien tué deux cette fois », objecta Brad.

Petits, on était amis, lui et moi, mais on ne se fréquentait plus depuis des années.

« Comment peuvent-ils affirmer que ses méthodes n'ont pas changé ? »

Miss Parker, figée, réfléchit en vain à une réponse. Au bout d'un moment, elle me regarda. C'était moi l'expert.

« Ce qu'ils veulent dire, repris-je, c'est que le tueur est toujours en pleine possession de ses moyens. S'il tuait un type de victime différent, ou s'il tuait de manière plus violente ou plus fréquemment, là ça signifierait que quelque chose a changé. »

Tous les regards étaient tournés vers moi, et, pour une fois, ils n'étaient ni dubitatifs ni méprisants, mais attentifs. Le pied.

« Les tueurs en série n'attaquent pas au hasard, vous comprenez. Ils ont des besoins spécifiques et des problèmes mentaux qui façonnent le moindre de leur geste. Pour je ne sais quelle raison, ce type a besoin de tuer des adultes de sexe masculin, son besoin enfle jusqu'à devenir incontrôlable et, là, il ouvre les vannes. Dans son cas, ce processus prend environ un mois, c'est pourquoi nous avons eu une victime par mois. »

Je venais de débiter un tissu de mensonges – il tuait bel et bien plus fréquemment, il ne s'agissait pas d'un tueur en série ordinaire et son besoin était d'ordre physique et non mental –, toutefois c'était ce que pensait la police et ce que la classe voulait entendre.

« La bonne nouvelle, c'est que cela signifie que personne dans cette pièce ne sera tué. »

Jusqu'au jour où son cas devienne désespéré et que vous vous trouviez au mauvais endroit au mauvais moment.

« Oui mais il y a eu deux victimes, répéta Brad. Donc deux fois plus de monde cette fois-ci. Pour moi, ça fait une sacrée différence.

– Il n'a pas tué deux personnes parce qu'il devient plus agressif, répondis-je. Il en a tué deux parce qu'il s'est montré stupide. »

Je ne voulais plus m'arrêter, trop ravi que les gens veuillent bien m'écouter. Je parlais de ce que j'adorais sans que personne ne me demande de la fermer ni ne me traite de taré : ils voulaient entendre ce que j'avais à dire. Je ressentais l'adrénaline du pouvoir.

« Vous avez bien vu qu'il ne prend pas la peine de cacher les corps. Il saute sûrement sur ses victimes comme ça, au hasard, il chope le premier type qui passe, le trucide et se barre. Cette fois-ci, il s'est trouvé que le type en question était un flic, or les flics ont des partenaires, il s'est donc rendu compte trop tard que s'il voulait s'en tirer, il ne pouvait pas en tuer un sans tuer l'autre.

– Ta gueule ! hurla Marci en se levant. Ta gueule, ta gueule, ta gueule ! »

Elle me balança un livre, mais il prit une mauvaise trajectoire et vint s'écraser contre le mur. Miss Parker bondit sur l'assaillante.

« On se calme, tout le monde. Marci, viens avec moi – prends-lui son sac, Rachel. Voilà, allons-y. »

Elle lui passa un bras autour des épaules et la guida doucement jusqu'à la porte.

« Les autres, vous restez là, dans le calme. Je reviens le plus vite possible. »

Elles quittèrent la salle et le silence régna plusieurs minutes avant que l'on entende de petits murmures de conversations. Quelqu'un balança un coup de pied dans ma chaise en me disant d'arrêter de jouer au connard pendant que Brad se penchait en avant pour me poser une question.

« Tu penses vraiment que ses méthodes ne changent pas ?

– Bien sûr que non. »

Miss Parker partie, je pouvais tenir des propos un peu plus pointus.

« Avant, lors de chaque attaque, il tuait une personne sans défense, or cette fois-ci il a tué deux policiers armés. C'est ce qu'on appelle une escalade de la violence, quoi qu'ils en disent.

– C'est des conneries, mec. »

Autour de lui, les autres gars secouèrent la tête.

« Ça arrive tout le temps, chez les tueurs en série, insistai-je. Quel que soit leur besoin, un meurtre par mois ne suffit plus à les satisfaire. C'est comme une dépendance : au bout d'un moment, une cigarette ne suffit plus, il vous en faut deux, puis trois, puis un paquet entier, ou je sais pas. Il perd ses moyens, il va se mettre à tuer à tour de bras.

– Pas du tout, rétorqua Brad en se rapprochant. Ces corps ont été découverts dans une voiture, donc on va pouvoir retrouver ce salaud grâce aux plaques d'immatriculation. Et ensuite j'irai chez lui pour le buter de mes propres mains. »

Les autres hochèrent la tête, l'air sombre. La chasse aux sorcières était lancée.

Brad n'était pas le seul à avoir soif de vengeance. Les flics ne divulguèrent pas le nom du propriétaire de la voiture, mais un voisin la reconnut au journal de 18 heures, du coup, à celui de 22 heures, on voyait déjà à l'extérieur de la maison du type un attroupement de gens qui jetaient des cailloux en hurlant qu'ils auraient sa peau. Carrie Walsh, la stagiaire terrorisée des infos, était toujours embourbée dans cette affaire, la caméra la montrait accroupie à côté de la camionnette de la télé tandis que, en arrière-plan, la foule criait des slogans haineux en direction de la maison.

« Ici Carrie Walsh pour Five Live News, je vous parle en direct de Clayton County, où les esprits, comme vous pouvez le constater, s'échauffent dangereusement. »

Dans la meute, j'aperçus le père de Max, qui hurlait en agitant le poing. Il portait toujours les cheveux coupés ras, à la mode militaire, souvenir de son service en Irak, et il avait le visage rouge de colère.

« La police est là, poursuivit Carrie, elle est arrivée avant le rassemblement de la foule. Il s'agit de la maison de Greg et Susan Olson et de leur fils de deux ans. Mr Olson, ouvrier en bâtiment, est le propriétaire de la voiture dans laquelle deux officiers ont été retrouvés morts un peu plus tôt dans la journée. Personne ne sait où il se trouve, mais la police le recherche dans le cadre de l'enquête. Elle est ici aujourd'hui à la fois pour interroger sa famille et pour la protéger. »

À cet instant-là, la meute se mit à hurler plus fort et la caméra se tourna alors pour filmer un homme – l'agent du FBI qu'on avait déjà vu, Forman – qui faisait sortir une femme et un enfant de la maison. Un flic du coin les suivait, chargé d'une valise, et plusieurs autres s'évertuaient à repousser la foule. Carrie et son caméraman se frayèrent un passage au milieu de l'attroupement afin de lancer des questions aux policiers. Tandis que les flics installaient Mrs Olson et son fils à l'arrière d'une voiture de patrouille, l'agent Forman s'approcha de la caméra. De tous les côtés, des gens hargneux scandaient à tue-tête : « Mariée à un meurtrier ! »

« Excusez-moi, dit Carrie, pourriez-vous nous expliquer ce qui se passe ici ?

– Susan Olson est placée en détention provisoire afin d'assurer sa sécurité ainsi que celle de son enfant. »

L'homme parlait rapidement, comme s'il avait préparé sa déclaration avant de quitter la maison.

« À l'heure qu'il est, nous ignorons encore si Mr Greg Olson est suspect ou victime, mais il présente de toute façon un grand intérêt dans cette affaire, et nous travaillons jour et nuit pour le retrouver. Merci. »

Il monta dans la voiture, qui partit aussitôt, laissant derrière elle plusieurs officiers chargés de contenir la foule et de restaurer l'ordre.

Carrie donnait l'impression de vouloir rester le plus près possible de la police, ses mains tremblaient, cependant elle dégotta un manifestant et se mit à l'interviewer. Je constatai avec stupéfaction qu'il s'agissait de Mr Layton, le proviseur du lycée.

« Excusez-moi, monsieur, puis-je vous poser une ou deux questions ? »

Contrairement à la plupart des autres, Mr Layton ne hurlait pas de slogans et il parut gêné de se retrouver tout à coup devant la caméra : j'imaginais qu'il allait se faire sévèrement remonter les bretelles par la direction le lendemain matin.

« Euh, oui bien sûr, répondit-il en plissant les yeux dans la lumière de l'objectif.

– Que pouvez-vous nous dire des sentiments qui règnent dans votre ville aujourd'hui ?

– Eh bien, regardez autour de vous. Les gens sont en colère – très en colère. D'ailleurs, ils se laissent emporter. Les rassemblements comme ça sont souvent ridicules, j'en suis conscient, sauf pendant le bref instant où on en fait partie et où ils paraissent aller de soi. Ma seule présence me fait honte, dit-il en regardant de nouveau la caméra.

– Pensez-vous que ce genre de manifestation se reproduira avec la prochaine victime ?

– Ça pourrait se reproduire demain, répondit-il, les bras levés au ciel. Et à chaque fois que quelque chose échauffe les gens. Clayton est une toute petite ville – ici, presque tout le monde connaissait au moins une des victimes ou habitait le même quartier qu'elles. Qui que soit ce meurtrier, il ne tue pas simplement des inconnus, c'est nous qu'il tue ; il tue des gens qui ont un visage, un nom, une famille. Franchement, je ne sais pas combien de temps la ville va pouvoir supporter une telle violence sans exploser. »

Nouveau regard à l'objectif avant de se fondre dans l'obscurité.

Autour d'eux, la foule se dispersait, mais pour combien de temps ?

Il ne fallut que quelques jours pour connaître le résultat des nouveaux tests ADN ; comme tous innocentaient Greg Olson, la police placarda l'info dans les journaux afin que sa femme et son fils puissent retrouver un semblant de vie normale. Bien sûr, les flics avaient dégagé la neige sur le lieu de l'agression et ainsi découvert un trottoir maculé de sang, dont la majeure partie appartenait sans doute à Olson lui-même et en telle quantité que cela faisait probablement de lui une autre victime.

Des rumeurs se mirent à circuler au sujet d'un troisième type de traces de pneus, de balles fantômes qui avaient été tirées mais pas retrouvées, et, détail le plus révélateur, d'une signature ADN qui correspondait à la mystérieuse substance noire – seulement cette fois-ci l'ADN ne provenait pas de la boue mais d'une tache de sang à l'intérieur de la voiture de patrouille. Cela signifiait donc qu'il y avait eu quatre personnes sur le lieu du crime, pas trois, et le département médico-légal du FBI était convaincu que c'était le quatrième – et non pas Greg Olson – le meurtrier.

Évidemment, certains commencèrent à soupçonner l'existence d'un cinquième homme.

« Tu m'as l'air différent, aujourd'hui », dit le Dr Neblin.

Nous étions jeudi, jour de notre séance hebdomadaire. Cela faisait maintenant cinq jours que je mettais en pièces mon règlement.

« Qu'est-ce que vous voulez dire ?

– Rien. Tu es simplement... différent. Il y a du nouveau ?

– Vous me posez toujours cette question quand quelqu'un vient de mourir.

– Tu es toujours un peu différent à ces occasions. Qu'en as-tu pensé cette fois-ci ?

– J'essaie de ne pas y penser, justement. Vous savez, mes règles, tout ça. Et vous, vous en avez pensé quoi ? »

Neblin médita un court instant avant de répondre.

« Jusqu'ici, tes règles ne t'avaient jamais empêché de réfléchir aux meurtres. Nous en avons déjà pas mal parlé. »

Quelle erreur stupide ! J'essayais de faire semblant de toujours suivre mes règles, mais manifestement je m'y prenais comme un pied.

« Je sais bien... c'est juste que... ça a l'air différent à présent, vous ne croyez pas ?

– C'est indéniable. »

Il attendit que je poursuive, mais je ne trouvais rien à dire qui ne semblât louche. Ne lui ayant jamais dissimulé quoi que ce soit, ce n'était pas facile.

« Comment ça va, au lycée ?

– Bien. Tout le monde a peur, c'est pas franchement étonnant.

– Et toi, tu as peur ?

– Pas vraiment. »

Je n'avais jamais autant flippé de ma vie, mais pas pour les raisons qu'il croyait.

« La peur est un concept étrange, quand on y pense, ajoutai-je. Les gens n'ont peur que de choses extérieures, jamais d'eux-mêmes.

– Devraient-ils avoir peur d'eux-mêmes ?

– La peur vient de ce qu'on ne peut pas contrôler : l'avenir, le noir ou quelqu'un qui essaie de vous tuer. Si on n'a pas peur de soi-même, c'est parce qu'on sait toujours ce qu'on va faire.

– As-tu peur de toi-même ? »

Par la fenêtre, je vis une femme sur le trottoir, qui, perchée sur un tas de neige, observait la circulation.

« C'est comme cette femme, dis-je en la montrant du doigt. Elle pourrait avoir peur qu'une voiture ne la percute, ou de glisser sur le verglas, ou qu'il n'y ait pas d'endroit où marcher de l'autre côté de la rue, par contre elle n'a pas peur de traverser. Traverser constitue sa propre décision, elle l'a déjà prise, elle sait comment procéder, cela ne devrait pas trop poser de problème. Elle va attendre qu'il n'y ait plus de voitures, avancer prudemment sur le verglas et faire tout son possible pour préserver sa sécurité. En revanche, c'est ce qu'elle ne peut pas contrôler qui l'effraie. Ce qui pourrait lui arriver, pas ce qu'elle fait. Le matin, dans son lit, elle ne se dit pas : "J'espère que je ne vais pas croiser de rues, aujourd'hui, parce que je crains d'essayer de les traverser." Tiens, ça y est, elle se lance. »

Profitant d'une brèche dans la circulation, la femme traversa précipitamment. Elle atteignit l'autre côté.

« Sauvée, commentai-je. Il n'est rien arrivé. Maintenant elle va retourner au travail, où elle va redouter d'autres choses du genre : "J'espère que mon patron ne va pas me virer", "J'espère que cette lettre arrivera à temps", "J'espère que mon chèque en bois ne sera pas refusé".

– Tu la connais ?

– Non, mais quelqu'un qui se balade à pied dans ce quartier à 4 heures de l'après-midi n'a pas trente-six options : la banque ou la poste semblent les destinations les plus plausibles. »

Soudain je m'interrompis pour regarder Neblin. C'était la première fois que je théorisais sur les gens devant lui : mes règles ne m'avaient jamais autorisé à spéculer autant sur un inconnu choisi au hasard. J'étais tenté de l'accuser de m'avoir piégé, mais il n'avait rien fait – à part me laisser parler. J'observais ses yeux, en quête d'un signe qui trahirait qu'il avait compris la signification de mon comportement. Il soutenait mon regard tout en réfléchissant. En analysant.

« Excellentes déductions, dit-il. Je ne la connais pas non plus, mais je suis prêt à parier que tu as raison sur presque tous les points. »

Il attendait quelque chose : que j'admette ce que je venais de faire, peut-être, ou que je lui explique pourquoi mes règles avaient changé à ce point aujourd'hui. Je restai muet.

« La dernière nouvelle au sujet du meurtre de la semaine dernière, c'est un appel au 911 », annonça-t-il.

Oh, oh !

« Apparemment, quelqu'un a appelé d'une cabine téléphonique – juste au bout de Main Street – pour signaler une attaque du Tueur de Clayton. La théorie qui se dessine, c'est que le meurtrier a chopé Greg Olson, qu'ensuite un témoin a donné l'alerte et que, quand le standardiste a envoyé les deux policiers sur le lieu du crime, le tueur les a eux aussi liquidés.

– Je n'étais pas au courant. Mais ça paraît logique, comme théorie. On sait qui a téléphoné ?

– Il n'a pas voulu donner son identité, ou *elle* n'a pas voulu. La voix était un peu haut perchée, donc la police pense qu'il s'agissait d'une femme ou d'un enfant.

– J'espère que c'était une femme. »

Neblin haussa un sourcil.

« Quoi qu'il ait pu se passer ce soir-là, expliquai-je, je suis convaincu que c'est le genre de chose qu'un enfant ne devrait jamais voir. Ça risquerait de vraiment le traumatiser. »

11

Mr Crowley se levait tous les matins vers 6 h 30. Il ne mettait pas de réveil, c'était automatique. Après des dizaines d'années à se rendre jour après jour au même boulot, c'était devenu une seconde nature : même à présent, bien longtemps après avoir pris sa retraite, il restait conditionné. Je le savais parce que, depuis ma fenêtre, j'avais observé pendant plusieurs jours quelles lumières s'allumaient quand, et une fois que j'avais su où aller, je m'étais planqué à l'extérieur de chez lui pour écouter. Normalement, je n'aurais pas pu agir ainsi sans laisser d'empreintes traîtresses dans la neige, mais, coup de bol, quelqu'un veillait à ce que les allées du vieil homme soient impeccablement dégagées. Je pouvais donc aller et venir comme bon me semblait.

À 6 h 30 du matin, mon voisin se réveillait en jurant. Réglé comme une horloge suisse : un vieux coucou vulgaire sur lequel on aurait presque pu régler sa montre. Pour autant que je pouvais en juger, c'était le seul moment où il jurait. J'imagine que ça l'aidait à s'éclaircir les idées et à commencer la journée frais et dispo : il rassemblait ses mornes pensées nocturnes en une boulette de mucus mental qu'il crachait en un seul mot. Sa chambre se trouvait à l'angle arrière droit de la maison, et après son juron quotidien, sans rien allumer, il se dirigeait vers la salle de bains, où il se lavait, le visage je suppose, au lavabo. Puis la lumière s'allumait, suivie d'un bruit de chasse d'eau et il se faisait couler une douche chaude qui venait embuer la fenêtre. À 7 heures, habillé, il était dans la cuisine.

Son petit déjeuner, je le déterminai avant tout à l'odeur. D'abord l'âpre relent charbonneux d'un brûleur de gazinière sale, ensuite la chaleur inodore de l'eau bouillante et pour finir l'arôme généreux du blé concassé sucré au sirop d'érable. À chaque fois j'en avais l'eau à la bouche. Depuis mon poste d'observation à côté de la fenêtre de la cuisine, je pouvais grimper sans être vu de la rue sur le rebord étroit formé par les fondations de la maison et ainsi observer les mouvements de son bras à travers un espace entre les rideaux. Bras qui montait et descendait lentement, en rythme, amenant la cuillère à la bouche avant de retomber le temps de la mastication. J'aurais pu m'approcher davantage si j'avais voulu, histoire de le voir un peu mieux, mais c'était courir le risque d'être découvert. Je me contentais donc de rester caché et laissais mon imagination remplir les blancs.

Ensuite, il reculait bruyamment sa chaise et faisait six pas pour atteindre l'évier, où il rinçait son bol sous un grand jet d'eau, dont le bruit ressemblait aux parasites intempestifs d'une radio. C'était en général à ce moment-là que Kay se réveillait et faisait son apparition dans la cuisine, où il lui disait bonjour en l'embrassant.

Je l'espionnai ainsi pendant une semaine, allant même une fois jusqu'à sécher les cours pour découvrir comment il occupait ses journées. Ce que je cherchais, vainement, c'était de la peur. Si je parvenais à trouver ce qu'il craignait, si toutefois il craignait quelque chose, je pourrais m'en servir contre lui. L'option de l'attaque frontale étant écartée, la seule façon de vaincre ce démon, c'était de se montrer plus malin que lui, de le mettre dans une position de faiblesse et de l'écraser comme un morpion. Méthode simple pour la plupart des tueurs en série puisqu'ils attaquent des gens plus faibles qu'eux. Moi, en revanche, je m'attaquais à beaucoup plus fort. Sachant qu'il n'y avait aucune chance qu'il ait peur de moi, je devais trouver une autre source de peur. Une fois que je l'aurais trouvée, je pourrais le titiller et voir sa réaction. Si celle-ci se révélait suffisamment vive, je pourrais peut-être même le pousser à commettre une erreur stupide, qui m'ouvrirait une brèche.

Toutefois, ne trouvant aucune trace d'effroi dans son comportement, je décidai de revenir au b.a.-ba, à savoir le profil psychologique que j'avais commencé à élaborer dès que j'avais soupçonné qu'il s'agissait d'un serial killer. Un soir, tard, je repêchai donc mon calepin pour parcourir ma liste : *Il approche frontalement ses victimes et les attaque de près.* À l'époque, je pensais qu'il s'agissait là d'un élément révélateur sur sa psychologie et son mobile, mais maintenant je savais qu'il n'en était rien. Son mobile, c'était qu'il avait besoin de nouveaux organes, et s'il attaquait frontalement ses victimes, c'était tout simplement parce que ses griffes de démon constituaient sa meilleure arme.

Je trouvais ce que je cherchais en lisant le deuxième point sur la liste. *Il veut que personne ne sache qui il est.* C'est Max qui m'avait forcé à l'écrire, quand moi j'estimais qu'il s'agissait d'une évidence. Évidence à laquelle bêtement je n'avais même pas réfléchi. Je tenais là la peur parfaite : il voulait que personne ne connaisse sa vraie nature. Je souris intérieurement.

« Ce n'est pas un loup-garou, Max, mais pas loin. »

Mon voisin était un démon, et il voulait que personne ne le sache. D'ailleurs, un meurtrier normal non plus ne veut pas qu'on connaisse ses secrets. Ce que redoutait Mr Crowley – la première once de pression que je pouvais commencer à exercer sur lui –, c'était d'être découvert.

Il était temps de lui envoyer un mot.

Le rédiger se révéla plus compliqué que ce que je pensais. Tout comme pour l'appel au 911, je voulais que personne ne puisse remonter jusqu'à moi. Je ne pouvais évidemment pas l'écrire à la main, il me fallait donc l'imprimer. Mais même là il y avait un hic. À une époque j'avais lu un truc au sujet d'une affaire de meurtre où on avait fait appel à un expert afin de déterminer sur quelle machine à écrire avait été tapée la fausse lettre de suicide, on pouvait certainement effectuer la même opération avec une imprimante. Autrement dit, impossible d'utiliser celle de la maison. Il y en avait bien au lycée, mais il fallait s'identifier pour s'en servir, ce qui laisserait une trace électronique précise de l'auteur du mot.

Je décidai alors d'utiliser celle de la bibliothèque durant le pic d'affluence, quand personne n'aurait le temps de prêter attention à un ado de quinze ans. Je pourrais entrer discrètement, taper le mot, l'imprimer puis disparaître sans laisser de trace. Comme il faisait toujours un froid de chien, je pourrais même porter des gants sans éveiller les soupçons et ainsi ne laisser aucune empreinte. Je dissimulai mon texte au milieu de plusieurs lignes de charabia au cas où quelqu'un qui me précéderait à l'imprimante lirait ce que j'avais écrit.

Une fois rentré, je découpai la bonne phrase puis la collai sur une feuille vierge.

Mon premier mot était très simple :

JE SAIS CE QUE TU ES

Le faire parvenir à son destinataire se révéla aussi difficile que de l'écrire. D'abord, je devais le déposer là où Kay ne pourrait pas le trouver, sinon elle irait sûrement droit à la police, ou du moins en parler à un voisin. Réaction des plus normales, d'ailleurs. Mr Crowley, en revanche, le garderait presque à coup sûr pour lui : il ne voudrait pas montrer quoi que ce soit qui éveillerait des soupçons à son égard. S'il apportait le mot aux flics, ils voudraient en savoir davantage sur lui : ses éventuels ennemis, les choses qu'il aurait pu faire, tout ce qui puisse expliquer que quelqu'un veuille se venger. Ces questions, il ne voulait pas que la police les pose et encore moins qu'elle en apprenne les réponses. Il ferait profil bas, obligé.

Ensuite, autre problème : déposer ce mot sans me trahir. Il aurait été facile de le laisser dans le cabanon, par exemple, car, là, Kay ne l'aurait jamais trouvé, mais j'y passais ma vie, dans ce cabanon. Je serais donc la première personne qui viendrait à l'esprit de Crowley quand il essaierait de deviner qui l'y avait mis. Je ne voulais pas non plus le cacher à un endroit qui attirerait son attention sur mes différents postes d'observation autour de chez lui. Si je le glissais par la fenêtre de la cuisine, mettons, il me serait dès lors impossible de me cacher là pour le regarder prendre son petit déjeuner. Il fallait que je sois très prudent dans mon choix de système de livraison.

Je finis par opter pour sa voiture. Crowley et sa femme la conduisaient autant l'un que l'autre, mais il y avait des cas précis où l'un la conduisait sans l'autre : quand Kay partait aux courses, par exemple, ce qu'elle faisait toujours seule chaque mercredi matin. Pour Mr Crowley, c'étaient les matchs de foot américain, qu'il allait regarder dans un bar du centre-ville. Je me mis donc à étudier son planning nocturne afin de le comparer au programme télé, et découvris ainsi qu'il allait au bar à chaque fois que la chaîne de sport ESPN retransmettait un match des Seattle Seahawks ; j'imagine qu'il n'avait pas cette chaîne à la maison. J'attendis donc la rencontre suivante pour m'approcher discrètement de la voiture avant le début du match et placer le mot plié sous son essuie-glace.

J'épiai ensuite son allée depuis ma fenêtre, à travers un interstice des rideaux tellement étroit que jamais il ne décèlerait ma présence. Il sortit de chez lui en souriant gaiement et aperçut le mot alors qu'il déverrouillait sa portière. Il le ramassa, le déplia, le lut, puis balaya la rue d'un regard sombre. Finie la gaieté. Je me fis tout petit, disparaissant dans l'obscurité de ma chambre. Mr Crowley froissa le mot avant de le fourrer dans sa poche puis monta dans sa voiture et démarra.

Quelques jours plus tard, une fête des Voisins vigilants était organisée : l'idée, c'était que l'ensemble des habitants du quartier se rassemblent dans le jardin des Crowley pour échanger banalités et plaisanteries comme si de rien n'était, et pendant ce temps les maisons vides pouvaient tranquillement être cambriolées. Cependant cette fois-là le thème n'était pas le cambriolage mais le meurtre en série. Nous formions tous un grand cordon « sécuritaire » au sein duquel nous nous protégions les uns les autres. On eut même droit à un petit discours sur la sécurité, la fermeture des portes à clef et tout le tintouin. J'avais envie de leur dire que le plus sûr, c'était encore de ne pas se réunir dans le jardin de Mr Crowley, mais il semblait relativement docile ce soir-là. S'il était capable de péter un câble et de trucider cinquante personnes d'un seul coup, du moins n'en avait-il pas l'intention. Et moi non plus je n'étais pas prêt à l'attaquer. J'essayais toujours d'en savoir davantage sur lui. Comment pouvais-je tuer un truc qui s'était déjà remis d'une pluie de balles ? Ce genre de chose requiert un minimum d'organisation, et l'organisation, ça prend du temps.

Pour l'heure, au-delà des conseils de sécurité, le véritable but de la fête était de nous envoyer un message à nous-mêmes : malgré la présence d'un tueur dans la ville, nous n'étions pas vaincus, nous n'avions pas peur, nous n'allions pas nous abaisser à devenir une meute. Enfin bref. Ce qui comptait vraiment, plus que tout ce bombage de torse superficiel, c'était que nous faisions rôtir des saucisses et donc qu'il fallait alimenter un feu.

Je commençai par allumer un énorme brasier à l'aide de gigantesques billots de bois provenant d'un arbre mort que les Watson avaient abattu dans leur jardin durant l'été, la chaleur des flammes vives était idéale pour débuter la fête. Puis, alors que le discours sécuritaire traînait en longueur, je me mis, tisonnier et pinces en main, à façonner et à cultiver les flammes de manière à créer d'épaisses couches de charbons ardents. Les feux de barbecue se distinguent des feux ordinaires car il faut une température constante, régulière et non pas simplement de la lumière et de la chaleur. Les flammes s'amenuisent et le bois, rouge vif, se transforme en braise. Je prenais bien soin du brasier en faisant passer l'oxygène à travers des cheminées miniatures afin de créer de vastes rôtissoires. La réunion se termina juste à temps et la foule se mit aux fourneaux.

Brooke était là avec sa famille, bien sûr, je les observais discrètement, elle et son frère, qui embrochaient deux saucisses avant de s'approcher du foyer; Brooke me sourit en arrivant puis s'accroupit à mes côtés. Leurs brochettes tendues dépassaient le cœur du brasier, là où les flammes dansaient encore, et je dus lutter intérieurement pendant près de trente secondes avant d'oser lui parler.

« Essaie plutôt là, conseillai-je en indiquant une des couches de braises avec mes pinces. Elles cuiront mieux.

– Merci. »

Sur ce, elle s'empressa de montrer l'endroit à Ethan. Ils déplacèrent leurs saucisses, qui commencèrent aussitôt à brunir.

« Waouh ! s'exclama-t-elle, c'est génial ! T'en connais un rayon sur le feu.

– Quatre années chez les Louveteaux, répondis-je. C'est la seule organisation que je connaisse qui enseigne la pyromanie aux petits garçons. »

Brooke se mit à rire.

« T'as dû obtenir haut la main ta médaille d'incendiaire. »

J'aurais voulu continuer à discuter, mais je ne savais pas quoi dire. Je l'avais sûrement terrorisée lors du bal d'Halloween, où j'avais beaucoup trop parlé et je ne voulais pas recommencer. D'un autre côté, j'adorais son rire et j'avais envie de l'entendre encore. De toute façon, pensai-je, si elle faisait une blague sur les incendies, je pouvais sans doute en sortir une aussi sans avoir l'air trop taré.

« Ils m'ont dit qu'ils n'avaient jamais eu d'aussi bon élève. La plupart des scouts ne brûlent qu'une cabane alors que moi j'en ai brûlé trois plus un hangar abandonné.

– Pas mal, répondit-elle dans un sourire.

– Ils m'ont inscrit à des compétitions au niveau national. Tu te rappelles le feu de forêt en Californie l'été dernier ? »

Elle sourit à nouveau.

« Ah, c'était toi ? Bien joué.

– Ouais, j'ai remporté un prix avec celui-là. C'était une statue, un peu comme un oscar, mais avec la forme de Smokey Bear[1] et remplie d'essence. Ma mère a essayé de se faire un sandwich en croyant que c'était du miel. »

Brooke éclata de rire et faillit lâcher sa brochette, ce qui la fit rire de plus belle.

« Elles sont cuites maintenant ? » demanda Ethan en examinant sa saucisse.

C'était la cinquième fois qu'il la retirait du feu, elle avait à peine roussi.

« On dirait que oui, répondit Brooke en regardant la sienne avant de se lever. Merci, John. »

Je hochai la tête et les suivis du regard tandis qu'ils couraient chercher des petits pains et de la moutarde à la table de jardin. Lorsque je la vis accepter une bouteille de ketchup que lui tendait Mr Crowley, dans ma tête, le monstre se cabra et découvrit ses crocs dans un grondement rageur. Comment osait-il la toucher ? Il allait manifestement falloir que je garde un œil sur elle pour la protéger. Sentant que je commençais à montrer les dents, je m'efforçai d'esquisser un sourire. Je fis volte-face et vis ma mère qui, de l'autre côté du feu, m'adressait un grand sourire malicieux. Je grognais intérieurement : je n'avais aucune envie de répondre à je ne sais quelle allusion stupide qu'elle ne manquerait pas de faire au sujet de Brooke en rentrant à la maison. Je résolus de rester aussi tard que possible à la fête.

Brooke et Ethan ne retournèrent pas manger près du feu et je n'eus pas d'autre occasion de lui parler ce soir-là : en la voyant

1. Ours mascotte de la campagne nationale américaine contre les feux de forêt. *(N.d.T.)*

distribuer des gobelets de chocolat chaud j'espérais qu'elle m'en apporterait un, mais Mrs Crowley la devança. J'attendis que celle-ci soit partie pour le jeter dans le brasier, et regarder le chocolat noircir sur le bois et le polystyrène se recroqueviller en faisant des bulles avant de disparaître dans les braises. Peu après, la famille de Brooke s'en allait.

Bientôt les saucisses furent toutes cuites et, tandis que les gens partaient progressivement, j'alimentai le feu avec plusieurs grosses bûches, provoquant ainsi une colonne de flammes mugissantes rouge vif. Magnifique : sous la montée de température, les tons rouges et orangés se précipitèrent dans une fusion de jaunes et de blancs, la foule recula et je dus retirer mon manteau. À côté du feu, la chaleur et la lumière étaient pareilles à celles d'un jour d'été, bien que partout ailleurs régnait une nuit de fin décembre ; je tournais autour en l'attisant, en lui parlant – en riant avec lui tandis qu'il dévastait le bois et annihilait les assiettes en carton. La plupart des brasiers crépitent, craquent, mais ce n'est pas vraiment le feu qui parle, c'est le bois. Pour entendre le feu lui-même, il faut un gigantesque brasier comme celui-ci, une fournaise tellement puissante que son souffle vocifère. Je m'approchai aussi près que possible pour écouter sa voix, murmure rugissant de joie et de rage.

En cours de bio, on avait évoqué la définition de la vie. Pour classer un élément dans la catégorie des créatures vivantes, il faut que celui-ci mange, respire, se reproduise et se développe. Les chiens le font, les cailloux, non ; les arbres le font, le plastique, non. D'après cette définition, le feu vibre de vie. Il mange tout, depuis le bois jusqu'à la chair, et il respire exactement comme un humain, en convertissant l'oxygène en dioxyde de carbone. Et puis il se développe, en grandissant il engendre de nouveaux feux qui grandissent et engendrent à leur tour d'autres feux. Il boit de l'essence et rejette des cendres ; il se bat pour son territoire ; il aime et il hait. Parfois, quand je vois les gens accomplir laborieusement leur routine quotidienne je me dis que le feu est plus vivant que nous : plus brillant, plus chaud, plus sûr de lui et de sa destination. Le feu ne s'installe pas, ne tolère rien, ne fait pas avec ni sans. Il *agit*.

Il *est*.

« Quelle aile osa y aspirer ? » dit une voix.

Je fis volte-face et vis Mr Crowley assis un ou deux mètres derrière moi sur une chaise pliante, abîmé dans la contemplation des flammes. Tout le monde était parti, mais, trop absorbé par le feu, je ne m'en étais pas rendu compte.

Le vieil homme paraissait distant et préoccupé. Il ne s'adressait pas à moi, comme je l'avais d'abord cru, mais à lui-même. Ou peut-être au brasier. Sans détacher son regard des flammes, il parla de nouveau.

« Quelle main osa saisir ce feu ?

– Quoi ? demandai-je.

– Quoi ? répéta-t-il, comme s'il sortait d'un rêve. Ah, John, tu es encore là. Rien, c'était un poème.

– Je ne l'avais jamais entendu », répondis-je en me retournant.

Plus petit désormais, le feu était encore fort mais ne flambait plus. J'aurais dû être terrifié de me retrouver seul en pleine nuit avec un démon – je crus tout de suite qu'il m'avait percé à jour d'une manière ou d'une autre, qu'il savait que je connaissais ses secrets et que c'était moi qui lui avais laissé le mot. Mais de toute évidence, il avait la tête ailleurs. Manifestement, quelque chose l'avait perturbé pour qu'il soit plongé dans un état d'esprit aussi mélancolique. S'il pensait au mot, du moins ne pensait-il pas à moi.

Je dirais même plus, ses pensées étaient absorbées par le feu, attirées par lui, imprégnées comme l'eau imprègne une éponge. À sa façon de l'observer, je compris qu'il l'aimait autant que moi. C'est pour cette raison qu'il avait parlé : non pas parce qu'il me soupçonnait, mais parce que nous étions tous les deux liés à cet élément et donc, d'une certaine manière, l'un à l'autre.

« Tu ne l'as jamais entendu ? Qu'est-ce qu'on vous apprend, à l'école, de nos jours ? C'est William Blake ! »

Je haussai les épaules ; au bout d'un moment, il reprit.

« Je l'avais appris par cœur, dans le temps. »

Il se laissa de nouveau aller à sa rêverie.

« "Tigre ! Tigre ! feu et flamme/Dans les forêts de la nuit,/ Quelle main ou quel œil immortel,/Put façonner ta formidable symétrie ?"

– Ça me rappelle vaguement quelque chose. »

Je n'étais jamais très attentif en cours d'anglais, mais je me disais que je me serais rappelé d'un poème sur le feu.

« Le poète demande au tigre qui l'a créé, et comment, expliqua Crowley, le menton enfoncé profondément dans son col. "Quel fut le marteau ? Quelle fut la chaîne ?/Dans quel brasier fut ton cerveau ?" »

Seuls ses yeux dépassaient, deux noirs abîmes qui reflétaient la danse du feu.

« Il a écrit deux poèmes dans ce genre, tu sais : "L'agneau" et "Le tigre". L'un fait de gentillesse et d'amour, l'autre forgé à base de terreur et de mort. »

Il me lança un regard sombre et lourd.

« "Quand les étoiles jetèrent leurs lances/Et baignèrent le ciel de leurs larmes,/A-t-il souri à la vue de son œuvre ?/Celui qui fit l'Agneau, est-ce lui qui te fit ?" »

Le feu bruissait, craquait. Nos ombres dansaient sur le mur de la maison derrière nous. Crowley se tourna à nouveau vers les flammes.

« J'aimerais croire que c'est la même personne qui les a créés tous les deux, dit-il. J'aimerais le croire. »

Les arbres juste derrière le brasier reflétaient une lueur blanche tandis que les autres se perdaient dans l'obscurité. Il faisait sombre, pas un souffle de vent, la fumée s'appesantissait comme du brouillard. La lumière du feu, prise au piège dans ce nuage, l'illuminait, voilant les étoiles.

« Il se fait tard, reprit Mr Crowley, toujours immobile. Rentre vite chez toi ; je veillerai sur le feu jusqu'à ce que les braises s'éteignent. »

Je me levai puis dirigeai le tisonnier vers les flammes, m'apprêtant à disperser les braises, mais il m'arrêta d'une main tremblante.

« Laisse-le. Je n'ai jamais aimé tuer un feu. Laisse-le donc. »

Je reposai alors mon instrument avant de traverser la rue pour rentrer chez moi. Une fois dans ma chambre, je regardai par la fenêtre, d'où je vis mon voisin assis à la même place, le regard fixe.

J'avais vu cet homme tuer quatre personnes. Extirper des organes, s'arracher son propre bras et se transformer sous mes yeux en quelque chose d'inhumainement grotesque, et pourtant, bizarrement, les mots qu'il avait prononcés près du feu cette nuit-là me perturbaient davantage que tout ce qu'il avait fait auparavant.

Je me demandais à nouveau s'il m'avait percé à jour, et si oui, combien de temps il me restait avant qu'il me réduise au silence comme Ted Rask. À la fête et même après, j'avais été en sécurité parce qu'il y avait trop de témoins : si j'avais disparu de son jardin après que cinquante personnes, voire plus, m'y eurent vu, cela aurait paru beaucoup trop louche. Bref, il n'y avait rien à faire. S'il ne savait pas, il fallait que je poursuive mon plan, et s'il savait, alors j'étais impuissant. De toute façon, ma méthode fonctionnait : mon mot l'avait inquiété, peut-être même très profondément. Il fallait que je maintienne la pression, que je fasse monter la tension jusqu'à ce qu'il soit terrorisé, car c'est à ce moment-là que je pourrais le contrôler.

Le lendemain, j'envoyai un deuxième mot afin de clarifier mes intentions :

JE VAIS TE TUER

12

Brooke se réveillait tous les matins vers 7 heures. Son père, lui, se levait à 6 h 30, se douchait, s'habillait puis allait réveiller les enfants pendant que leur mère préparait le petit déjeuner. Il entrait dans la chambre d'Ethan et allumait la lumière tout en s'amusant parfois à tirer d'un coup sec sur les couvertures ou à chanter à tue-tête, et une fois, comme son fils refusait de se lever, il avait même jeté un sac de brocolis surgelés dans son lit. Brooke, en revanche, bénéficiait d'un traitement de faveur : son père se contentait de frapper à sa porte en lui disant qu'il était l'heure et ne partait qu'après avoir obtenu une réponse. Il s'agissait d'une jeune femme, après tout, qui, plus responsable que son frère, méritait aussi davantage d'intimité. Personne n'entrait sans prévenir, personne ne l'espionnait en douce, personne ne pouvait la voir avant d'y être autorisé.

Personne à part moi.

Sa chambre se trouvait au premier étage de la maison, à gauche, dans l'angle le plus reculé, ce qui signifiait qu'elle avait deux fenêtres : la première sur le côté dont elle laissait toujours les rideaux hermétiquement fermés car elle donnait sur la maison des Peterman, la seconde dans le fond, face à la forêt, jamais obturée. Nous habitions en bordure de la ville, il n'y avait donc aucun vis-à-vis sur l'arrière, aucune autre maison et pas âme qui vive à des kilomètres à la ronde. Elle se disait que personne ne pouvait la voir. Je me disais qu'elle était magnifique.

Elle dormait vêtue d'un épais survêtement gris, couleur qui me paraissait bizarrement terne pour elle. Quand elle s'asseyait, je la voyais apparaître puis repousser le couvre-lit et s'étirer voluptueusement avant de se passer les doigts dans les cheveux. Parfois elle se grattait les aisselles ou les fesses - ce que jamais une fille n'aurait osé si elle se savait observée. Elle faisait des grimaces dans la glace, dansait un peu, parfois. Au bout d'une minute ou deux, elle rassemblait ses vêtements puis quittait sa chambre pour la salle de bains.

J'hésitais à leur proposer de déneiger chez eux comme je le faisais chez Mr Crowley, histoire de mieux accéder à leur jardin, mais bon, à moins de déneiger la rue entière, ce qui m'aurait pris trop de temps, ça aurait quand même semblé louche.

Chaque jour, je trouvais un moyen de donner un nouveau message à Mr Crowley : j'en laissais sur sa voiture, comme les premières fois, je les scotchais à ses fenêtres ou les glissais au-dessus d'embrasures de portes hors de portée de sa femme. Hormis le deuxième, aucun ne constitua une menace directe. Non, je lui envoyais plutôt des preuves que je savais ce qu'il faisait.

JEB JOLLEY : REIN

DAVE BIRD : BRAS

Quand je laissais des mots à propos des victimes, je veillais à ne pas mentionner l'homme qu'il avait tué au lac : d'une part j'ignorais son nom, d'autre part je craignais toujours que Crowley n'ait vu mes traces de vélo dans la neige et je ne voulais pas qu'il fasse le rapprochement.

Le dernier jour avant les vacances, je lui envoyai ceci :

GREG OLSON : ESTOMAC

Ça, c'était le coup de grâce, vu que le corps de Greg Olson n'avait pas encore été retrouvé. Jusqu'ici Crowley pensait que personne n'était au courant pour l'estomac. Après avoir lu ce message, il s'enferma à clef dans la maison en ruminant, et, le lendemain matin, il se rendit à la quincaillerie pour acheter deux cadenas qui vinrent renforcer la sécurité de ses portes de cabanon et de cave. Je craignais un peu que sa paranoïa grandissante ne m'empêche de le tenir à l'œil, mais à peine avait-il fini de tout verrouiller qu'il se rendit chez nous afin de me confier le nouveau sésame.

« J'ai fermé le cabanon à clef, John. On n'est jamais trop prudent ces temps-ci. »

Il me tendit la clef.

« Tu sais où sont les outils, alors contente-toi de bien tout laisser propre comme à ton habitude, et merci encore de ton aide.

– Merci », répondis-je.

Il me faisait toujours confiance, j'avais envie de hurler de joie. Je lui adressai mon meilleur sourire de « petit-fils de substitution ».

« Je continuerai à déneiger. »

Derrière moi, ma mère descendit l'escalier.

« Bonjour, monsieur Crowley. Tout va bien ?

– J'ai rajouté quelques cadenas, répondit-il. Je vous conseille d'en faire autant. Ce satané tueur court toujours.

– Nous fermons toujours le funérarium à double tour et il y a un système d'alarme efficace dans la chambre mortuaire, où nous entreposons les produits chimiques. Je crois que ça va.

– Vous avez un gentil garçon, dit-il en souriant, puis son visage s'assombrit et il jeta un regard suspicieux au bout de la rue. Cette ville n'est plus aussi sûre qu'avant. Je ne cherche pas à vous effrayer, c'est juste que... »

Il nous regarda à nouveau.

« Soyez prudents, c'est tout. »

Il tourna les talons puis traversa péniblement la rue, les épaules voûtées. Je fermai la porte, sourire aux lèvres.

Je l'avais eu.

« Tu as un truc sympa au programme, aujourd'hui ? » demanda ma mère.

Comme je la dévisageai, elle leva innocemment les mains.

« Je demande, c'est tout. »

Je la frôlai en allant monter les escaliers.

« Je vais lire un peu. »

L'excuse habituelle pour passer plusieurs heures d'affilée dans ma chambre, à observer la maison des Crowley depuis ma fenêtre. À cette heure de la journée, je ne pouvais pas m'en approcher, je n'avais donc pas d'autre solution que d'espionner par la fenêtre.

« Tu passes trop de temps dans ta chambre, en ce moment, dit-elle en m'emboîtant le pas. C'est le premier jour des vacances de Noël : tu devrais sortir t'amuser. »

C'était nouveau, ça ; qu'est-ce qu'elle manigançait ? J'avais passé presque autant de temps à l'extérieur qu'à l'intérieur, occupé à fouiner aux alentours de la maison de Mr Crowley – et de celle de Brooke. Certes ma mère ne savait ni où j'allais ni ce que je faisais, mais il était impossible qu'elle croie que je passe trop de temps dans ma chambre. Elle avait autre chose en tête.

« Tu sais, ce film dont on n'arrête pas de voir la bande-annonce. Il est enfin sorti hier ; tu pourrais aller le voir. »

Je me retournai pour la dévisager à nouveau. Qu'est-ce qu'elle manigançait ?

« Je dis simplement que ça pourrait être sympa », ajouta-t-elle en s'éclipsant dans la cuisine afin d'éviter mon regard. Elle était nerveuse.

« Si tu veux y aller, j'ai de l'argent pour les tickets. »

Tiens, du pluriel : c'était donc là qu'elle voulait en venir ? Y avait pas moyen que j'aille au ciné avec ma mère.

« Tu peux y aller, toi, si tu veux, répondis-je. Moi, j'ai envie de finir mon livre.

– Oh ! non, là j'ai pas le temps », répliqua-t-elle en émergeant de la cuisine, une poignée de billets à la main.

Elle me les tendit avec un sourire timide.

« Tu pourrais y aller avec Max. Ou Brooke. »

Ahhh ! C'était donc à Brooke qu'elle voulait en venir. Le rouge me monta aux joues, je tournai les talons et repartis dans ma chambre en tapant des pieds.

« J'ai dit non ! »

Je claquai la porte et fermai les yeux. J'étais furieux, mais j'ignorais pourquoi.

« Débile de mère qui essaie de m'envoyer voir un film débile avec cette débile de... »

Interdiction de prononcer son nom. Personne n'était censé être au courant pour Brooke – elle-même n'était pas au courant. Je shootai dans mon sac à dos, lequel se ratatina, trop rempli de livres pour voler à travers la chambre comme je l'aurais voulu.

Être assis dans le noir avec elle ne serait pas si mal, songeai-je, peu importe le film. Son rire résonnait dans ma tête et je réfléchissais à des trucs marrants que je pourrais sortir pour la faire rire à nouveau. « Il est naze, ce film, on devrait étrangler le réalisateur avec sa propre pellicule. » Enfin ça, ça ne l'amuserait pas : elle écarquillerait les yeux avant de battre en retraite, comme pendant le bal d'Halloween.

« T'es malade, s'exclamerait-elle. T'es un malade mental, un vrai psychopathe.

– Non, pas du tout... Tu sais bien que c'est faux ! répliquerais-je. Tu me connais mieux que n'importe qui, parce que je te connais mieux que n'importe qui. Je vois des choses que personne d'autre ne voit. Nous avons fait nos devoirs ensemble, nous avons regardé la télé ensemble, nous avons discuté au téléphone avec... »

Ouais – au fait, avec qui avait-elle discuté au téléphone ? Quand je le saurai, je le tuerai.

Je lançai un juron en direction de la fenêtre avant de me ressaisir.

J'étais dans ma chambre, le souffle court. Rien de tout ça n'était vrai. Brooke ne me connaissait pas car nous n'avions rien partagé, car tout ce que nous avions jamais fait ensemble, elle l'avait en réalité fait toute seule, tandis que je l'espionnais à travers sa fenêtre. En l'observant qui planchait sur ses devoirs quelques soirs auparavant j'avais découvert qu'on avait les mêmes, mais ce n'était pas comme si nous avions travaillé ensemble puisqu'elle ignorait ma présence. Et ensuite, quand son téléphone avait sonné, qu'elle avait décroché et dit salut à quelqu'un d'autre, il y avait eu comme une fissure entre nous : c'est à cet intrus qu'elle souriait, pas à moi ; j'aurais voulu hurler, pourtant je savais que cette interruption n'en était pas une puisque j'étais le seul au monde à savoir qu'il se passait quelque chose.

Je me plaquai les mains contre les yeux.

« Je suis en train de la filer », marmonnai-je.

Je n'étais pas censé agir ainsi : c'était Mr Crowley que je devais surveiller, pas Brooke. Si j'enfreignais mes règles, c'était pour lui et pour personne d'autre, seulement le monstre avait réduit le mur en miettes et pris le contrôle avant même que je m'en rende compte. D'ailleurs, je n'y pensais presque plus tellement nous avions fusionné. Je levai les yeux puis me dirigeai à grands pas vers la fenêtre pour contempler la maison de Crowley.

« Je ne peux pas faire ça. »

Je retournai d'un pas décidé vers mon lit et shootai, plus fort cette fois-ci, dans mon sac à dos, l'envoyant valser.

« Il faut que je voie Max. »

Je saisis mon manteau au vol et me précipitai dehors sans rien dire à ma mère. Elle avait laissé l'argent dans la cuisine, au bord du plan de travail, je l'empoignai au passage puis le fourrai dans ma poche avant de claquer la porte derrière moi.

Max n'habitait que quelques kilomètres plus loin : avec mon vélo, j'y serais vite. Au niveau de la maison de Brooke je détournai la tête et me précipitai dans la pente à toute vitesse, sans plus prêter attention au verglas qu'aux voitures. J'imaginai mes mains autour de son cou, d'abord caressantes puis de plus en plus pressantes, jusqu'à ce qu'elle crie, qu'elle donne des coups de pied, qu'elle étouffe, que la moindre de ses pensées soit concentrée sur moi et sur rien d'autre, jusqu'à ce que, à moi tout seul, je constitue son monde et que...

« Non ! »

Ma roue arrière dérapa sur une plaque de verglas et se déroba sous moi en m'entraînant sur le côté, je réussis à garder l'équilibre, mais à peine m'étais-je stabilisé que je sautai de mon vélo, et de colère l'empoignai comme une batte pour le cogner contre un poteau télégraphique. Il fit un bruit métallique, solide, réel et m'envoya des vibrations dans les mains. Je le lâchai puis m'appuyai contre le poteau en grinçant des dents.

Je devrais pleurer. Je ne suis même pas capable de pleurer comme un être humain.

Je jetai un rapide coup d'œil autour de moi. Quelques voitures circulaient, mais personne ne me prêtait attention.

« Il faut que je voie Max », marmonnai-je à nouveau.

Sur ce, je ramassai ma monture. Cela faisait des semaines que je n'avais pas vu Max en dehors des cours : je passais tout mon temps seul, tapi dans l'ombre, à envoyer des messages à Mr Crowley. Ce comportement était dangereux, même sans mon règlement. Surtout sans mon règlement. Mon vélo n'avait pas l'air mal en point : rayé, peut-être, mais pas cabossé. Le guidon était tordu, je dus le tenir de travers. Je me rendis tout droit chez Max en m'efforçant de ne penser à rien d'autre qu'à lui. C'était mon ami. Les amis, c'est normal. Si j'en avais un, je ne pouvais pas être un psychopathe.

Il habitait une maison jumelle dans Redwood Street, à côté de la scierie, un quartier qui sentait en permanence la sciure et la fumée. La plupart des habitants de la ville travaillaient à la scierie, y compris la mère de Max ; quant à son père, il conduisait un camion qui transportait en général le bois de l'usine et passait autant de temps sur les routes qu'à la maison. Je n'aimais pas son père, à chaque fois que j'allais chez lui, la première chose que je cherchais, c'était le gros semi-remorque. Aujourd'hui, il n'était pas là, Max était donc sûrement seul.

Je laissai tomber mon vélo dans le jardin puis allai sonner à la porte. J'appuyai une deuxième fois sur le bouton. Max vint ouvrir, l'air morose, mais, à ma vue, ses yeux s'illuminèrent.

« Viens voir, mec – mate voir ce que mon père m'a acheté ! »

Il se jeta sur le canapé pour s'emparer d'une manette de console Xbox 360, qu'il exhiba comme un trophée.

« Il ne pourra pas être là à Noël, du coup il me l'a donnée en avance. C'est mythique. »

Je fermai la porte avant de retirer mon manteau.

« Cool. »

Il jouait à un jeu de course automobile, je soupirai d'aise. C'était exactement le genre de passe-temps pas prise de tête auquel j'aspirais.

« T'as une deuxième manette ?

– Tu peux prendre celle de mon père », répondit-il en m'indiquant la télé.

Une deuxième manette trônait à côté de l'écran.

« Fais juste gaffe à pas la niquer, parce qu'à son retour il va m'offrir Madden[1] et on va jouer une saison complète de foot ensemble. Il aura les boules si tu lui niques.

– Je compte pas taper dessus avec un marteau. »

J'allumai la console avant de me replier sur le canapé.

« Allez, c'est parti.

– Deux secondes. Faut que je finisse cette manche d'abord. »

Il enleva la pause et joua plusieurs courses d'affilée en m'assurant entre chaque circuit qu'il s'agissait juste d'un tournoi, que ce serait bientôt terminé et qu'il ne savait pas comment sauvegarder avant d'arriver au bout. Il finit quand même par installer

1. Madden : jeu vidéo de football américain. *(N.d.T.)*

une course à un contre un et nous jouâmes pendant une heure ou deux. Il me battait à chaque fois, mais je m'en foutais. Je me comportais comme un gosse normal et je n'avais besoin de tuer personne.

« T'es une bouse, déclara-t-il au bout d'un moment. Et puis j'ai faim. Tu veux du poulet ?

– Ouais.

– Il en reste du repas d'hier soir. C'était notre fête de Noël anticipée pour mon père. »

Il se rendit dans la cuisine, d'où il ramena un seau de poulet frit à moitié vide, puis nous regardâmes la télé tout en jetant nos os au fur et à mesure. Sa petite sœur fit une apparition, s'empara d'un pilon, puis disparut sans bruit dans sa chambre.

« Tu t'en vas pour Noël ? demanda-t-il.

– J'ai nulle part où aller.

– Nous non plus. »

Il s'essuya les mains sur la banquette avant de farfouiller dans les os en quête d'une autre cuisse de poulet.

« Qu'est-ce que tu trafiquais ?

– Rien, répondis-je. Des trucs. Et toi ?

– Tu faisais bien quelque chose, répliqua-t-il en me dévisageant. Je t'ai à peine vu en deux semaines, ce qui veut dire que tu manigançais un truc de ton côté. Mais qu'est-ce que ça pouvait bien être ? À quoi John Wayne Cleaver, notre jeune psychotique, peut-il bien occuper ses heures perdues ?

– OK, tu m'as eu. C'est moi le Tueur de Clayton.

– C'est aussi ce que je croyais au début, mais il n'a tué que, combien, six personnes ? Toi, tu ferais bien mieux que ça.

– La quantité ne fait pas forcément la qualité, rétorquai-je en me retournant vers la télé. Le rendu, ça compte aussi.

– Je suis prêt à parier sur ce que tu trafiquais, dit-il en tendant son pilon vers moi. Tu étais occupé à chauffer Brooke.

– Chauffer ?

– Galocher, dit Max en tendant les lèvres. Niquer. Faire la bourrée.

– Je crois que "bourrée" est le nom d'une danse.

– Et moi je crois que t'es mytho.

– Tu as dit "mythique" ou "myhto" ? On sait jamais avec toi.

– T'es complètement accro à cette meuf, poursuivit-il en croquant un morceau de poulet avant de rire la bouche grande ouverte. T'as même pas dit que c'était faux.

– Je ne pensais pas avoir besoin de nier quelque chose que personne ne croirait jamais.

– Tu l'as toujours pas dit.

– Pourquoi est-ce que je lui courrais après ? Ça ne sait même pas que je... merde, putain !

– Houla, qu'est-ce qui se passe ? »

Je venais juste d'appeler Brooke « ça ». C'était ridicule. C'était... horrifiant. Je valais mieux que ça.

« Aurais-je touché un point un peu trop sensible ? » demanda Max, de nouveau détendu.

Je l'ignorai et regardai droit devant moi. Appeler les êtres humains « ça » est caractéristique des tueurs en série : ils ne pensent pas aux autres comme à des humains mais comme à des objets, ce qui les rendait plus faciles à torturer et à tuer. Autant il est difficile de blesser « il » ou « elle », autant il est simple de blesser « ça ». « Ça » ne ressent rien. « Ça » n'a aucun droit. « Ça » n'est qu'une chose dont on dispose à sa guise.

« Allô, John ? ici la Terre. »

J'avais toujours appelé les cadavres « ça », même si ma mère et Margaret me reprenaient à chaque fois qu'elles l'entendaient. Mais je n'avais encore jamais appelé une personne ainsi, jamais. Je perdais mes moyens. C'était pour cette raison que j'étais venu voir Max, pour me ressaisir, or ça ne marchait pas.

« Tu veux aller au ciné ? demandai-je.

– Et toi tu veux bien m'expliquer ce qui se passe, bordel ?

– J'ai besoin d'aller au ciné, ou je sais pas. J'ai besoin d'être normal... il faut qu'on fasse des trucs normaux.

– Genre être assis dans le canapé et se dire à quel point on est normaux ? Nous les gens normaux, on fait ça tout le temps.

– Arrête, Max, je suis sérieux ! Toute cette affaire est sérieuse ! Pourquoi crois-tu que je suis venu ici ? »

Ses yeux se rétrécirent.

« Je sais pas. Pourquoi es-tu venu ici ?

– Parce que je suis... il se passe quelque chose. Je ne suis pas... Je sais pas ! Je décroche.

– Tu décroches de quoi ?

– De tout. Je décroche complètement. J'ai enfreint toutes mes règles et maintenant le monstre est sorti, et je ne suis même plus moi-même. Tu vois pas ?

– Quelles règles ? Tu me fais flipper, mec.

– J'ai des règles pour rester normal. Pour rester... en sécurité. Pour que tout le monde soit en sécurité. L'une d'elles consiste à traîner avec toi parce que tu m'aides à rester normal, or je ne l'ai pas respectée. Les tueurs en série n'ont pas d'amis, pas de partenaire, ils sont seuls, point, du coup quand je suis avec toi je suis en sécurité : je ne vais rien tenter. Tu comprends pas ? »

Le visage de Max s'assombrit. Je le fréquentais depuis suffisamment longtemps pour connaître ses humeurs et la manière dont elles se traduisaient sur son visage. Là, il plissait les yeux, fronçait bizarrement les sourcils et ça, ça signifiait qu'il était triste. Pris au dépourvu, je le dévisageai, choqué.

« C'est pour ça que tu es venu ici ? »

Je hochai la tête, désirant ardemment établir un lien. J'avais l'impression de me noyer.

« Et c'est pour ça qu'on est amis depuis trois ans ? Parce que tu te forces à l'être, parce que tu crois que ça te rend normal ? »

Comprends-moi. S'il te plaît.

« Eh bien, félicitations, John, t'es normal. T'es le roi des tarés de la normalité avec tes règles à la con et tes faux amis. Y a quelque chose de vrai dans ce que tu fais, des fois ?

– Ouais. Je... »

Mais là, tout de suite, avec lui qui me dévisageait, rien ne me venait à l'esprit.

« Si tu fais juste semblant d'être mon ami, t'as pas besoin de moi, dit-il en se levant. Tu peux le faire tout seul. À plus.

– Allez, Max.

– Casse-toi d'ici. »

Je ne bougeai pas.

« Casse-toi !

– Tu ne te rends pas compte des conséquences. J'ai besoin de...

– N'essaie même pas de me culpabiliser ! Si t'es taré, j'y suis pour rien. Je suis pas responsable de tes actes. Alors maintenant casse-toi de chez moi ! »

Je me levai et attrapai mon manteau.

« Enfile-le dehors, dit-il en ouvrant grand la porte. Merde, John, tout le monde me déteste au lycée. Et maintenant j'ai même plus mon pote taré. »

Je sortis dans l'air glacial et il claqua la porte derrière moi.

Cette nuit-là, Crowley tua de nouveau, sans que j'y assiste. Sa voiture était partie quand je rentrai de chez Max : sa femme m'expliqua qu'il était allé voir un match. Aucune de ses équipes ne jouait ce soir-là, toutefois je fis un tour à vélo dans le centre pour voir si je pouvais le trouver. Sa voiture n'était pas à côté de son bar des sports préféré ni près d'aucun autre, je pédalai alors jusqu'à la station d'essence pour voir si je le dénicherais là. Il n'était nulle part. Je rentrai chez moi bien après la tombée de la nuit, il n'était toujours pas revenu ; j'étais tellement furieux que j'en aurais hurlé. Je m'assis pour réfléchir sur le pas de la porte.

J'avais envie d'aller voir ce que faisait Brooke – j'en crevais d'envie, même – mais je me retins. Je me mordis la langue, cherchant à faire couler du sang, puis finis par me lever pour balancer des coups de poing dans le mur.

Je ne pouvais pas laisser le monstre prendre le dessus. J'avais une tâche à accomplir, un démon à tuer. Je ne devais pas perdre mes moyens avant de réussir ma mission – non, je ne devais pas perdre mes moyens tout court. Il fallait que je reste concentré. Il fallait que je chope Crowley.

Si je n'arrivais pas à le trouver, je pouvais au moins lui laisser un mot. J'avais été tellement distrait ce jour-là que je n'en n'avais pas encore préparé un, or il fallait qu'il sache que, même sans le voir, je savais ce qu'il manigançait. Je cherchais désespérément sur quel support écrire sans m'incriminer : je pouvais tout de suite oublier le papier à lettre du funérarium, évidemment, et je n'osai pas monter chercher du papier au cas où ma mère ne serait pas encore couchée. Je courus donc jusqu'au jardin de Mr Crowley, presque invisible dans l'obscurité, en quête d'autre chose. Je finis par dénicher un sac de gros sel sous sa véranda : il en mettait sur ses marches et le trottoir devant chez lui pour faire fondre la glace. Une idée me vint, j'échafaudai un plan.

À une heure du matin, quand Mr Crowley apparut, sa voiture bifurqua puis s'arrêta net, à cheval sur la route et l'allée. Là, reflété dans la lumière des phares, on lisait un mot écrit en cristaux de sel, dont chaque lettre d'un mètre de long brillait sur l'asphalte :

DÉMON

Au bout d'un moment, Mr Crowley avança, effaça les lettres avec les roues de sa voiture puis sortit et balaya le reste du pied. Je l'observais depuis l'obscurité de ma chambre en me piquant avec une épingle, grimaçant de douleur.

13

« Joyeux Noël ! »

Margaret passa bruyamment la porte, les bras chargés de cadeaux, ma mère l'embrassa sur la joue.

« Joyeux Noël à toi, répondit-elle en s'emparant de quelques paquets pour les empiler à côté du sapin.

– Il reste des choses dans la voiture ?

– La salade, c'est tout, mais Lauren s'en charge. »

Ma mère blêmit, Margaret lui adressa un sourire sournois.

« Elle est vraiment là ? » murmura-t-elle en avançant la tête pour voir le bas des escaliers.

Sa sœur hocha la tête.

« Comment tu t'y es prise ? Cinq fois, je l'ai invitée, sans jamais réussir à lui arracher un oui.

– On a eu une grande conversation hier soir. Et puis je crois aussi que son petit copain l'a larguée. »

Ma mère regarda autour d'elle, paniquée.

« On n'est pas prêts pour accueillir quatre personnes. John, descends vite chercher une chaise, je vais rajouter un couvert. Margaret, tu es formidable.

– Je sais, répondit-elle en enlevant son manteau. Qu'est-ce que tu ferais sans moi ? »

Assis à la fenêtre, j'étais occupé à observer la maison des voisins. Ma mère dut me demander trois fois de suite cette chaise avant que je me lève, que je prenne la clef et que je me dirige vers la porte. Elle ne me laissait retoucher à cette clef que depuis quelques jours, et ce seulement parce que, ayant acheté trop de nourriture pour les fêtes, on avait dû entreposer le surplus dans le congélateur du funérarium. Je croisai ma sœur dans les escaliers.

« Salut, John.

– Salut, Lauren. »

Elle leva les yeux vers l'entrée.

« Elle est de bonne humeur ?

– C'est tout juste si y avait pas des serpentins qui lui sortaient par les oreilles quand Margaret lui a annoncé que tu étais là. À l'heure qu'il est, elle est sûrement en train de sacrifier un bouc en ton honneur. »

Lauren roula des yeux.

« On verra combien de temps ça dure. »

Elle regarda le haut de l'escalier.

« T'éloigne pas, hein. J'aurais peut-être besoin de soutien.

– Ouais, pareil. »

Je descendis une marche puis fis volte-face.

« T'as un cadeau de la part de papa.

– Non !

– Ils sont arrivés hier : un paquet chacun. »

Le mien, je l'avais secoué, palpé, regardé à la lumière, en vain : je n'arrivais pas à déterminer de quoi il s'agissait. Tout ce que je voulais, en réalité, c'était une carte. Ça aurait été les premières nouvelles de lui depuis le Noël précédent.

Je pris une chaise dans la chapelle du funérarium puis la remontai. Ma mère papillonnait de pièce en pièce en parlant toute seule tandis qu'elle rangeait les manteaux, mettait la table et surveillait sa cuisine. C'était sa façon à elle de se montrer attentionnée sans en avoir l'air : non pas en parlant à sa fille ni en lui réservant un traitement particulier, mais en lui montrant qu'elle n'était pas indifférente en s'activant pour elle. Ça partait d'une bonne intention, j'imagine, mais cette attitude constituait aussi le stade embryonnaire d'un combat de hurlements sur l'air de « Je fais tellement pour toi et toi tu t'en fiches ». Je donnais trois heures à Lauren avant qu'elle explose. On aurait le temps de manger avant, c'était déjà ça.

Le repas de Noël se composait de palette de porc et de pommes de terre, que ma mère, ayant tiré les leçons de Thanksgiving, avait renoncé à cuisiner elle-même. Après avoir acheté la viande précuite, nous l'avions laissée dans le congélateur de la chambre d'embaumement pendant quelques jours pour ensuite la faire réchauffer le matin de Noël. Nous mangeâmes en silence pendant près de trente minutes.

« Il y aurait bien besoin d'une dose de gaieté festive, ici, lança soudain Margaret en reposant sa fourchette. On chante ? »

Nous la dévisageâmes.

« Ouais, j'y croyais pas trop. On raconte des blagues, alors. Chacun en dit une et le meilleur gagne un prix. Je commence. Tu as déjà eu de la géométrie au programme, John ?

– Ouais, pourquoi ?

– Rien. Alors voilà, un jour, le propriétaire d'un pub perdu au fin fond de l'Écosse se lamente de la raréfaction de sa clientèle et songe à mettre la clef sous la porte, quand un randonneur de passage lui suggère d'organiser un concours de cornemuse pour attirer les chalands.

– Tout le monde la connaît, celle-là, l'interrompit Lauren en roulant des yeux.

– Moi non », dit ma mère.

Je ne la connaissais pas non plus.

« Bon, alors je continue, reprit Margaret avec un sourire, et ne t'avise pas de vendre la mèche, Lauren. Bref, tous les joueurs de cornemuse du pays viennent s'inscrire et se mettent à répéter. Une semaine après, le concours commence, le pub est plein à craquer. Les joueurs s'affrontent pendant trois jours et trois nuits sous les applaudissements d'un public toujours plus nombreux. Le quatrième jour, il ne reste que trois joueurs en lice, appartenant à une même fratrie. De l'avis général, le frère aîné est le plus doué, il remporte donc le concours.

– Elle a deux minutes de plus que moi, coupa ma mère, en me regardant avec un air faussement méprisant. Elle ne manque jamais une occasion de me le rappeler.

– Bon, je reprends. Alors que le gagnant, encadré par les deux perdants, s'apprête à jouer une dernière fois devant un parterre de randonneurs, de chasseurs et de poivrots notoires, les trois joueurs se mettent à grimacer et à pousser des cris de douleur en se tenant la mâchoire : ils ont une rage de dents. On fait alors appel au dentiste du village.

– Je croyais que ça se passait dans un trou perdu, remarqua ma mère.

– Même dans les trous perdus il peut y avoir des dentistes. Arrête de m'interrompre, le meilleur arrive. Après consultation, le dentiste revient au pub annoncer le verdict : une carie pour le joueur de droite, une carie pour le joueur de gauche et deux caries pour le vainqueur de la cornemuse. »

Elle marqua une pause théâtrale et nous la dévisageâmes un moment, dans l'expectative. Lauren se mit à rire.

« Il y a une chute ? » demandai-je.

Lauren et Margaret entonnèrent à l'unisson :

« Les caries du vainqueur de la cornemuse sont égales à la somme des caries des deux joueurs d'à côté. »

Je souris. Ma mère rigola en secouant la tête.

« C'est ça, la chute ? Qu'est-ce qu'il y a de drôle ?

– C'est le théorème de Pythagore, expliqua Lauren. Il s'agit d'une formule mathématique pour... un truc.

– Les triangles rectangles », complétai-je.

Je lançai un regard entendu à Margaret.

« Je t'avais bien dit que j'avais déjà fait de la géométrie. »

Ma mère réfléchit un instant puis rigola de plus belle lorsqu'elle finit par comprendre.

« C'est la blague la plus nulle que j'ai jamais entendue.

– Alors t'as intérêt à en trouver une mieux, répliqua Margaret. À Lauren, maintenant.

– Je t'ai aidée à raconter la tienne, rétorqua ma sœur en poignardant une feuille de salade. Ça compte.

– Toi, alors, dit Margaret en s'adressant à sa sœur. Je suis sûre que tu as une histoire drôle dans un coin de ta petite tête.

– Oh, là, là ! soupira ma mère en s'appuyant sur son poing. Une blague, une blague... Ça y est ! J'en ai une.

– On t'écoute, dit Margaret.

– Deux fraises se croisent au bord d'un talus, l'une dit : "Bonjour ", l'autre sursaute : "Mon Dieu, une fraise qui parle !" »

Les deux sœurs éclatèrent de rire, Lauren grogna.

« Un peu court, commenta Margaret, mais ça va pour cette fois. Bon alors maintenant, John, c'est ton tour. Qu'est-ce que tu nous racontes ?

– Je ne connais pas vraiment de blagues.

– Tu dois bien en savoir, dit Lauren. Il est passé où, ce livre de blagues qu'on avait avant ?

– Je n'en connais vraiment aucune. »

Je revoyais Brooke qui riait quand nous avions parlé de la médaille de l'incendiaire, mais je ne pouvais pas vraiment transformer ça en blague. En connaissais-je ne serait-ce qu'une seule ?

« Attendez, euh... Max m'en a racontée une, une fois, mais vous allez détester.

– C'est pas grave, dit Margaret, envoie.

– Vous allez vraiment détester.

– Accouche, dit Lauren.

– Tant que ce n'est pas cochon, ajouta ma mère.

– Tiens, c'est marrant, justement il s'agit de crasse.

– Me voilà intriguée, commenta Margaret en se penchant sur la table.

– Pourquoi la NASA a-t-elle envoyé une femme dans l'espace ? »

Personne ne proposa de réponse. Je pris une grande inspiration.

« Parce que c'est moins lourd qu'un lave-vaisselle.

– T'as raison, dit ma mère, les sourcils froncés. Je déteste. Mais la bonne nouvelle, c'est que tu viens de te porter volontaire pour débarrasser la table. Passons au salon, mesdames.

– Je me déclare vainqueur, annonça Margaret en se levant. C'est ma blague qui était la plus drôle.

– Non, c'est moi le vainqueur, rétorqua Lauren, parce que je m'en suis sortie sans en raconter une. »

Elles passèrent tranquillement dans la pièce d'à côté tandis que je rassemblais les assiettes. D'ordinaire, je détestais débarrasser la table, mais, aujourd'hui, ça m'était égal : tout le monde était heureux, personne ne se disputait. On allait peut-être tenir plus de trois heures, finalement.

Après avoir empilé les assiettes dans l'évier, je me joignis au groupe dans le salon et la distribution des cadeaux commença. Je crois me souvenir que j'avais offert de la crème pour les mains à tout le monde. Ma mère m'offrit une lampe de lecture.

« Tu lis tellement, expliqua-t-elle, et parfois jusqu'à tard dans la nuit, du coup je me suis dit que ça pourrait te servir.

– Merci, maman. »

Merci de croire à mes mensonges.

Margaret me donna un nouveau sac à dos : un de ces énormes sacs de rando avec gourde et tuyau intégrés. Je m'étais toujours moqué des gosses qui en portaient.

« Le tien est une vraie loque, expliqua Margaret. Je n'en reviens pas que les bretelles tiennent toujours.

– Il reste encore quelques fils.

– Celui-là pourra contenir tous tes livres sans craquer.

– Merci, Margaret. »

Je le mis de côté, bien résolu à essayer plus tard d'enlever ce tuyau à la con.

« Je ne l'ai jamais lu, alors si ça se trouve, c'est nul, dit Lauren en me tendant un cadeau de la forme d'un livre, mais je sais qu'il y a eu un film et puis au moins le titre me semblait adapté. »

J'ouvris le paquet et découvris une épaisse revue, ou plutôt une BD, d'ailleurs, vu le format. Elle s'intitulait *Hellboy*. Je montrai le titre du doigt, Lauren sourit de toutes ses dents.

« Deux cadeaux en un, expliqua-t-elle en riant. Une BD et un surnom.

– Ouais...

– La première qui l'appellera Hellboy sera priée d'ouvrir ses cadeaux dehors, dit ma mère en secouant la tête.

– Merci quand même », fis-je à Lauren.

Elle me sourit.

« Il est temps d'ouvrir ceux de votre père », lança ma mère.

Lauren et moi nous emparâmes de notre paquet. Il s'agissait de simples colis marron : nous les avions laissés tels quels au cas où le cadeau à l'intérieur n'aurait pas été emballé. Avec mon père on ne savait jamais. Le mien était petit, à peu près de la taille d'un manuel scolaire, en beaucoup plus léger. Je me servis de ma clef de maison pour couper le scotch de l'emballage. À l'intérieur se trouvaient une carte et un iPod. J'ouvris l'enveloppe lentement, posément, afin de ne pas paraître trop excité. Sur la carte on voyait un dessin de chat déjanté avec à côté un de ces poèmes horribles qui disait quel fils extraordinaire j'étais. Mon père avait écrit un mot en bas, je le lus en silence.

Salut, le Tigre – Joyeux Noël ! J'espère que tu as passé une super année. Profite du collège tant que tu peux, parce que, l'année prochaine, ce sera le lycée, et là, finie la rigolade. Toutes les filles vont te courir après ! Tu vas adorer cet iPod : j'y ai mis toute la musique que j'aime, tous les trucs qu'on chantait ensemble avant. C'est un peu comme si tu avais ton père dans ta poche. À plus.

Sam Cleaver

J'avais déjà commencé le lycée, il avait donc un an de retard, mais j'étais trop curieux d'entendre cette musique pour m'en formaliser. Je ne savais même pas où mon père habitait – il n'avait pas écrit son adresse au dos du colis –, cependant je me rappelais les trajets en voiture où je chantais en écoutant ses groupes préférés : The Eagles, Journey, Fleetwood Mac et d'autres encore. Bizarrement, ça m'étonnait qu'il s'en souvienne aussi. Désormais je pourrais sortir mon iPod, choisir une chanson et être plus proche de mon père que je ne l'avais été pendant cinq ans.

L'iPod était encore sous film plastique. Je le déballai, perplexe, puis déchirai la boîte : l'appareil n'avait jamais été manipulé, la mémoire était complètement vide. Il avait oublié.

« Putain, Sam ! » s'exclama ma mère.

Je me retournai et compris qu'elle avait lu la carte – elle avait vu la boulette de l'année scolaire et la promesse qu'il avait aussitôt rompue ; elle penchait la tête d'un air las en se massant les tempes.

« Je suis vraiment désolée, John.

– Ça a l'air sympa, commenta Lauren en jetant un œil dans ma direction. Moi, j'ai eu un lecteur de DVD portable et le DVD du *Gang des chaussons aux pommes* : apparemment on regardait ce western ensemble, avant, alors il s'est dit que c'était un truc un peu spécial ou quoi. Moi, je m'en souviens pas.

– Qu'est-ce qu'il peut m'énerver ! » tonna ma mère.

Elle se leva puis se dirigea vers la cuisine.

« Il n'est même pas foutu d'acheter votre amour sans se planter !

– Un iPod, je trouve ça sympa, moi aussi, répliqua Margaret. Y a un truc qui cloche ? »

Après avoir lu la carte, elle soupira.

« Je suis sûre qu'il s'agit d'un simple oubli, John.

– C'est bien ça le problème ! » hurla ma mère depuis la cuisine.

Elle entrechoquait les assiettes en les manipulant, passant sur elles sa colère tandis qu'elle les transvasait de l'évier au lave-vaisselle avec force fracas.

« De toute façon, répliqua sa sœur, c'est mieux d'en avoir un vide, comme ça on y met ce qu'on veut. Je peux voir ?

– Bien sûr, répondis-je en me levant. Je vais faire un tour.

– Attends, John, lança ma mère en sortant précipitamment de la cuisine. On va manger le dessert, maintenant. J'ai acheté deux sortes de tartes, de la crème chantilly et... »

Je l'ignorai, pris mon manteau dans l'armoire de l'entrée et sortis. Elle me rappela encore une fois mais je descendis l'escalier d'un pas rageur après avoir claqué la porte puis réservai le même sort à la porte extérieure. Je partis en vélo sans me retourner pour voir si elles m'avaient suivi, sans lever les yeux pour voir si elles m'observaient depuis la fenêtre. Je ne regardai ni la maison des Crowley ni celle de Brooke, je pédalais, tête baissée, les yeux rivés sur la ligne du trottoir qui défilait, et je priais Dieu à chaque intersection qu'un camion vienne me percuter et me faire valser en travers de la route.

Vingt minutes plus tard, je me retrouvai en centre-ville, où je me rendis compte que j'étais juste à côté du cabinet du Dr Neblin. Évidemment, il était fermé : verrouillé, vide, sombre. Je posai mon vélo et restai assis là pendant près de dix minutes à regarder le vent qui fouettait les amas de neige et les envoyait tourbillonner puis s'écraser contre les murs en brique. Je n'avais rien à faire, nulle part où aller, personne à qui parler. Pas la moindre raison d'exister.

Tout ce que j'avais, c'était Mr Crowley.

Au bout de la rue se trouvait une cabine téléphonique, celle-là même dont je m'étais servi pour appeler le 911 un mois auparavant. Sans savoir pourquoi, j'y appuyai mon vélo, insérai une pièce de vingt-cinq cents, puis composai le numéro de portable de Crowley. Quand la sonnerie retentit, j'enroulai le bas de mon

T-shirt autour du combiné de manière à déguiser ma voix en priant pour que ça fonctionne vraiment.

« Allô ?

– Allô ! » répondis-je.

Je ne savais pas quoi dire.

« Qui est à l'appareil ? »

J'attendis un instant.

« C'est moi qui vous envoie ces mots. »

Il raccrocha. Je jurai, sortis une autre pièce et recomposai le numéro.

« Allô ?

– Ne raccrochez pas. »

Clic.

Il ne me restait plus que deux pièces. Je refis le numéro.

« Laissez-moi tranquille. Si vous savez autant de choses sur moi, alors vous savez ce qui vous attend si je vous trouve. »

Clic.

Il fallait que je réfléchisse à quelque chose qui l'empêcherait de raccrocher : il fallait que je parle à quelqu'un, démon ou pas. J'insérai ma dernière pièce et recomposai le numéro.

« Je vous ai dit...

– Est-ce que ça fait mal ? »

Je l'entendis haleter, souffler son haleine chaude et rageuse, mais il resta en ligne.

« Vous vous êtes arraché votre propre bras, poursuivis-je, et vous vous êtes ouvert le ventre. Je voudrais juste savoir si ça fait mal. »

Il attendit sans rien dire.

« Vous agissez sans logique. Vous cachez certains corps et d'autres non. Un instant vous souriez à un type et l'instant d'après vous lui arrachez le cœur. Je ne sais même pas ce que vous...

– Ça fait un mal de chien. »

Il marqua une pause.

« Ça fait mal à chaque fois. »

Il me répondait. Je percevais quelque chose dans sa voix – une émotion que je ne parvenais pas à définir. Pas exactement du bonheur, pas exactement de l'épuisement, quelque chose entre les deux.

Du soulagement ?

Soudain, des mois de curiosité s'épanchèrent.

« Est-ce qu'il faut que vous attendiez qu'un organe ou un membre arrête de fonctionner pour le remplacer ? Est-ce que c'est obligatoirement à des gens que vous devez voler des parties du corps ? Et ce type en Arizona, là, Emmet T. Openshaw. Qu'est-ce que vous lui avez pris ? »

Silence.

« Sa vie.

– Vous l'avez tué.

– Je ne me suis pas contenté de le tuer. Je lui ai volé sa vie. Il aurait vécu longtemps, je crois : au moins jusqu'à aujourd'hui. Il se serait marié, il aurait eu des enfants. »

Ces propos me semblaient bizarres.

« Quel âge avait-il ?

– Trente ans, je crois. Je dis aux gens que j'en ai soixante-douze. »

Je m'étais imaginé Openshaw plus vieux, comme les dernières victimes.

« Vous avez tellement bien caché son corps que personne ne l'a jamais retrouvé, alors pourquoi n'avez-vous pas caché celui de Jeb Jolley ? Ni les deux autres qui ont suivi. »

Silence. J'entendis une porte se fermer.

« Vous n'avez toujours pas compris, n'est-ce pas ?

– Vous vous comportez comme un meurtrier qui tue pour la première fois, répondis-je en tâchant de recomposer le puzzle. Vous vous améliorez à chaque fois, vous commencez à cacher les corps, ce qui paraîtrait logique si vous n'aviez jamais tué avant, or ce n'est pas le cas – c'est du cinéma, tout ça ? Mais pourquoi feriez-vous semblant d'être inexpérimenté si vous pouviez agir sans que personne ne se rende compte de rien ?

– Ne quittez pas. »

Il toussa bruyamment. Il protégeait le combiné, mais j'entendais toujours de grosses quintes de toux. Il simulait, semblait-il, et je percevais un autre bruit en arrière-fond. Un grondement. Il découvrit le combiné, pourtant je l'entendais moins bien qu'avant : il y avait des parasites sur la ligne ou du bruit blanc.

Qu'est-ce qu'il fabriquait ?

« Je me suis comporté comme quelqu'un d'inexpérimenté parce que je l'étais. J'ai pris plus de vies que vous ne pouvez l'imaginer, mais Jeb fut la première que... je n'ai pas gardée.

– Que vous n'avez pas *gardée* ? Mais... »

Pouvait-il garder les âmes ? Pouvait-il absorber des vies aussi facilement que des parties du corps ?

Ou bien dérober des vies *à la place* de parties du corps ?

« Vous avez pris le corps d'Emmet en entier et son apparence. Et avant ça, vous aviez pris le corps de quelqu'un d'autre, et encore avant le corps d'un autre. Tout s'éclaire. Auparavant, vous n'aviez jamais eu besoin de cacher les cadavres parce que vous les preniez intégralement et que vous abandonniez votre ancien corps. Cela explique l'énorme quantité de boue qui a été retrouvée dans la maison d'Emmet. Là-bas, vous vous étiez débarrassé d'un corps entier, pas seulement d'une partie, et vous... »

Titic... titic... titic...

« Qu'est-ce que c'est ? demandai-je.

– Qu'est-ce que c'est quoi ?

– Ce bruit. Ça ressemblait à... »

Je raccrochai violemment le combiné avant d'empoigner mon vélo en regardant au bout de la rue, paniqué.

Un clignotant ! Crowley était dans sa voiture, il me cherchait.

Personne dans Main Street. J'enfourchai mon vélo puis fonçai à l'angle de la rue, où je dérapai en prenant trop vite mon virage. Il n'était pas dans cette rue-là non plus. Je repris mon équilibre puis pédalai aussi vite que possible jusqu'à l'intersection suivante, où je bifurquai à nouveau, dans la direction opposée, loin de chez lui et du trajet qu'il avait probablement emprunté.

C'est pour ça qu'il en avait tant dit. Mr Crowley utilisait son portable, grâce auquel il pouvait voir qui l'appelait. Il devait avoir compris que je téléphonais depuis une cabine et m'avait encouragé à parler pendant qu'il sortait, démarrait sa voiture et venait me trouver. Il n'y avait que deux ou trois cabines en ville, il était sûrement en train de les passer en revue : le Flying J, la station-service à côté de la scierie et celle où j'étais allé téléphoner dans Main Street. Grâce à Dieu, cette station-là étant fermée pour Noël, il n'y aurait pas d'employé susceptible de donner ma description lorsque le vieil homme se pointerait gentiment pour poser des questions. En centre-ville, les bâtiments étaient clos, les portes fermées à clef et les magasins vides. Je n'avais nulle part où me cacher.

Qu'est-ce qui serait ouvert le jour de Noël dans une ville aussi petite que Clayton ? L'hôpital... oui mais non, là aussi il y avait sûrement une cabine et Crowley pourrait passer vérifier. À cet instant précis, j'entendis une voiture, aussitôt je quittai le trottoir pour me frayer un passage sur une pelouse enneigée entre deux immeubles résidentiels. À mi-chemin de ce long canyon en brique, il y avait un compteur à gaz, je le contournai et me tapis de l'autre côté pour surveiller la rue. La voiture que j'avais entendue n'y passa pas ; j'ignorai de qui il s'agissait et où elle se rendait, tout ce que je savais, c'était qu'il fallait me cacher.

Je passai le reste de l'après-midi et une partie de la soirée là, à frissonner dans la neige. Je sentais mon corps se contracter en réaction à la température glaciale, mais je n'osais pas bouger. J'imaginais Crowley, qui, des éclairs dans les yeux, quadrillait la ville afin de tisser une toile de plus en plus serrée autour de moi.

Quand cela fit près d'une heure que l'obscurité était tombée, je redressai mon vélo, les membres raides, les mains et les pieds brûlants de froid. En rentrant chez moi, je vis la voiture de mon voisin sagement garée dans l'allée et montai à l'étage.

La maison était vide, silencieuse : tout le monde était parti.

14

La conversation téléphonique que j'avais eue avec Mr Crowley repassa en boucle dans ma tête les trois jours suivants, oblitérant tout le reste. Ma mère était revenue le soir de Noël les larmes aux yeux en hurlant qu'elles avaient passé la journée à me chercher, et où étais-je donc passé ? et qu'est-ce qu'elle était contente de me savoir sain et sauf, et un millier d'autres choses encore que je n'avais pas écoutées, trop occupé que j'étais à penser à mon voisin.

Margaret revint le lendemain et nous allâmes tous les trois manger dans un resto grill, où, plongé dans mes pensées, je ne prêtais attention ni à elles ni à mon assiette. Elles croyaient sûrement que j'étais déprimé à cause du cadeau de Noël de papa, mais, franchement, je l'avais déjà oublié. Je ne pensais qu'à une chose : les allusions et les confessions de Crowley. Dans ma tête, il n'y avait de la place pour rien d'autre. Le mercredi venu, ma mère cessa d'essayer de me remonter le moral, même si je la surprenais parfois à me regarder depuis l'autre bout de la pièce. J'étais reconnaissant de pouvoir enfin jouir d'un peu de paix et de silence.

Crowley m'avait presque avoué qu'avant il volait des corps entiers, mais que désormais il n'en volait que des parties. Dans un sens, ça paraissait logique. Cela expliquait pourquoi l'ADN contenu dans la boue se révélait toujours appartenir à la même personne : tout son corps provenait de Emmet Openshaw. Cela expliquait aussi pourquoi il était aussi doué pour tuer, mais nul quand il s'agissait de dissimuler les preuves. L'assassinat de Jeb Jolley avait sûrement constitué un geste désespéré : il était en train de mourir à cause d'un rein défectueux et n'avait tout simplement pas anticipé comment il disposerait du corps, vu qu'il n'avait jamais eu besoin de s'en préoccuper avant. Au cours de l'année, au fur et à mesure des meurtres, il s'était amélioré et s'était même mis à cibler des inconnus comme le zonard solitaire qu'il avait emmené au lac Marginal : même à présent, un mois après les faits, personne ne savait qu'il avait disparu ni que le Tueur de Clayton avait allongé sa liste de victimes juste avant Thanksgiving. Personne n'était au courant non plus du meurtre qui avait eu lieu juste avant Noël – celui que j'avais raté –, donc j'en déduisais qu'il s'était aussi agi d'un vagabond. Si ça se trouve, il y en avait eu encore d'autres, dont même moi j'ignorais l'existence.

Ça me donnait aussi une assez bonne idée de la raison pour laquelle il ne prélevait jamais plus d'un morceau sur chaque cadavre. Si s'emparer d'un corps entier lui donnait automatiquement les traits de la victime, il craignait peut-être que prendre trop de morceaux d'un coup ne transforme l'apparence qu'il tâchait de préserver. Son corps pouvait assimiler un bras par-ci, un rein par-là, mais si une trop grande quantité de la victime l'infestait, il risquait de perdre l'identité de Bill Crowley, qu'il se démenait comme un beau diable pour conserver.

Alors certes, il s'améliorait de plus en plus en suivant cette méthode d'assassinat et non plus l'ancienne, mais restait cette question : pourquoi en avait-il changé ? Et pourquoi y avait-il eu un blanc de quarante-quatre ans sans aucun meurtre ? Je tâchais de me mettre à sa place : je suis un démon qui erre sur la terre en étripant des gens afin de leur voler leur corps pour démarrer une nouvelle vie. Si je pouvais faire tout ce que je voulais, pourquoi irais-je m'enterrer à Clayton County ? Si je pouvais être aussi jeune et aussi fort que je le voulais, pourquoi choisirais-je d'être vieux – tellement vieux que mon corps se déglingue ? Si je pouvais occire quelqu'un ni vu ni connu, pourquoi resterais-je là à trucider des dizaines de personnes en laissant de plus en plus de preuves susceptibles d'être utilisées par les flics pour me retrouver ?

J'essayais d'établir un autre profil psychologique en commençant par la même question clé : *Que faisait le tueur sans y être obligé ?* Il se cantonnait à un seul lieu. Conservait une seule identité. Vieillissait. Et tuait, sans trêve : il y avait forcément une logique à ce comportement. Prenait-il plaisir à tuer ? Apparemment, non. Et pourtant, si j'avais bien compris son mode de fonctionnement, massacrer autant de personnes était absolument superflu. Il disposait d'une autre option. Alors pourquoi agissait-il ainsi ?

S'il faisait quelque chose qui ne constituait pas un impératif, cela signifiait qu'il voulait le faire. Pourquoi tenait-il à vieillir ? Pourquoi tenait-il à rester dans ce bled froid et paumé au milieu de nulle part ? Que possédait donc Clayton que le démon ne pouvait trouver nulle part ailleurs ? Cette énigme me dépassait ; j'avais besoin du Dr Neblin. Ayant rendez-vous avec lui jeudi, il me restait une journée pour élaborer ma stratégie : comment obtenir les réponses nécessaires sans rien dévoiler ?

Le lendemain matin, pendant le petit déjeuner, ma mère me rappela mon rendez-vous et sembla véritablement tomber des nues lorsque cet après-midi-là je m'y rendis effectivement. De son point de vue j'imagine qu'il s'agissait là de la première action que j'entreprenais depuis ma fugue le 25 décembre ; pour moi, ce rendez-vous constituait simplement une opportunité de parler à quelqu'un d'intelligent.

« Comment s'est passé Noël ? » demanda Neblin en penchant la tête sur le côté.

Mouvement typique lorsqu'il essayait de dissimuler quelque chose : à tous les coups, ma mère lui avait déjà raconté les événements. Il faisait un menteur minable ; un jour il faudrait que je joue au poker avec lui.

« J'ai un scénario à vous soumettre, dis-je. J'aimerais avoir votre avis.

– Quel genre de scénario ?

– Le profil imaginaire d'un tordu. Pendant les vacances, j'en ai élaborés plusieurs pour m'amuser et il y en a un sur lequel je bloque.

– OK, vas-y.

– Admettons que vous soyez un homme caméléon. Vous pouvez changer de visage, aller où vous voulez, être qui vous voulez. Vous pouvez avoir n'importe quel âge, n'importe quelle taille, n'importe quelle nationalité, faire tout ce que vous voulez. Maintenant, imaginez que, dans une mauvaise passe, vous vous retrouviez obligé à faire des choses que vous n'aimez pas. Si vous jouissiez d'une telle liberté, pourquoi choisiriez-vous de rester ?

– Il s'agit donc d'un cas de risque et de compensation. Soit je reste moi-même et j'endure les difficultés, soit je les fuis au prix de me perdre moi-même.

– Vous n'êtes pas vous-même », rectifiai-je.

Je me sentais douloureusement mis à nu. Je m'exposais à un grand nombre de questions dérangeantes, surtout s'il pensait que je faisais indirectement référence à moi.

« Il y a belle lurette que vous vous êtes perdu, et vous avez déjà adopté toute une ribambelle de personnalités depuis des lustres.

– Alors il s'agit également d'un problème d'identité. Si je suis quelqu'un d'autre, est-ce aussi bien que d'être moi-même ? Si je ne peux plus être moi-même, ne me porterais-je pas mieux en n'étant personne ou en choisissant d'incarner un nouvel être ?

– C'est ça, dis-je en hochant la tête. Soit vous êtes une seule personne à un seul endroit, qui passe le reste de sa vie à faire quelque chose qu'elle déteste, soit vous jouissez d'une liberté totale : plus de responsabilités, plus de problèmes, plus de lest. »

Il me dévisagea un instant.

« Est-ce que tu veux me dire quelque chose ?

– Non, je veux que vous me disiez ce qui vous pousserait à rester dans ce genre de situation. Je sais que vous croyez qu'il s'agit de moi, mais ce n'est pas le cas... Je ne peux pas vous expliquer. Bon, alors, sérieusement, d'un côté vous n'avez rien, de l'autre vous avez tout. Pourquoi choisiriez-vous de rester ? »

Il réfléchit plusieurs minutes, sourcils froncés, en tapotant son calepin avec son crayon. Voilà pourquoi j'étais venu le voir : il me prenait au sérieux, peu importe ce que je disais ou à quel point je paraissais cinglé.

« Une dernière question, dit-il. Suis-je un sociopathe ?

– Quoi ?

– Il s'agit de ton énigme, or tu as de fortes tendances à la sociopathie, nous en avons souvent parlé. Je voudrais donc savoir si je dois répondre en me mettant dans la peau d'une personne émotionnellement normale ou bien dans celle de quelqu'un qui n'a pas d'émotion.

– Où est la différence ? »

Le Dr Neblin sourit.

« La voilà, ta réponse. Tu as dit que la seconde option, partir vivre une ribambelle de vies toutes neuves, constituait une liberté, qu'elle permettait de ne pas traîner de "lest". Là où un sociopathe voit du lest, quelqu'un d'autre verrait des liens émotionnels. Des amis, de la famille, des êtres chers... nous ne pouvons pas tous y renoncer aussi facilement. Ils nous définissent, ils font de nous ce que nous sommes ; il arrive parfois que ce soit notre entourage qui fasse de nous un tout. »

Des liens émotionnels. Des êtres chers.

« Kay.

– Quoi ?

– Je... j'ai dit OK. »

C'était Kay Crowley. Son mari l'aimait vraiment : il ne simulait pas, il ne s'en servait pas comme couverture. Il était vraiment, sincèrement amoureux d'elle. J'avais essayé de me mettre à sa place et ça n'avait pas fonctionné, non pas parce que son esprit était trop différent, mais parce que le mien l'était. Le démon aimait sa femme.

« Il faut que j'y aille.

– Tu viens juste d'arriver. »

Sauter de corps en corps, de vie en vie, Crowley l'avait déjà fait des centaines de fois auparavant, voire des milliers de fois. Il changeait de ville, effaçait l'ardoise et, quand ses pouvoirs démoniaques ne parvenaient plus à nourrir un corps, il se contentait de le jeter et de poursuivre sa route. C'est ce qu'il avait fait en Arizona avec Emmet Openshaw avant de fuir à Clayton County pour se cacher et recommencer, mais il y avait rencontré Kay et la donne avait alors changé. Quitter ce corps-là signifiait la quitter, elle, or, comme il ne pouvait s'y résoudre, il se contentait de se rafistoler morceau par morceau en remplaçant chaque partie qui flanchait au lieu de repartir à zéro.

« John ?

– Hein ?

– Est-ce qu'il y a quelque chose dont tu voudrais qu'on parle ?

– Non, non, je... il faut que j'y aille. Il faut que je réfléchisse.

– Appelle-moi, John, m'enjoignit-il en se levant et en sortant une carte de visite. Appelle-moi si tu veux parler de quoi que ce soit. »

Il inscrivit un deuxième numéro au dos de la carte – celui de son domicile, supposais-je – avant de me la tendre. Je me rendis brusquement compte qu'il était inquiet. L'anxiété creusait son visage de rides, pareilles à des blessures, et il me regardait, l'air préoccupé.

« Merci », marmonnai-je.

Sur ce, je quittai son cabinet, récupérai mon manteau dans la salle d'attente puis descendis les escaliers. J'enfourchai ensuite mon vélo pour rentrer chez moi sans être ni désemparé, ni désespéré, ni angoissé : pour la première fois depuis des semaines, j'étais serein. J'avais trouvé la faiblesse du démon.

L'amour.

Je passai le reste de la soirée dans ma chambre à parcourir mes notes et à surveiller par la fenêtre l'apparition de Mr Crowley. L'amour constituait la fissure de son armure, certes, mais je n'avais pas encore élaboré de plan pour m'y glisser. J'esquissais puis rejetais une dizaine d'idées différentes, bien résolu à en trouver une qui me permettrait de l'arrêter avant qu'il frappe à nouveau, malheureusement son état commençait déjà sérieusement à s'aggraver. Il allait bientôt passer à l'acte, or je n'étais pas prêt.

Pas manqué : peu après minuit, il gagna sa voiture en chancelant. Je ne l'avais jamais vu aussi mal en point : il repoussait le plus possible le moment de se rafistoler. Je me demandais s'il allait devoir remplacer plus d'une pièce et si c'était seulement possible. S'il en prenait trop à une seule personne, devenait-il cette personne, qu'il le veuille ou non ? Cela expliquerait pourquoi il ne remplaçait qu'un seul organe à chaque fois.

J'ouvris doucement ma porte : ma mère n'était pas encore couchée, elle regardait la télé. Je refermai ma porte, tournai la clef puis me dirigeai vers la fenêtre. Il allait falloir faire un grand saut, mais Crowley s'en allait. Je m'emmitouflai alors dans mon manteau et enfilai ma toute nouvelle acquisition, une cagoule, avant de sauter.

Crowley était trop loin pour que je puisse suivre ses phares, je pédalai donc à toutes jambes jusqu'au Flying J dans l'espoir qu'il viendrait y chercher un autre zonard, comme avant. La station-service n'étant pas facile à atteindre à vélo, je le posai derrière le bâtiment, au pied de la colline, puis grimpai, ce qui me permit d'éviter l'autoroute et les lampadaires. Crowley était justement en train de partir – seul. Il n'avait encore trouvé personne. Je dégringolai la colline enneigée puis enfourchai mon vélo afin de parcourir la centaine de mètres qui me séparait de la bretelle de sortie d'autoroute, d'où je le vis rentrer dans le centre-ville puis se diriger vers la scierie. Il allait peut-être essayer de choper un gardien de nuit ou un truc dans ce genre : quelque innocent inconnu qui se trouverait au mauvais endroit au mauvais moment. Sa voiture zigzaguait dangereusement, je compris alors qu'il aurait beaucoup de mal à attendre de tomber sur une victime que nul ne regretterait : il fallait qu'il tue le premier venu. À une heure du matin, ce serait presque mission impossible. Je le suivais à une bonne centaine de mètres, ombre dans la nuit.

Il bifurqua plus tôt que je ne pensais et, lorsque j'atteignis l'angle de la rue, je le vis se garer derrière un semi-remorque. Le moteur du camion s'arrêta, la portière s'ouvrit et un homme sauta de la cabine ; le souffle de sa respiration flottait autour de lui tel un fantôme dans l'air glacial. Alors qu'il trottinait vers l'avant de son véhicule, Crowley descendit de voiture puis le héla. L'homme s'arrêta et cria une réponse ; je n'entendais pas ce qu'ils disaient. Le camionneur indiqua une maison derrière lui : une maison jumelle.

Mon cœur se pétrifia. Je regardai le panneau au-dessus de moi : Redwood Street.

C'était le père de Max.

« Non ! » hurlai-je.

Trop tard. Le père de Max leva la tête, me regarda droit dans les yeux, mais Crowley s'approcha de lui en titubant, toutes griffes dehors, et l'envoya à terre d'un coup de patte étincelante avant de se ruer sur lui avec une rage animale. L'autre se retrouva au sol dans un tourbillon de sang et de griffes ; Crowley tangua un instant au-dessus de lui puis s'écroula à ses côtés. Les deux hommes gisaient, inertes, sur la bouillasse gelée. Dans la rue régnait un silence sépulcral.

Je me risquai à avancer d'un pas. Crowley s'était surmené : peut-être avait-il dépassé sa capacité à se régénérer. Il ne s'était pas encore emparé d'un organe. Si le père de Max était toujours vivant, je pouvais l'aider. Les maisons demeuraient sombres et silencieuses : personne n'avait entendu ni mon cri ni l'attaque. Je me dirigeai vers les corps en trottinant doucement et faillis glisser sur une plaque de verglas. Rien ne bougea.

En m'approchant, je constatai que le père de Max était définitivement perdu : son corps déchiqueté et sanglant avait été coupé en deux. Une masse d'entrailles fumantes gisait sur le goudron gelé. Je sentis le monstre en moi s'agiter plus que jamais : il me pressait de m'agenouiller pour toucher les organes luisants. Je fermai les yeux et m'efforçai de me contrôler.

Lorsque je les rouvris, j'observais Mr Crowley, face contre terre, encore à moitié transformé, des muscles inhumains saillaient sous ses bras démesurément allongés. Ses grands doigts noirs se terminaient par des griffes ivoire terrifiantes. Son corps, tout comme les entrailles mises à nu, fumait dans le froid.

J'avais envie de lui mettre des coups de pied. De le frapper, le tabasser, de l'enfoncer dans le sol à coups de poing jusqu'à ce qu'il ne reste plus rien : plus de griffes démoniaques, plus de corps humain, plus de vêtements, plus aucun souvenir. Je fulminais à l'idée de tout le mal qu'il avait fait, mais il y avait autre chose. J'étais jaloux. En se tuant, il m'avait privé de l'opportunité de le faire.

La fumée s'évaporait autour de lui quand, soudain, son corps fut secoué d'un spasme. Je reculai dans un sursaut, glissai sur le verglas et tombai sur le dos. Le démon redressa la tête d'un coup, cherchant de l'air, sa bouche grande ouverte découvrit une invraisemblable quantité de crocs. Je me relevai tant bien que mal puis reculai davantage. Le démon se mit lentement en appui sur les bras et tourna la tête vers moi. Ses paupières noires se plissèrent de façon grotesque sur ses gigantesques yeux cristallins, comme s'il n'arrivait pas bien à me voir, je portai alors les mains à mon visage pour m'assurer que ma cagoule était toujours là. Dans cette obscurité, il y avait peu de chances qu'il me reconnaisse. Une lueur bleue phosphorescente irradiait faiblement de ses griffes. Il rampa de quelques centimètres dans ma direction d'une patte chancelante avant de s'écrouler à nouveau sur le verglas. Secoué par une quinte de toux, il tourna la tête de tous les côtés, cherchant quelque chose, et, lorsque ses yeux tombèrent sur les restes loqueteux du père de Max, il m'oublia pour ramper douloureusement vers eux.

Je fis rapidement le tour du cadavre afin de voir si je pourrais le déplacer, le tirer hors de portée du démon, mais ce dernier était trop près. J'avais raté ma chance. Il allait se régénérer puis me courserait. Il ne me restait plus qu'à espérer qu'il ne m'ait pas reconnu dans l'obscurité. Si je parvenais à m'enfuir rapidement et à garder mon avance, il ne saurait peut-être jamais qu'il s'agissait de moi.

De jour, je mettais vingt minutes pour rentrer chez moi à vélo, mais ce soir-là il ne m'en fallut que dix : je parcourus à tombeau ouvert les rues désertes et traversai les carrefours tête baissée, comme un dératé, en veillant seulement à rester en dehors de la neige afin de ne pas laisser de trace.

Je posai ensuite soigneusement mon vélo contre la maison de manière à le remettre exactement dans sa position initiale, au cas où : pour que Crowley ne me soupçonne pas, il fallait que la maison ressemble en tout point à ce qu'elle était quand il était parti. Je montai discrètement les escaliers et écoutai à la porte : la télé était éteinte, apparemment, ma mère s'était endormie. Sans bruit, je poussai le battant puis me glissai dans l'obscurité et refermai à double tour derrière moi. Après avoir retiré gants et cagoule, content d'être au chaud, je m'écroulai comme une masse sur le canapé. J'étais hors de danger.

Pourtant quelque chose n'allait pas, mais je n'arrivais pas à mettre le doigt dessus.

Tout semblait silencieux sans trop l'être : la pendule de la cuisine tictaquait, comme d'habitude ; la chaudière ronflait, comme d'habitude. J'allai écouter à la porte de ma mère en me frottant les mains pour les réchauffer et entendis le souffle grave et régulier de sa respiration. RAS...

Mais pourquoi faisait-il si froid ? Je ne l'avais pas remarqué tout de suite, mais je sentais désormais, surtout là, dans le couloir, que la température était anormalement basse. J'essayai d'ouvrir ma porte pour aller vérifier ma chambre, la poignée refusait de tourner. C'était fermé à clef.

Évidemment ! J'étais sorti par la fenêtre, pas par la porte, et ma fenêtre était restée ouverte.

Crowley allait rentrer d'une minute à l'autre en se demandant qui l'avait espionné et c'est alors qu'il verrait ma fenêtre ouverte et les empreintes dans la neige en dessous. Il commencerait à se poser des questions, essaierait de se rappeler si à son départ elle était fermée. Ensuite il viendrait inspecter et il me trouverait là, seul dans le noir, enfermé à l'extérieur de ma chambre, à une heure du matin, parfaitement réveillé. Ma mère se lèverait et me demanderait – devant lui – comment j'étais sorti de ma chambre. Alors il comprendrait et nous tuerait tous les deux.

Je m'apprêtai à sortir, mais ça aurait été encore pire : quand en rentrant il me verrait dehors en train d'essayer de grimper pour atteindre la fenêtre du premier étage, il saurait que je l'avais suivi.

La porte de ma chambre s'ouvrait sur l'intérieur, je ne pouvais donc pas accéder aux gonds pour les déboîter. J'envisageai de la forcer à coups de pied, mais je n'étais pas sûr d'y arriver, et de toute façon le bruit aurait réveillé ma mère, qui ne m'aurait jamais pardonné d'avoir défoncé une porte. J'étais déjà stupéfait qu'elle parvienne à dormir dans un froid pareil. Je jetai un œil par la fenêtre du salon. La rue était déserte ; il me restait encore du temps. Que faire ?

Crowley commencerait à se poser des questions s'il me voyait essayer de me cacher, mais si je ne me cachais pas ? La rue était toujours vide, je retirai mon manteau pour mettre l'ancien – d'une autre couleur que celui dans lequel il m'avait vu – puis ressortis sans gants ni cagoule. J'atteignis la congère sous ma fenêtre et grimpai dessus juste à temps. Au loin, tout au bout de la rue, j'aperçus la lumière des phares de Mr Crowley. Je la regardai se rapprocher progressivement avant de voir apparaître la voiture elle-même, et, au moment où celle-ci commença à ralentir, je courus au-devant en agitant frénétiquement les bras dans les phares. Elle s'arrêta dans un crissement et Crowley descendit sa vitre.

« John, qu'est-ce que tu fabriques dehors ?

– Est-ce que je pourrais dormir chez vous ce soir ?

– Quoi ?

– Ma mère et moi on s'est disputés. J'ai sauté par la fenêtre de ma chambre. Je voulais fuguer, mais... il fait tellement froid. S'il vous plaît, est-ce que je peux dormir chez vous ? »

Il jeta un œil chez moi, à ma fenêtre ouverte et aux rideaux qui flottaient doucement dans la brise.

« S'il vous plaît ? »

Je frissonnais.

« Je ne crois pas que ce soit une bonne idée. Ma maison n'est pas... c'est dangereux de sortir comme ça la nuit, John. Il y a des rôdeurs. C'est dangereux et pour toi et pour ta mère.

– S'il vous plaît, ne me ramenez pas chez moi. »

J'essayais de pleurer. En vain.

« Je ne veux pas qu'elle sache que je suis parti. »

Il réfléchit un instant. Il était manifestement en meilleure santé qu'avant : plus alerte, plus serein et beaucoup plus solide. C'est tout juste si on voyait qu'il avait été malade.

« Si je te promets de ne rien dire à ta mère, tu voudras bien rentrer chez toi ?

– La porte de ma chambre est fermée de l'intérieur, je suis coincé, et si ma mère me voit dans le salon, elle finira par découvrir la vérité. »

Il réfléchit encore un peu puis, nerveux, regarda le quartier alentour : manifestement, il pensait que son espion le surveillait.

« Mon échelle est assez haute, finit-il par dire. On va pouvoir te faire rentrer par ce biais-là, mais tu dois me promettre de ne plus jamais t'enfuir comme ça.

– Et vous ne direz rien à ma mère ?

– Promis. Marché conclu ?

– Marché conclu. »

Il gara sa voiture dans son allée, puis, ensemble, nous sortîmes l'échelle rétractable de son cabanon avant de la placer sans bruit sous ma fenêtre.

« Vous allez y arriver, à la replier tout seul ? murmurai-je.

– Je suis vieux, murmura-t-il à son tour en souriant, mais pas impotent.

– Merci. »

Sur ce, je grimpai à l'étage, rentrai puis lui fis un signe de la main, il replia alors l'échelle pour la remporter. Après avoir bien fermé derrière moi, je tirai les rideaux et l'observai dans l'obscurité. Une fois de plus, je l'avais eu.

L'échelle rangée, Mr Crowley rentra, sans toutefois fermer la porte. Intrigué, je continuais à espionner ; il ressortit un instant plus tard et me prit totalement au dépourvu. Il écrivit un mot sur un bout de papier qu'il scotcha à sa porte. Je farfouillai dans le noir à la recherche de mes jumelles puis, sans faire bouger les rideaux, effectuai soigneusement la mise au point sur le message.

TU N'AS PAS RÉUSSI À M'ARRÊTER,
ET TU N'Y ARRIVERAS JAMAIS

Il s'adressait à son espion, affichait son pouvoir en promettant presque qu'il continuerait à tuer, encore et toujours. Il s'était à peine écoulé une semaine depuis le dernier meurtre – combien de temps restait-il avant le prochain ? Peu importe à quel point il aimait sa femme ou aidait ses voisins, c'était un tueur démoniaque au sang froid.

Cet homme était un démon. Cette *créature* était un démon.

Il fallait qu'elle meure.

15

Le lendemain matin, ce nouveau crime fit la une de tous les journaux. Roger Bowen, un chauffeur de camion du coin, mari et père, avait été retrouvé dans la rue en face de chez lui, coupé en deux. L'assassin n'avait même pas pris la peine de déplacer le corps et encore moins de le cacher.

Ma mère semblait avoir envie de me serrer dans ses bras pour m'assurer ou s'assurer elle-même que tout allait rentrer dans l'ordre. C'est ce que les mères sont censées faire, j'imagine, mais la mienne n'y arrivait pas. Je voyais bien à la façon dont elle me regardait qu'elle avait envie de me réconforter tout en sachant que je n'avais pas besoin de l'être. Je n'étais pas triste, simplement pensif : la mort du père de Max ne m'affectait pas, je culpabilisais juste d'avoir été incapable d'arrêter son meurtrier. Du coup, je m'interrogeais : me démenais-je pour sauver les gentils ou simplement pour tuer le méchant ? Cela changeait-il quelque chose ?

Au bout d'un moment, ma mère me demanda si je voulais appeler Max et je savais, objectivement, que j'aurais dû, cependant, ne sachant pas quoi lui dire, je m'abstins. Tout comme personne ne pouvait me réconforter, j'étais incapable de réconforter qui que ce soit : il s'agissait là du domaine de l'empathie et j'aurais été complètement démuni. J'aurais pu dire : « Salut, Max, je sais qui a tué ton père et je vais m'occuper de son cas », mais je ne suis pas stupide. Sociopathe ou pas, je suis suffisamment intelligent pour savoir que les gens ne communiquent pas de la sorte. Mieux valait tout garder pour moi.

Le samedi soir, dès que la police quitta le lieu du crime, une veille fut organisée en l'honneur du père de Max : pas un enterrement, vu que l'équipe de légistes du FBI venait tout juste de commencer l'autopsie, mais un simple rassemblement où nous vînmes ensemble allumer des bougies, prier ou je ne sais quoi. Moi, j'aurais préféré surveiller la maison de Crowley, mais ma mère me força à y aller. Elle dénicha deux vieilles bougies de table au fond d'un tiroir puis nous partîmes en voiture. Je fus étonné du monde qu'il y avait.

Max était assis sous le porche, entouré de sa sœur, de sa mère et de la famille Bowen au grand complet, venue exprès pour les réconforter puisqu'elle n'habitait pas Clayton ; moi, j'aurais eu tendance à penser qu'on préférerait fuir une ville qui vivait sous la menace d'un tueur en série plutôt que d'y entrer, mais qu'est-ce que j'en savais ? Les liens émotionnels vous font faire des choses stupides, j'imagine.

Margaret nous rejoignit et nous déposâmes des fleurs dans la rue, à l'endroit où le corps avait été retrouvé ; il y en avait déjà un gros tas. Quelqu'un en avait commencé un deuxième à la mémoire de Greg Olson, lui aussi père de famille, et qu'on n'avait toujours pas retrouvé, mais la pile était beaucoup plus modeste : nombre de gens croyaient encore dur comme fer qu'il n'était pas tout blanc. Mrs Olson et son fils étaient présents pour manifester leur solidarité avec les habitants, toutefois une escorte policière patrouillait non loin de là au cas où quelqu'un déclencherait une bagarre.

J'avais froid, j'étais impatient de retourner surveiller la maison des Crowley, mais surtout je m'emmerdais. On était là, en cercle, à tenir des bougies, franchement je ne voyais pas l'intérêt. On n'accomplissait rien. On ne cherchait pas l'assassin, on ne protégeait pas l'innocent et on ne donnait pas non plus de nouveau père à Max. On grouillait là bêtement autour des fleurs en regardant des flammèches impuissantes faire fondre nos bougies, goutte après goutte.

Pendant la réunion des Voisins vigilants, au moins il y avait eu un feu. Je pourrais en allumer un maintenant, songeais-je. Nous aurions chaud, nous aurions de la lumière et, euh... on aurait un gros feu. C'était une récompense en soi. Je regardais alentour en quête d'un objet inflammable, quand soudain ma mère me tira à l'extérieur du cercle de veille.

« Bonjour, Peg », dit-elle en serrant dans ses bras Mrs Watson.

Brooke et sa famille venaient juste d'arriver, ils pleuraient tous. Brooke avait le visage trempé de larmes rondes et gonflées comme des ampoules, je dus me retenir de les toucher.

« Bonjour, April, répondit Mrs Watson. C'est vraiment affreux, n'est-ce pas ? C'est tellement... Brooke, ma chérie, tu veux bien aller déposer les fleurs ? Merci.

– John peut te montrer où les déposer », s'empressa de suggérer ma mère en se tournant vers moi.

Je haussai les épaules.

« Viens », dis-je.

Nous fendîmes la foule.

« Heureusement que je suis là, commentai-je, mi-amusé, mi-agacé. C'est pas facile de trouver le gros tas de fleurs au milieu de la rue.

– Tu le connaissais ? demanda-t-elle.

– Max ?

– Son père. »

Elle s'essuya les yeux avec son gant. Une larme le souilla, tache d'eau noire sur le lainage bleu foncé.

« Pas très bien », répondis-je.

En fait, si, je le connaissais très bien : il parlait fort, était arrogant et ouvrait sa grande gueule sur tous les sujets, même ceux auxquels il ne connaissait presque rien. Je le détestais. Max l'idolâtrait. Il se porterait mieux sans lui.

Nous atteignîmes la pile, où Brooke déposa ses fleurs.

« Pourquoi y en a-t-il deux ? demanda-t-elle.

– Celle-ci, c'est pour le type qui a disparu, Greg Olson. »

Elle s'agenouilla pour retirer une fleur de son bouquet puis s'avança vers le petit tas.

« Brooke... »

Je m'interrompis.

« Quoi ? »

Son visage s'assombrit.

« Tu ne crois quand même pas que c'est Mr Olson l'assassin ?

– Non, c'est juste que... Tu crois que ça sert à quelque chose ? On jette des fleurs dans la rue et demain il tuera une autre victime. On ne fait rien d'utile.

– Je crois que si. »

Elle renifla, s'essuya le nez. Elle avait les yeux rouges d'avoir pleuré.

« Je ne sais pas ce qui se passe quand on meurt ni où nous allons, mais il doit bien y avoir quelque chose, non ? Un paradis ou un autre monde. Peut-être qu'ils nous observent, je ne sais pas. Peut-être qu'ils nous voient. »

Elle déposa sa fleur sur la pile de Greg Olson.

« Si c'est le cas, peut-être que ça leur remontera le moral de savoir qu'on ne les a pas oubliés. »

Grelottante, elle croisa les bras sur la poitrine, le regard perdu dans l'obscurité.

« Max s'en rappelle sacrément bien de son père, rétorquai-je, mais c'est pas ça qui va le faire revenir. Et puis tous les autres, alors ? Il a tué des gens sans même qu'on s'en rende compte – enfin, je suppose. S'il a caché le corps de Greg Olson, à tous les coups il en a caché d'autres. Si se souvenir est aussi important, alors qu'est-ce qui leur arrive à eux ? Personne n'est là pour les regretter. »

Brooke eut de nouveau les larmes aux yeux.

« C'est affreux. »

À cause du froid, elle avait le visage rouge vif, comme si quelqu'un lui avait asséné une bonne gifle sur chaque joue. Ça me rendait dingue de la regarder, je sentais ma respiration s'accélérer.

« Je ne voulais pas te faire de la peine », dis-je.

J'avais les yeux rivés sur ma bougie, tout au cœur de la flamme. *Souviens-toi de moi...*

Brooke retira une autre fleur de son bouquet puis la déposa un peu à l'écart, de manière à commencer une troisième pile.

« C'est pour quoi, ça ? demandai-je.

– Pour les autres », répondit-elle.

Je pensais au zonard au fond du lac Marginal. Est-ce que ça le touchait qu'une nana quelconque mette une fleur dans la rue ? Tu parles, il était toujours au fond du lac, l'homme qui l'y avait mis continuait le massacre et ce n'était pas ce geste qui allait remédier à la situation.

Je fis volte-face, quelqu'un passa devant moi pour ajouter une fleur à la pile que Brooke venait de commencer. Je m'arrêtai net, les yeux rivés sur les deux tiges croisées sur le bitume. Quelques instants plus tard, une troisième vint les rejoindre.

Tout le monde semblait savoir ce qui se passait et l'attitude à adopter. C'était comme regarder un vol d'oiseaux tourbillonner dans le ciel, prendre un virage puis descendre en piqué sans avoir reçu aucun ordre : ils savaient quoi faire, point, comme s'ils partageaient un même esprit. Qu'arrivait-il aux autres oiseaux, à ceux qui, ne sachant pas déchiffrer les signaux, continuaient tout droit quand le groupe virait à l'unisson ?

Au bruit d'une voix familière, je levai la tête. Mr Crowley était arrivé, accompagné de Kay, ils discutaient avec quelqu'un deux ou trois mètres plus loin. Le vieil homme pleurait, pareil à Brooke, pareil au reste des gens ici à part moi. Dans les histoires, les héros doivent affronter des démons hideux aux yeux aussi rouges que des charbons ardents, mais si mon démon à moi avait les yeux rouges, c'était uniquement à cause des larmes. À cet instant-là, je le maudis, non pas parce que ses larmes étaient factices mais parce qu'elles étaient sincères. Je le maudis de me montrer avec chacune de ses larmes, chacun de ses sourires et toutes les émotions authentiques qu'il ressentait, que c'était moi le véritable monstre. Voilà un démon qui tuait comme ça, sur un coup de tête, qui avait laissé le père de mon unique ami étalé en pièces détachées sur une route gelée et pourtant il s'intégrait mieux ici que moi. C'était une créature horrible, contre nature, et pourtant elle était à sa place ici et moi non. Une telle distance me séparait du reste du monde que, lorsque je me retournais, il y avait un démon entre nous.

« Ça va ?

– Quoi ? »

Brooke me regardait d'un air bizarre.

« Je te demandais si ça allait. Tu grinçais des dents... on dirait que tu vas tuer quelqu'un. »

Aide-moi, s'il te plaît, la suppliai-je en silence.

« Tout va bien. »

Non, ça ne va pas, et oui je vais tuer quelqu'un et je ne sais pas si je pourrai m'arrêter ensuite.

« Tout va bien, allons rejoindre les autres. »

Je retournai auprès de ma mère. Brooke m'emboîta le pas, les mains enfouies bien au fond de ses poches, en me jetant un regard en coin tous les deux pas.

« On peut y aller ? » demandai-je à ma mère.

Elle se retourna, surprise.

« J'aimerais rester encore un peu. Je n'ai pas encore parlé à Mrs Bowen, toi tu n'as pas été voir Max, et...

– Peut-on y aller, s'il te plaît ? »

J'avais les yeux rivés au sol mais je sentais que tout le monde me regardait.

« On a commencé une autre pile de fleurs, expliqua Brooke, brisant cette tension gênante. Il y en avait une pour Mr Bowen et une pour Mr Olson, mais on en a commencé une troisième pour les victimes inconnues. Comme ça, au cas où. »

Je lui lançai un regard furtif, auquel elle répondit par un sourire, un sourire à la fois pâle et... quelque chose. Comment aurais-je pu savoir ? À ce moment-là je la détestais, elle, moi et tous les autres.

Les gens me fixaient toujours et je n'arrivais pas à déterminer s'ils dévisageaient un être humain ou un monstre. J'avais moi-même des doutes à ce sujet.

« Pas de problème, dit ma mère, on peut y aller. Ravie de t'avoir vue, Peg. Margaret, s'il te plaît, transmets nos condoléances aux Bowen. »

Nous nous dirigeâmes vers la voiture, je montai sans un mot en me frictionnant les jambes sur le siège froid. Ma mère démarra et mit le chauffage à fond, mais il fallut tout de même plusieurs minutes avant qu'on sente la chaleur.

« C'était très gentil de ta part de commencer une troisième pile, dit ma mère à mi-chemin.

– Je n'ai pas envie de parler. »

Je sentais mon état s'empirer. Pareilles à des vers sur une charogne, de sombres pensées grouillaient en moi, j'avais le plus grand mal à les étouffer. Je voulais tuer Mr Crowley, oui, mais personne d'autre ; le monstre était déboussolé, il tapait sur mon esprit comme sur les barreaux d'une cage. Il murmurait, grognait, me suppliait sans cesse de chasser, de tuer, de le nourrir. Il voulait plus de peur. Il voulait posséder. Il voulait voir la tête de ma mère, de Margaret et de Kay au bout d'une pique. Il voulait voir Brooke attachée à un mur, en train de hurler à cause de nous et seulement à cause de nous. Durant les semaines qui venaient de s'écouler je m'étais surpris à lui crier de s'arrêter ou à me blesser pour le blesser, lui, mais il était plus fort que moi. Je sentais le contrôle m'échapper.

Nous parcourûmes le reste du trajet en silence et, à notre arrivée, je me servis un bol de céréales avant d'allumer la télé. Ma mère l'éteignit.

« Je crois qu'il faut qu'on parle.

– Je t'ai dit que je n'avais pas envie.

– Je sais ce que tu m'as dit, mais là c'est important. »

Je me levai et retournai dans la cuisine.

« Je ne vois pas de quoi on devrait parler.

– C'est exactement de ce dont il faut qu'on parle, répondit-elle en m'observant depuis le canapé. Le père de ton meilleur ami a été assassiné – sept personnes ont été tuées en quatre mois – et manifestement tu ne le vis pas très bien. Tu m'as à peine décroché un mot depuis Noël.

– Je t'ai à peine décroché un mot depuis le CM1.

– Alors ne serait-il pas temps ? demanda-t-elle en se levant. N'as-tu pas quelque chose à dire à propos de Max, de ton père ou que sais-je encore ? Bon sang ! il y a un serial killer en ville, c'est ton truc de prédilection. Il y a quelques mois tu étais intarissable sur le sujet et maintenant tu es presque muet. »

Je me cachai derrière le mur de la cuisine et avalai une autre cuillerée de céréales.

« Ne me fuis pas, dit-elle en me rejoignant dans la pièce. Le Dr Neblin m'a raconté ton dernier rendez-vous...

– Il faudrait qu'il la boucle, le Dr Neblin.

– Il essaie de t'aider. Moi aussi j'essaie de t'aider. Mais tu te fermes comme une huître. Je sais que tu ne ressens rien, mais tu pourrais au moins me dire ce que tu penses... »

Je balançai mon bol de toutes mes forces contre le mur, il explosa. Lait et céréales giclèrent de partout.

« À ton avis ! T'aimerais, toi, vivre avec une mère qui pense que tu es un robot ? Ou une gargouille ? Tu crois que tu peux dire tout ce que tu veux sans que ça m'atteigne ? "John est un psychopathe ! Vous pouvez lui poignarder la gueule : il ne sent rien !" C'est ça que tu crois ? Je ressens tout, maman : chaque coup, chaque trou, chaque cri, chaque murmure derrière mon dos, et moi aussi je suis prêt à te poignarder s'il n'y a que ça pour arriver à percer ta carapace ! »

Je frappai violemment le plan de travail du plat de la main, trouvai un autre bol et le fracassai contre le mur. Je ramassai ensuite une cuillère et la balançai contre le frigo avant de m'emparer d'un couteau de cuisine auquel je m'apprêtais à réserver le même sort lorsque je remarquai soudain que ma mère était paralysée, le visage blême et les yeux ronds comme des soucoupes.

Elle avait peur. Pas seulement peur : elle avait peur de *moi*. Je la terrifiais.

J'eus une montée d'adrénaline : un éclair, un ouragan. J'étais en feu. Abasourdi par cette puissance : une émotion pure, brute.

Voilà ! C'était ça que je n'avais jamais ressenti avant : un lien émotionnel avec un autre être humain. J'avais essayé la gentillesse, l'amour, l'amitié ; j'avais essayé de parler, de partager, d'observer : rien n'avait jamais marché. Jusqu'à cet instant. Jusqu'à la peur. Je sentais son effroi dans la moindre cellule de mon corps, pareil à un bourdonnement électrique, je vivais pour la première fois et il m'en fallait plus, tout de suite, sinon le manque allait me dévorer vivant.

Je levai le couteau. Elle se crispa, recula. J'éprouvais à nouveau son épouvante, plus forte désormais, parfaitement synchrone avec mon corps. Une pure décharge de vie, cette peur, ce contrôle. J'agitai mon arme, ma mère devint livide ; j'avançai d'un pas, elle se recroquevilla. Nous étions liés. Je guidais ses mouvements comme dans une danse. Je sus à cet instant que c'était à ça que devait ressembler l'amour : deux esprits en tandem, deux corps en harmonie, deux âmes en fusion. Je mourais d'envie d'avancer encore, de dicter sa réaction. Je voulais trouver Brooke pour allumer en elle cette même peur flamboyante ; je voulais ressentir cette glorieuse unité étincelante.

Je demeurai figé.

Ce n'était pas moi.

Le monstre s'était enroulé si étroitement autour de moi que je n'arrivais pas à distinguer où il finissait ni où je commençais, mais j'étais toujours là, quelque part.

Encore ! criait-il.

Mon mur était tombé, la cage du monstre était détruite, mais il restait les gravats et je parvins tant bien que mal à reformer la cloison. Je me tenais au milieu des décombres d'une vie que j'avais passé des années à bâtir pierre par pierre : une vie qui ne m'avait jamais plu car je m'étais coupé de la joie, mais une vie que j'estimais, joyeuse ou pas. J'estimais les valeurs qui la fondaient. Ses principes.

Tu es mauvais, disait mon for intérieur. *Tu es Mister Monster. Tu n'es rien. Tu es moi.*

Je fermai les yeux. Le monstre s'était baptisé, à présent : il avait volé son nom au Fils de Sam, qui avait signé « Mister Monster » dans une lettre adressée à la presse, où il suppliait la police de le descendre pour l'empêcher de tuer. Il n'arrivait pas à s'arrêter.

Mais moi je pouvais le faire. *Je ne suis pas un serial killer.*

Je reposai le couteau.

« Je suis désolé, dis-je. Je suis désolé de t'avoir crié dessus. Je suis désolé de t'avoir effrayée. »

Sa peur reflua de mon corps, la joie exquise de l'union s'assécha et le lien se rompit. J'étais de nouveau seul. Mais j'étais toujours moi.

« Je suis désolé », répétai-je avant de traverser le couloir et d'entrer dans ma chambre, dont je fermai la porte à clef.

Je m'accrochais désespérément à ce vernis de sang-froid qu'il me restait, mais le monstre était toujours là, à l'intérieur, toujours aussi fort et plus furieux que jamais. Je l'avais vaincu, mais je savais qu'il ressurgirait et j'ignorais si je pourrais le vaincre une seconde fois.

Voilà comment le Fils de Sam avait achevé sa lettre :

Ces mots vont vous hanter : Je reviendrai ! Je reviendrai !

16

Le réveillon du nouvel an se déroula sans incident : des feux d'artifice à la télé, de l'ersatz de champagne du supermarché et puis rien. On alla se coucher. Le soleil se leva. Le monde, toujours fidèle à lui-même, était seulement plus vieux. Un pas supplémentaire vers la fin des temps. Rien qui vaille le coup d'être fêté.

À présent je consacrais presque tout mon temps à surveiller Mr Crowley en espionnant depuis ma fenêtre le jour et depuis la sienne la nuit. Un matin, alors que j'aidais le vieux couple à différents travaux, je volai une clef du sous-sol que je cachais ensuite dans un petit trou de la doublure de mon manteau. Je connaissais leur emploi du temps à la minute près et l'agencement de leur maison dans les moindres détails. Un peu plus tard dans la journée, je profitai de leur expédition shopping conjointe – elle devait faire le réassort et lui acheter un robinet neuf pour l'évier de la cuisine – pour m'introduire chez eux par la porte de la cave.

Le dédale habituel de provisions encombrait le sous-sol, dont l'escalier donnait sur les pièces à l'étage, que j'avais entraperçues sans jamais vraiment les traverser : on y trouvait le fauteuil où il regardait la télé, le lit où ils dormaient. Je laissai un mot sous son oreiller :

DEVINE QUI C'EST

Le vendredi matin, un 5 janvier, le père de Max arriva au funérarium, lavé, examiné et déchargé de la camionnette de police dans trois sacs blancs. D'un violent coup de griffe, Crowley l'avait coupé en deux et je savais que le FBI, en quête d'indices, avait dû le charcuter encore davantage. Ma mère allait avoir besoin d'une photo rien que pour recoller les morceaux. Debout sur le rebord de la baignoire, j'observais par la fenêtre de la salle de bains : Ron, le médecin légiste, et un type avec une casquette du FBI transportaient les sacs dans la chambre d'embaumement. Quand ma mère et Margaret sortirent, ils bavardèrent ensemble tout en s'occupant du transfert et en signant les documents. Peu après, les deux hommes remontèrent dans leur camionnette et s'en allèrent. En dessous, le ventilateur de la chambre d'embaumement s'alluma avec un bruit métallique ; je fermai la fenêtre.

Ma mère apparut en haut de l'escalier, elle allait sûrement se chercher un truc à grignoter avant de commencer le travail. Je me réfugiai vite dans ma chambre en fermant la porte à clef derrière moi : depuis que je l'avais menacée l'autre soir, je l'évitais de façon presque pathologique. À ma grande surprise, j'entendis ses pas dépasser la salle de bains, la buanderie et même sa chambre. Une fois au bout du couloir, elle frappa à ma porte.

« John, je peux entrer ? »

Je ne répondis pas, les yeux rivés sur la maison de Crowley. Il était dans son salon : je voyais la lumière allumée et les clignotements bleus sur le rideau, reflets de l'écran de télé.

« John, j'ai quelque chose à te dire, insista ma mère. Un pacte de paix. »

Je ne bougeai pas. Je l'entendis soupirer puis s'asseoir par terre.

« Écoute, John. Je sais que nous avons connu quelques moments difficiles – beaucoup, même – mais on forme toujours une équipe, pas vrai ? Enfin... on est les deux seules personnes de la famille à avoir réussi à s'accrocher. Même Margaret habite toute seule. Je sais qu'on n'est pas parfaits, mais... on forme quand même une famille et c'est tout ce qu'on a. »

Je changeai de position, quittant des yeux la fenêtre pour regarder son ombre sous la porte. Mes mouvements firent grincer mon lit presque imperceptiblement, mais je savais qu'elle avait entendu. Elle reprit son monologue.

« J'ai beaucoup parlé avec le Dr Neblin de ce que tu ressens et de ce dont tu as besoin. Je préférerais te parler à toi, mais... écoute, on va essayer quelque chose. Je sais que ça paraît dingue, mais... »

Pause.

« John, je sais que tu adores nous aider à embaumer et je sais que tu as changé depuis qu'on t'a interdit de participer. Le Dr Neblin pense que tu en avais plus besoin que ce que je croyais. Il dit que ça pourrait te faire du bien de recommencer à nous aider. Tu étais bien plus... tu te contrôlais davantage, avant, enfin bref, du coup il a peut-être raison, ça t'aide. Je ne sais pas. Et puis c'était aussi le seul vrai moment qu'on arrivait à passer ensemble, alors je me disais... Bref, le corps de Mr Bowen est arrivé, on va se mettre au travail. Tu es le bienvenu si tu veux venir nous prêter main-forte. »

J'ouvris la porte. Elle se leva vivement et je remarquai alors que ses cheveux étaient davantage striés de gris que dans mon souvenir.

« Tu es sûre ? demandai-je.

– Non, mais j'ai envie de tenter le coup. »

Je hochai la tête.

« Merci.

– Mais d'abord, il y a quelques règles à connaître, m'expliqua-t-elle tandis que nous descendions les escaliers. Règle numéro un : tu ne parles de ça à personne, sauf peut-être au Dr Neblin. Et surtout pas à Max. Règle numéro deux : tu fais exactement ce qu'on te demande quand on te le demande. Règle numéro trois... »

Arrivés devant la porte de la chambre d'embaumement, nous nous arrêtâmes.

« Il s'agit là d'un corps vraiment épouvantable, John. Mr Bowen a été coupé en deux au niveau du tronc, il manque même la majeure partie de son abdomen. Si tu sens que tu as besoin de sortir, par pitié, fais-le. L'idée, c'est de t'aider, pas de te traumatiser à vie. Montre-moi que je peux te faire confiance, John. S'il te plaît. »

Je hochai la tête et elle me dévisagea quelques instants. Dans son regard, la tristesse se mêlait à la détermination. Je me demandais si elle pouvait voir à travers mes yeux comme à travers des fenêtres et discerner dans mon obscurité intérieure le monstre qui était tapi là. Elle ouvrit la porte, nous entrâmes.

Sur la table mortuaire, le corps de Roger Bowen était disposé en deux parties séparées d'une quinzaine de centimètres à cause du morceau manquant. Une gigantesque incision en Y lui balafrait la poitrine : des épaules au sternum et du sternum jusqu'à ce qu'il restait de sa taille. Cette incision avait été grossièrement recousue, pareille à une courtepointe élimée. Margaret, debout à la table latérale, triait les organes internes en les sortant du sac d'autopsie et s'apprêtait à les laver avec le trocart.

Home sweet home. Aux murs, les outils étaient à leur place ; la pompe centrifuge trônait sagement sur la table ; le formaldéhyde et les autres produits chimiques s'alignaient gaiement contre la cloison. Je retrouvais tout naturellement les gestes familiers : laver, désinfecter, suturer, ligaturer. Le visage de Mr Bowen était couvert d'hématomes et il avait la mâchoire cassée, mais nous lui refîmes une beauté à l'aide de mastic et de maquillage.

Tout en travaillant, je songeais à Crowley et à la façon dont il s'était effondré dans la rue après avoir assassiné le père de Max. Il avait outrepassé ses limites en attendant le dernier moment pour tuer, attitude logique, finalement. Espacer suffisamment chaque meurtre le rendait plus difficile à pister et laissait le temps à l'indignation publique de s'apaiser. Les gens baissaient à nouveau la garde. Cette fois-ci, pourtant, il avait presque trop attendu : c'est tout juste s'il était parvenu à remplacer ses organes défectueux et à se régénérer. Encore pire, il avait eu un témoin - moi - à sa portée, mais il avait été obligé de me laisser m'échapper. Il s'agissait sans doute là d'une faiblesse exploitable, mais comment ?

Il restait toujours l'angle de la peur : il ne voulait pas être découvert, or il l'avait été, irréfutablement, et qui plus est sous sa forme de démon. Désormais il savait que la personne qui lui avait envoyé ces mots ne bluffait pas et il avait choisi de la traquer plutôt que de cacher le corps de sa dernière victime, ce qui montrait qu'à présent il était prêt à tout.

Toutefois, cette nuit-là mon observation m'avait révélé plus que de la peur : elle m'avait révélé quelque chose sur le fonctionnement biologique du démon. J'avais déjà deviné que son corps se détraquait, mais je n'avais pas imaginé à quel point il était fragile. S'il pouvait arriver au seuil de la mort rien qu'en attendant trop longtemps, alors je n'avais pas besoin de le tuer mais simplement de l'empêcher de se régénérer et de le laisser mourir tout seul. Une entaille dans le ventre, une balle dans le bras : il s'agissait là de blessures dont il pouvait guérir en l'espace de quelques secondes, peut-être, mais, pour je ne sais quelle raison, ses organes internes étaient différents. Quand ils cessaient de fonctionner, lui aussi cessait de fonctionner. Tout ce qu'il fallait, c'était trouver une façon de m'assurer qu'ils cessent de fonctionner définitivement.

À l'aide d'une photo, ma mère et moi finîmes de reconstruire le visage de Mr Bowen avant de commencer l'embaumement à proprement parler. Le cadavre était trop abîmé pour être embaumé normalement, ce qui rendait notre boulot à la fois plus dur et plus facile. Le côté positif, c'est que nous n'avions à préparer qu'une seule moitié du corps pour la présentation. La moitié supérieure serait habillée et exposée, tandis que la partie inférieure et les organes seraient soigneusement emballés dans deux grands sacs plastique destinés à être glissés tout au fond du cercueil, à l'abri des regards. Quelle que soit la cause du décès, aller regarder au fond d'un cercueil n'est jamais une bonne idée. Même si les thanatopracteurs préparent l'ensemble du corps pour l'enterrement, il n'est pas nécessaire qu'ils le rendent présentable en entier. S'il y a une partie cachée, en général il n'est pas très conseillé d'aller y voir de plus près.

Bien sûr, le côté négatif, c'est que nous devions injecter les fluides d'embaumement à trois endroits différents : dans l'épaule droite et dans chaque jambe. Nous fîmes de notre mieux pour ligaturer les plus gros vaisseaux sanguins avant d'injecter un coagulant qui boucherait les plus petits ; ma mère se mit ensuite à mélanger la savante mixture de colorants et de parfums qui accompagnerait le formaldéhyde. Je raccordai un drain puis nous observâmes les restes de sang et la bile qui s'écoulaient tranquillement dans l'égout.

Margaret leva les yeux sur le ventilateur qui tournait inlassablement au-dessus de nos têtes.

« Espérons que le moteur ne lâche pas.

– Au cas où, sortons, dit ma mère. On a bien mérité une pause de toute façon. »

Dehors régnait une lumière de fin d'après-midi et, la température étant déjà tombée en dessous de zéro, plutôt que de sortir sur le parking nous nous réfugiâmes dans la chapelle du funérarium, où nous nous reposâmes sur des bancs finement rembourrés pendant que le corps marinait gentiment dans la pièce d'à côté.

« Tu as fait du bon boulot, John, me complimenta ma mère. Tu te débrouilles comme un chef.

– C'est vrai, renchérit Margaret, qui, les yeux fermés, se massait les tempes. On fait tous du bon boulot. Les cas comme celui-ci me donnent envie de pleurer et de m'acheter un jacuzzi. »

Fatiguées, contentes d'en avoir terminé, les deux sœurs s'étirèrent en soupirant ; moi, j'avais hâte de recommencer. Ce genre de travail me fascinait : les détails minutieux, les compétences pointues, la précision requise à chaque étape. C'est mon père qui le premier m'avait fait faire le tour du propriétaire. Il m'avait emmené dans la chambre quand j'avais sept ans, m'avait montré les outils, énuméré leurs noms et appris le respect en présence des morts. C'est d'abord ce respect qui avait réuni mes parents : il était une fois deux thanatopracteurs qui avaient désespérément besoin de compagnie vivante et avaient été impressionnés par leur attitude mutuelle envers les défunts. Ils considéraient leur travail comme une vocation. Si l'un des deux s'était montré ne serait-ce qu'à moitié aussi doué avec les vivants qu'avec les morts, à l'heure qu'il est, ils seraient sûrement encore ensemble.

Après avoir retiré mon tablier, je me dirigeai vers le bureau d'accueil. Lauren était là, visiblement, elle s'ennuyait. Comme il n'y avait presque rien à faire, elle jouait au Démineur sur l'ordi en attendant 17 heures. Il était 16h54.

« Elles t'ont laissé aider », commenta Lauren sans quitter le jeu des yeux.

L'écran donnait une teinte pâle fantomatique à son visage.

« Je n'ai jamais réussi à m'intéresser à ce truc. On est bien mieux ici.

– L'ironie, c'est qu'ici c'est beaucoup moins vivant, remarquai-je.

– C'est ça, enfonce le clou. Tu crois que ça me botte de passer toutes mes journées là à glander ?

– Tu as vingt-trois ans. Tu peux bien faire ce que tu veux. Tu n'as pas besoin de traîner là. »

Elle cliquait sur les carrés de son champ de mines miniature : après avoir marqué certains endroits avec des drapeaux, elle vérifiait prudemment les zones alentour. Elle cliqua au mauvais endroit, l'écran explosa.

« Tu ne te rends pas compte de ce que tu as ici, finit-elle par dire. Maman est parfois une vraie mégère, mais... elle nous aime, tu sais ? Elle t'aime. Ne l'oublie pas. »

Je regardais par la fenêtre : la rue s'assombrissait déjà et la maison de Mr Crowley était tapie dans la neige, menaçante.

« C'est pas la question, rétorquai-je au bout d'un moment. On a nos petites habitudes, on se débrouille, quoi. »

Lauren se tourna vers moi.

« Au contraire, l'amour, y a que ça qui compte. J'ai du mal à supporter la compagnie de maman, mais c'est simplement parce qu'elle se donne trop de mal pour nous aimer, nous garder soudés, recoller les morceaux. J'ai mis beaucoup de temps à le comprendre. »

Une bourrasque de vent balaya la fenêtre en faisant pression contre la vitre, puis mugit bruyamment à travers les interstices de la porte d'entrée.

« Et papa, alors ? » demandai-je.

Elle réfléchit un moment.

« Je crois que maman t'aime suffisamment pour compenser son absence. »

Elle s'interrompit.

« Et moi aussi. »

Il était 17 heures, elle se leva. Je me demandais l'heure qu'il était là où vivait mon père.

« Écoute, John, ça te dirait de passer chez moi un de ces quatre ? On pourrait jouer aux cartes, regarder un film, ou autre chose, hein ? Ça te botterait ?

– Ouais, bien sûr. Un de ces quatre.

– À plus, John. »

Elle éteignit l'ordinateur, enfila sa parka puis sortit dans le vent. Un air glacial s'engouffra par la porte ouverte et elle dut se battre pour la refermer derrière elle.

Je montai les escaliers en réfléchissant à ce qu'elle m'avait dit. L'amour était peut-être une force, mais c'était aussi une faiblesse. La faiblesse du démon.

Et désormais je savais comment le tuer.

J'allai dans ma chambre chercher mon iPod, toujours vierge depuis que je l'avais remisé à Noël, puis j'enfourchai mon vélo, direction Radio Shack, le magasin d'informatique. Le cadeau à la con de mon père allait se révéler utile, finalement.

Quand j'avais commencé à espionner Crowley, je recherchais une faiblesse. Désormais j'en connaissais trois, qui, réunies, formaient une opportunité. J'y réfléchissais sérieusement sur la route, en pédalant prudemment sur la fine pellicule de neige tombée cet après-midi-là. Il allait sûrement encore neiger cette nuit, une tempête gigantesque. Je pourrais m'en servir dans mon plan.

Sa peur d'être découvert constituait son premier point faible, lequel s'accompagnait de son obstination à attendre si longtemps entre chaque meurtre. Il attendait, encore et encore, repoussant l'attaque le plus tard possible. J'en avais été témoin, et j'avais observé le moment du « plus tard possible » devenir de plus en plus précaire. Je crois qu'il ne s'agissait pas simplement de peur. Il évitait de tuer comme si ça lui répugnait, comme s'il ne supportait de le faire que lorsque la nécessité biologique lui forçait la main. La prochaine fois qu'il attaquerait, il serait à l'article de la mort, prêt à s'effondrer, j'en étais persuadé. Je n'aurais même pas besoin de le pousser dans le précipice, il me suffirait de l'empêcher de remonter.

C'était là qu'intervenait son deuxième point faible : son corps se décomposait plus vite qu'il ne pouvait le réparer. La nuit où il avait tué le père de Max, il avait failli mourir, et s'il n'avait pas eu une victime fraîchement assassinée sous la main, il n'aurait probablement pas survécu. Si je parvenais à le détourner de sa chasse et à l'éloigner avant qu'il n'ait l'occasion de tuer qui que ce soit, il lui serait tout bonnement impossible de se régénérer. Je l'imaginais au désespoir, incapable d'atteindre une victime à temps, en nage, il pousserait des jurons et, au final, se désagrégerait en une flaque bouillonnante de boue couleur d'encre.

Je m'arrêtai devant Radio Shack, posai mon vélo contre le mur et entrai.

« Mon père m'a offert ça à Noël, mais j'en ai déjà un », commentai-je en sortant la boîte de l'iPod pour la poser devant le vendeur.

C'était faux, mais, je ne sais pas pourquoi, je me disais que ça sonnerait mieux si je prétendais en avoir un. Il fallait vraiment que mon plan fonctionne.

« Est-ce que je pourrais avoir un bon d'achat en échange ? »

Le vendeur s'empara de la boîte et l'ouvrit sur le côté.

« Elle a déjà été ouverte, remarqua-t-il.

– C'est ma mère, expliquai-je, enfilant les mensonges comme des perles. Elle ne connaissait pas votre règlement. Mais il n'a jamais servi : elle l'a allumé une fois pendant dix secondes et basta ! Est-ce que je peux l'échanger quand même ?

– Vous avez la note ?

– J'ai bien peur que non. C'était un cadeau. »

Je le regardais sans bouger, le priant intérieurement d'accepter. Il finit par biper l'emballage à la caisse et regarda les rayons.

« Je vais vous donner un avoir partiel. Vous voulez une carte cadeau ?

– Non merci. Je vais aller prendre quelque chose tout de suite. »

Le vendeur hocha la tête et je me dirigeai vers le rayon des GPS. Ça allait fonctionner. J'étais certain de pouvoir tuer Crowley de cette façon-là : il suffirait de détourner son attention suffisamment longtemps pour l'empêcher de se régénérer et ensuite il mourrait. Ayant déjà vu une fois son corps être à deux doigts de le lâcher, j'étais convaincu que cette situation pourrait se reproduire. Et puis je savais exactement comment détourner son attention : son troisième point faible. L'amour. Il était prêt à tout pour sa femme, je l'avais même vu lui répondre au téléphone au beau milieu d'une agression. S'il recevait un autre coup de fil et que quelque chose, sur son portable, le convainquait que Kay était en danger immédiat, il arrêterait tout pour courir à sa rescousse.

Et des preuves convaincantes, avec une préparation adéquate, je serais en mesure de lui en fournir.

Je finis par trouver ce que je cherchais : un jeu de deux GPS combinés, programmés pour indiquer exactement où se trouve l'autre. Je vérifiai le prix avant d'emmener la boîte à la caisse, où je la déposai sur le comptoir.

Le vendeur la regarda d'un air bizarre, il se demandait peut-être pourquoi un ado irait échanger un iPod trop classe contre un pathétique jeu de GPS, mais il haussa les épaules puis le bipa.

« Merci », dis-je avant de sortir.

Maintenant que j'avais un plan, l'impatience me rongeait. J'avais envie de me précipiter chez moi *illico presto* afin de lancer mon attaque, mais il me fallait attendre. Je devais trouver un moyen de cacher les preuves de tout ce que j'allais entreprendre de façon à ce que la police ne puisse jamais remonter jusqu'à moi, et en outre, le moment venu, il faudrait que je me débrouille pour que les menaces contre Kay soient parfaitement crédibles. Car il serait difficile, alors, de reculer.

Mais si mon plan fonctionnait, le démon mourrait.

17

Le dimanche matin, déguisé en John Wayne Cleaver au grand cœur, j'approchai directement le démon pour lui demander si je pouvais l'aider en quoi que ce soit. Les tas de neige s'élevaient encore très haut sur les bas-côtés de la route, toutefois, la dernière chute ne datant pas d'hier, j'avais dû arrêter mon déneigement habituel. Après lui avoir expliqué que je travaillais à ma médaille de bricoleur, je lui montrai la liste des réparations auxquelles il fallait que je m'entraîne, et nous avons ensuite passé la journée à parcourir sa maison pour réparer des fuites de robinet et retoucher la peinture des murs. Je veillai aussi à graisser les gonds de sa porte de chambre – cela servirait en temps utile. Il se montra jovial tout du long, mais, l'ayant observé attentivement, je voyais bien qu'il était mal en point. Peut-être encore les poumons, ou bien son cœur. Le dernier meurtre remontait à tout juste une semaine, et, pourtant, il était de nouveau mourant. Il passerait bientôt à l'attaque.

Sur ma liste à compléter en vue d'obtenir ma médaille figurait aussi une poignée de rubriques liées à la voiture, et, bien que la sienne fonctionnât à merveille, il fut ravi de me laisser changer l'huile et m'entraîner à changer une roue. Cependant le froid l'empêcha de rester avec moi très longtemps et il finit par se réfugier à l'intérieur, au chaud dans un fauteuil, en se comprimant la poitrine.

J'en profitai pour cacher l'un de mes GPS dans le coffre, à l'emplacement de la roue de secours, où je le scotchai fermement afin de l'empêcher de cahoter en roulant. Je pariais sur le fait que Crowley allait tuer ce soir-là car la batterie ne tiendrait pas plus d'une journée. De retour chez moi, j'essayai le système en réglant mon appareil sur le signal de la voiture. La carte n'était pas franchement détaillée, mais suffisamment pour s'y retrouver. La Buick blanche se matérialisait sur l'écran par une flèche clignotante.

Cet après-midi-là, Kay fit un trajet à la pharmacie et j'observai la flèche sortir de l'allée, se diriger jusqu'au centre-ville puis se garer dans le parking de l'officine. Je pus voir chaque bifurcation, chaque arrêt aux feux rouges et aux stops. Génial !

Durant son absence, je me glissai dans leur jardin puis escaladai la façade en prenant bien appui sur les briques. C'était l'heure de la sieste du démon, je tendis l'oreille pour m'assurer qu'il dormait. Sa respiration semblait régulière mais ponctuée par des halètements et des sifflements. Son état empirait. Je redescendis après avoir scotché un mot à sa fenêtre puis m'esquivai par les allées soigneusement déneigées, sans laisser de trace.

ÇA NE VA PLUS TARDER

Je rassemblai ensuite plusieurs objets à mettre dans mon sac à dos, histoire d'être prêt à partir d'une minute à l'autre. Il me fallait de la corde ou des bandes de tissu pour Kay, je trouvai ce dont j'avais besoin dans la poubelle du garage du démon lui-même : un ensemble de vieux rideaux qui avaient été jetés à Noël lorsque les nouveaux avaient enfin été accrochés. J'en emportai un discrètement dans mon jardin, où je le déchirai en longues bandes que je fourrai ensuite dans mon sac. J'ignore si on peut relever des empreintes sur un rideau, mais, au cas où, je portais des gants.

Peu après, le démon se réveilla et son agitation s'accrut d'heure en heure. Je le voyais boitiller d'une fenêtre à l'autre en s'arrêtant de temps en temps pour se comprimer la poitrine tout en s'agrippant d'une main au canapé pour garder son équilibre, le visage crispé. Il n'en avait plus pour longtemps.

Dans le ciel, les nuages se firent noirs et menaçants et, lorsque la nuit tomba, un lourd linceul d'obscurité voila les étoiles. Quand il n'y tint plus, le démon se dirigea d'un pas flageolant vers sa voiture et s'en alla, en quête d'une nouvelle victime.

Il était temps pour moi d'aller voir la mienne.

J'avais enfilé des vêtements chauds de couleur noire, et portais ma cagoule pour cacher mon visage et des gants pour ne pas laisser d'empreintes. Après avoir endossé mon sac, je sortis discrètement de ma chambre. Ma mère dormait déjà, j'espérais que c'était aussi le cas des autres habitants de la rue. Au début je voulais m'introduire dans le jardin du démon en passant par-derrière, invisible de tous, mais ce trajet aurait laissé des empreintes dans la neige tassée. Mieux valait traverser à toutes jambes la rue dégagée puis monter l'allée déneigée où je ne laisserais aucune trace. J'avais toujours craint d'être vu ou identifié quand je rôdais, mais ce soir-là ma paranoïa fut démultipliée. Il n'y aurait pas de retour possible : j'aurais été incapable de justifier les choses que j'avais prévu de faire ce soir-là. Sur le pas de la porte, je balayai une dernière fois la rue du regard, m'assurai qu'elle soit complètement déserte, puis traversai à toute vitesse. Au moins il n'y avait pas de réverbères.

Une fois chez les Crowley, je courus vers la porte de la cave et dégainai ma clef. À l'intérieur, il faisait noir comme dans un four, je n'y voyais goutte. Grâce à une petite lampe stylo sortie de ma poche, je parvins à me diriger à travers boîtes et étagères jusqu'au bas de l'escalier. Des rangées de bocaux reflétaient mon faisceau de lumière : je savais qu'ils ne contenaient que des conserves de betteraves et de pêches, pourtant je les imaginais remplis d'organes marinés au formol – reins, cœurs, vessies, cerveaux –, alignés comme des spécialités sur l'étagère d'une épicerie. Je montai au ralenti, en comptant chaque marche. Ayant découvert dans la matinée que la sixième grinçait bruyamment sur le côté droit et la septième légèrement sur la gauche, je pris bien soin d'éviter ces points sensibles.

L'escalier donnait sur la cuisine, qui, au clair de lune, semblait austère et blafarde. Je jetai un œil au GPS : le démon conduisait toujours, quelque part en centre-ville. J'en déduisis qu'il patrouillait à la recherche d'une victime ou se dirigeait vers l'autoroute pour trouver des auto-stoppeurs. Il pouvait bien faire ce qu'il voulait du moment qu'il continuait à bouger.

Je parcourus prudemment le couloir, ma lampe stylo éteinte. Désormais je me déplaçais plus ou moins de tête, en me remémorant les travaux de bricolage que j'avais effectués le matin même. Le démon m'avait fait faire le tour complet de la maison et, au fur et à mesure que mes yeux s'habituaient à l'obscurité, je reconnaissais où j'étais et où il fallait que je me dirige. Le couloir qui partait de la cuisine se prolongeait jusqu'à l'arrière de la maison où, à côté de la porte du jardin, s'élevait l'escalier qui menait à l'étage.

Il régnait un silence de plomb. À nouveau, je vérifiai le GPS : le démon conduisait toujours. Je montai.

En haut des marches, je comptai les portes et m'approchai de la deuxième à droite. La chambre du maître. J'ouvris lentement, redoutant un grincement, mais les gonds restèrent muets. Je souris, content d'avoir eu la présence d'esprit de les huiler. La pièce était sombre, seulement éclairée par un radio-réveil posé sur une commode d'époque. Mrs Crowley dormait, petite, vulnérable. Malgré la grosse couette qui épaississait sa silhouette, elle paraissait minuscule, comme si sa source de vie l'avait quittée pour la nuit et que son corps s'était recroquevillé sur lui-même. On aurait dit que le lit l'engloutissait. Sans le soulèvement visible provoqué par sa respiration, j'en serais même venu à douter qu'elle soit vivante.

Ce petit bout de femme, le démon l'aimait tellement qu'il était prêt à tout pour rester auprès d'elle. Je posai mon sac à dos, retins mon souffle, puis allumai la lumière.

Elle ne se réveilla pas.

Je farfouillai sur le dessus de la commode, déplaçant verres et boîtes à bijoux jusqu'à trouver ce que je cherchais : le portable de Kay. Je l'ouvris, retournai à la porte puis, face au lit, me mis à prendre des photos avec le téléphone : clic, enregistrer, un pas en avant, clic, enregistrer, un pas en avant, clic, enregistrer, un pas en avant, à chaque fois un peu plus près. Cela créerait un bel effet dramatique quand je les enverrais. Pour le dernier cliché, je me penchai tout près en tenant l'appareil juste au-dessus de son visage de manière à obtenir un méga gros plan. La photo s'avéra d'une impudique mocheté : parfait. Phase numéro deux.

Une fois toutes ces photos flippantes enregistrées, je reposai le téléphone puis me dirigeai vers la tête du lit. Là, je m'immobilisai, plongé dans mes réflexions. Je ne pouvais pas faire ça – pas moyen. Mon monstre s'était déjà échappé une fois, menaçant ma mère et se délectant de sa peur comme s'il s'agissait d'un élixir de vie. Si je franchissais ce dernier pas afin de mener mon plan à bien, le monstre sortirait à nouveau : je lui tiendrais la porte et l'inviterais à s'échapper. Ce faisant, je perdrais tout contrôle de mes instincts les plus noirs, et il ne resterait plus rien pour l'empêcher de se déchaîner et de mettre le feu à la planète. Je n'osais pas sauter le pas.

Pourtant il le fallait. Je le savais. J'étais allé trop loin pour renoncer et si je m'arrêtais à présent, je condamnerais un homme à mort. Si je ne l'en empêchais pas, Crowley décrocherait un nouveau trophée de chasse. Et si je n'allais pas jusqu'au bout ce soir-là, je n'irais jamais jusqu'au bout et le démon sévirait encore et encore, jusqu'à ce qu'il ne reste plus personne. Il fallait que je me décide, immédiatement.

Après avoir pris une grande inspiration, je retirai la taie de l'oreiller de Crowley puis la tins au-dessus de la tête de Kay. J'hésitai une fraction de seconde, tandis que le monstre se déchaînait en moi, me suppliait, m'implorait, m'insultait pour que je passe à l'acte. Car telle était la raison d'être du monstre, non ? C'était d'abord pour ça que je l'avais laissé sortir : pour accomplir ce qui m'était impossible. Je dévisageai encore un peu Kay, m'excusai en silence et délivrai le monstre. Mes mains ouvrirent la taie puis la glissèrent sur la tête de la vieille femme.

Surprise, elle remua et commença à revenir à elle, mais, étant âgée, elle se réveillait lentement, j'avais donc largement le temps d'enfiler fermement la taie jusqu'à son cou. Encore à moitié endormie, elle grommela quelque chose et balança un coup de bras. Faible charge. J'arrachai instantanément le réveil branché au mur puis lui en assénai un coup sur le côté du crâne. Elle poussa un cri étouffé qui se transforma en une espèce de grognement et elle tomba du lit. Je la frappai à nouveau : le gros radio-réveil s'enfonça horriblement dans la taie et, comme Kay n'arrêtait pas de bouger, je la frappai une troisième fois. Au départ, je n'avais absolument pas l'intention de la brutaliser, mais sa faible résistance avait suffit à me faire passer à l'action. Je m'évertuais à la mettre K-O, ce qui semble toujours très facile dans les films – un petit coup et hop ! y a plus personne –, mais là ce fut d'une violence laborieuse, je lui martelais la tête à coups de réveil. Elle finit par s'immobiliser, étalée au sol dans une position grotesque tandis que je me tenais au-dessus d'elle, essoufflé.

Je m'apprêtais à lancer un nouvel assaut, impatient d'en finir avec elle : j'avais faim de l'impact brut du métal contre l'os, faim de l'excitation mégalomaniaque provoquée par la soumission complète de la victime à ma volonté. Je me penchai sur elle, mais au dernier moment je m'agrippai au rebord du lit et me repoussai en m'efforçant de détourner le regard.

Elle est à moi !

Non. Tout comme Kay sous la taie d'oreiller, je suffoquais sous ma cagoule. Je la retirai d'un geste brusque, inspirai un grand coup, m'évertuai à me ressaisir. Je me penchai à nouveau, dus me faire violence pour m'éloigner et trébuchai contre le mur. J'avais l'impression de jouer à un des jeux vidéo de Max : bataillant avec des commandes que je ne connaissais pas, j'observais mon personnage qui tournait vainement en rond sur l'écran. Le monstre rugit, je m'assénai un coup sur la tête, et savourai la douleur aiguë qui parcourut mes articulations et les petites vibrations qui se répercutèrent dans mon crâne. Je tombai à genoux, le souffle court, j'avais l'impression qu'une brume me voilait les yeux. Je mourrais d'envie de repartir à l'attaque, le monstre riait. Impossible de m'arrêter. Je brandis à nouveau le radio-réveil.

Les phalanges blanches autour de l'appareil, je suspendis mon geste et pensai au Dr Neblin. Lui pourrait me persuader d'arrêter. J'arrivais à peine à réfléchir, mais je savais que lui parler tout de suite nous sauverait la vie, à Kay et à moi. Sans penser aux conséquences, aux preuves que j'allais laisser, ni à la confession que je m'apprêtais à faire, recroquevillé par terre, je sortis la carte de visite que mon psy m'avait donnée puis composai son numéro sur le portable de Kay.

Il y eut trois sonneries avant qu'il ne décroche.

« Allô ? »

Il avait une voix rauque, fatiguée : je venais sûrement de le réveiller.

« Qui est à l'appareil ?

– Je n'arrive pas à m'arrêter. »

Le Dr Neblin réfléchit un instant.

« Arrêter ? John... c'est toi ? »

Il se réveilla presque instantanément, comme si reconnaître ma voix avait allumé un interrupteur dans sa tête.

« La bête est sortie maintenant, murmurai-je, et je n'arrive pas à la faire rentrer. On va tous mourir.

– John ? John, où es-tu ? Calme-toi et dis-moi où tu es.

– Je suis au bord du précipice, Neblin, je glisse : je bascule et je tombe en enfer de l'autre côté.

– Calme-toi, John. On peut traverser cette mauvaise passe. Dis-moi simplement où tu es.

– Je suis au fond des lézardes du trottoir, dans la poussière et le sang, les fourmis lèvent les yeux et on vous emmerde tous, Neblin. Je suis au fond des lézardes et je n'arrive pas à sortir.

– Du sang ? Dis-moi ce qui se passe, John. Tu as fait quelque chose de mal ?

– C'est pas moi ! me défendis-je, sachant pertinemment que je mentais. C'est pas moi, pas du tout, c'est le monstre. Je voulais pas le laisser sortir, mais il le fallait. En essayant de tuer un démon j'en ai créé un autre et je n'arrive pas à m'arrêter.

– Écoute-moi, John. »

Je ne l'avais jamais entendu aussi sérieux, aussi déterminé.

« Écoute-moi bien. Tu m'écoutes ? »

Je fermais les yeux de toutes mes forces et serrais les dents.

« Il n'y a plus de John, c'est Mister Monster.

– Non, pas du tout. C'est John. Ce n'est pas John Wayne ni Mister Monster ni qui que ce soit d'autre, c'est John. Tu maîtrises la situation. Bon, tu m'écoutes maintenant ? »

Je me balançais d'avant en arrière.

« Oui.

– Très bien. Alors maintenant fais bien attention à ce que je vais te dire. Tu n'es pas un monstre. Ni un démon. Ni un meurtrier. Tu es quelqu'un de bien, doté d'une volonté puissante et d'un code moral noble. Quoi que tu aies fait, tu peux t'en sortir. On peut rétablir la situation. Tu m'écoutes toujours ?

– Oui.

– Alors répète après moi. On peut rétablir la situation.

– On peut rétablir la situation. »

Je jetai un œil au corps de Kay, tout chiffonné par terre avec une taie d'oreiller sur la tête. J'aurais dû pleurer ou l'aider, mais au lieu de ça je me disais seulement : Oui, je peux rétablir cette situation. Mon plan peut encore fonctionner. Rien ne sera vain si je tue le démon.

« Très bien, dit Neblin. Maintenant dis-moi où tu es.

– Il faut que j'y aille. »

Je m'agenouillai.

« Ne raccroche pas ! cria-t-il. S'il te plaît, ne coupe pas. Il faut que tu me dises où tu es.

– Merci de votre aide », répondis-je avant de raccrocher.

Je me rendis alors compte que j'avais toujours le radio-réveil à la main et le jetai, révulsé.

Je regardais Kay. L'avais-je tuée ? Je lui arrachai sa taie d'oreiller aussi brutalement que j'avais arraché ma cagoule puis palpai son crâne à la recherche de signes extérieurs de dégâts. Rien d'alarmant, ni sang ni fracture, et elle respirait faiblement. Voir son visage, c'était trop pour moi : je tournai la tête. Je refusais de penser à elle comme à une personne. Je refusais de penser que ce que je venais de faire, je l'avais infligé à un être humain qui vivait, qui respirait. C'était plus facile sans visage.

Tout à coup, le téléphone sonna, je sursautai et jetai un œil au numéro affiché. Le Dr Neblin. Je réalisai alors soudain que l'appel que je venais de passer laisserait des traces à la fois sur son téléphone et sur celui de Mrs Crowley, des preuves qui conduiraient les incontournables enquêteurs jusqu'à moi. J'inspirai profondément. Plus moyen de s'arrêter, désormais. Preuves ou pas, il fallait que je tue le démon.

À cette idée, la peur m'envahit, je vérifiai le GPS. La voiture se déplaçait toujours, il me restait du temps. Les yeux fermés pour éviter de voir Kay, je repositionnai la taie, plus délicatement cette fois-ci, puis m'emparai du téléphone afin de prendre d'autres photos. La sonnerie s'arrêta et, quelques instants plus tard, un petit bip m'indiqua que Neblin avait laissé un message.

Mes portraits se firent plus élaborés. Je pris le temps de placer le corps dans différentes positions.

Étalée par terre, vêtue de sa chemise de nuit fleurie, les pieds emmitouflés dans des socquettes bleues d'hôpital, une taie d'oreiller sur la tête.

Couchée sur le dos, le radio-réveil explosé posé en évidence à côté du crâne.

Étendue de tout son long, le corps barré de mon ombre menaçante.

Je sortis ensuite de mon sac à dos les bandes de tissu du rideau déchiré afin de lui attacher les poignets aussi serrés que possible. Elle avait des os fins et fragiles, j'aurais sûrement pu les casser en deux si j'avais voulu. Je me rendis alors compte que, d'une main, j'exerçais déjà une pression, en quête du point de rupture ; je me reculai.

Laisse-la tranquille !

Délicatement, je tendis ses poignets liés au-dessus de sa tête avant de les attacher fermement à un radiateur situé sous la fenêtre. Je procédai de même avec ses chevilles en les attachant d'abord ensemble avant de les fixer au pied du lit. Le tout sans jamais cesser de prendre des photos, cliché après cliché, en gardant toujours un œil sur le GPS.

La voiture du démon s'immobilisa.

Je lâchai le téléphone et m'emparai du GPS à deux mains, les yeux rivés sur l'écran qui luisait faiblement. Crowley se trouvait à l'autre bout de la ville, non loin de l'endroit où habitait Lauren, à une intersection. Je retins mon souffle. Il redémarra, je respirai à nouveau. Fausse alerte.

Je remontai ensuite la taie d'oreiller de manière à dégager la bouche de Mrs Crowley, puis la bâillonnai avec un autre lambeau de rideau. Elle dormait toujours, la respiration régulière, cependant je ne voulais pas prendre le risque de la voir se réveiller et appeler à l'aide. Après avoir photographié son visage, je repositionnai la taie. J'avais suffisamment de clichés désormais. Le démon rugit dans mon crâne – une photo de son bras, gisant seul par terre au milieu de la pièce, serait tellement efficace – mais je m'efforçai de l'ignorer. Surveillant du coin de l'œil le GPS, je remballai mon sac. Il était temps de passer à la phase trois.

Soudain, le démon s'arrêta de nouveau.

L'endroit ne m'était pas familier, toutefois, comme les deux rues à angle droit portaient un nom de fleur, je pouvais deviner dans quel quartier il se trouvait : les Jardins, du côté de la voie de chemin de fer qui menait à la scierie en traversant la ville. Il était tout près de l'endroit où il avait tué le père de Max, quartier où la police patrouillait à coup sûr, il prenait donc un gros risque. Il avait peut-être été arrêté par un flic. D'une main je tenais le GPS, de l'autre le téléphone, j'attendais. La voiture ne bougeait pas. C'était maintenant ou jamais. J'écrivis un SMS, joignis la première photo de Kay, puis composai le numéro de Crowley.

À MON TOUR

Aussitôt le message envoyé, j'en créai un deuxième, puis un troisième et ainsi de suite, lâchant le GPS pour utiliser mon téléphone des deux mains afin de maintenir un feu roulant d'horreur. Rapidement, j'arrêtai les SMS pour n'envoyer que des photos, l'une après l'autre, faisant l'inventaire précis de tout ce que la femme du démon avait subi.

Je m'interrompis un instant pour jeter un œil à l'écran du GPS et jurai tout haut à la vue de la flèche immobile. Pourquoi ne bougeait-il pas ? Qu'est-ce qu'il fabriquait ? Si je ne l'interceptais pas à temps il allait tuer quelqu'un et mon plan entier – tout ce que j'avais fait – passerait par pertes et profits. Je ne voulais pas le laisser massacrer quelqu'un d'autre : pas même une personne de plus. Avais-je attendu trop longtemps ?

Le téléphone sonna à nouveau, je faillis le lâcher. Je regardai l'identité de l'appelant, cette fois-ci il s'agissait de Crowley : j'avais capté son attention. Sans décrocher, je lui envoyai d'autres photos : Kay endormie, Kay bâillonnée avec la tête dans la taie, Kay attachée au radiateur. Un instant plus tard, sur l'écran la flèche recula brusquement, fit demi-tour puis descendit la rue à toute berzingue. Il avait mordu à l'hameçon, mais serait-ce suffisant ? J'observais attentivement le GPS, dans l'espoir que d'un instant à l'autre la voiture ralentisse ou sorte de la route – n'importe quel signe qui trahirait que son corps finissait enfin par se détruire –, mais rien.

Le démon pétait la forme, il avait la haine et il fonçait droit sur moi.

18

Sur le GPS, la flèche se rapprochait à toute allure. Je balayai la pièce du regard : les draps en désordre sur le lit, les objets éparpillés sur la commode et le corps tabassé de ma plus proche voisine qui gisait au sol bâillonnée et ligotée. Je ne pouvais rien ranger : j'aurais déjà à peine le temps de sortir avant le retour du démon, et encore moins de me cacher. Dans une poignée de secondes je serais mort et Crowley me lacérerait la poitrine pour m'arracher le cœur. Après ce que j'avais infligé à sa femme, il allait sûrement aussi massacrer toute ma famille, par pure vengeance.

(Enfin, toute ma famille sauf mon père : pour le trouver, bonne chance. Ça paie, parfois, de s'être éloigné de son psychopathe de fils.)

Mais si j'avais baissé les bras, ce n'était pas le cas de mon monstre intérieur. Alors que j'écartais mes pensées fatalistes, je me surpris à rassembler mes affaires - GPS, cagoule, sac à dos - avant de me diriger vers la porte. Au moment où mes neurones se raccordèrent à mon instinct d'autopréservation, je fis volte-face et parcourus la pièce pour voir si je n'avais rien laisser tomber par terre. Les empreintes ADN ne m'inquiétaient pas : j'avais passé tellement de temps de façon légitime dans cette maison que je n'aurais aucun mal à expliquer tout ce que la police pourrait trouver. Je me disais qu'il y aurait aussi moyen de s'arranger avec les traces des appels téléphoniques et qu'il m'était encore possible de dissimuler mon identité. Mon dernier geste fut d'éteindre la lampe, puis je sortis furtivement sur le palier plongé dans l'obscurité.

Il faisait un noir d'encre, mes yeux mirent un moment à s'habituer à l'obscurité. Une main posée sur le mur, je me dirigeai à l'aveuglette vers les escaliers car je n'osais pas sortir ma lampe stylo, puis je descendis à tâtons, une marche après l'autre, jusqu'à ce que, à mi-chemin, j'aperçoive une lueur par la vitre de la porte du fond. Dehors, il faisait moins sombre, je voyais le miroitement blanc des arbres au clair de lune dans le jardin des Crowley. Une fois au rez-de-chaussée je bifurquai vers l'escalier qui menait à la cave, lorsqu'une nouvelle lumière, jaune pâle, se matérialisa à travers les fenêtres de la façade et que le ronronnement d'un moteur se mua vite en rugissement.

Crowley était de retour.

Je laissai tomber la cave pour me précipiter vers la porte du fond : je voulais à tout prix être sorti de la maison avant que le démon entre. La poignée était coincée, néanmoins en la tournant fort je parvins à faire sortir un petit bouton, ce qui débloqua le loquet ; j'ouvris le battant à toute volée et m'engouffrai dehors avant de refermer derrière moi aussi vite et aussi silencieusement que possible.

La voiture crissa dans l'allée et, soudain, un torrent de lumière jaune agressive vint inonder les arbres au fond du jardin quand l'éclat des phares atteignit l'angle de la maison avant de se projeter jusqu'à l'autre bout du terrain enneigé. Au moment où j'entendis la portière s'ouvrir et le démon rugir, je réalisai trop tard que j'avais oublié de verrouiller la porte après être sorti. Je me tenais toujours tapi à côté d'elle, apeuré : s'il venait la vérifier, j'étais mort. J'aurais voulu la rouvrir pour bloquer le loquet, mais en entendant la porte d'entrée s'ouvrir je compris qu'il était trop tard : le démon était dans son antre.

Je bondis au bas des marches en béton puis courus à l'angle de la maison. La contourner signifiait se retrouver dans la lumière éblouissante des phares, où il me serait impossible de me cacher ;

rester à ma place signifiait qu'il me verrait lorsqu'il ouvrirait la porte. Je pris une grande inspiration puis traversai la lumière des phares pour plonger dans l'ombre du cabanon.

Derrière moi, aucun bruit. La porte resta close. Je m'en voulais d'avoir autant paniqué pour un détail aussi insignifiant : évidemment qu'il ne remarquerait pas ce bouton minuscule sur le loquet déverrouillé, pas quand il courait secourir sa femme. Un instant plus tard, un hurlement provenant du premier étage vint confirmer mes suppositions. Il était allé tout droit voir Kay : j'arriverais peut-être à m'échapper, finalement.

Je retournai dans la lumière en rampant, prudent, furtif, prêt à courir, même si j'étais convaincu que s'il me voyait, il ne servirait pas à grand-chose de prendre mes jambes à mon cou. J'ignorais de combien de temps je disposais. Si ça se trouve, il allait tout de suite détacher Kay, à moins qu'il n'attende d'avoir recouvré forme humaine ; si ça se trouve, il resterait à ses côtés afin de s'assurer qu'elle allait bien, à moins qu'il ne se précipite dehors pour voir qui l'avait attaquée. Comment savoir ? En revanche, je savais pertinemment que mes chances de m'échapper diminuaient avec chaque seconde qui passait. Il fallait fuir, immédiatement.

Plaqué contre le mur, je me dirigeai lentement vers les phares aveuglants, une main en visière pour me protéger le plus possible de la lumière, de manière à faciliter la transition quand je me retrouverais dans l'obscurité. Une fois au niveau de la Buick, je la contournai à toutes jambes pour me cacher puis m'accroupis à côté de la roue arrière droite. En espionnant par-dessus le coffre, j'apercevais l'entrée : la porte grande ouverte, les rideaux à l'étage toujours bien tirés. Ma maison, elle, se trouvait à plusieurs milliers de kilomètres de l'autre côté de la rue, entourée de verglas et de neige, qui, tels des mines et du fil barbelé, attendaient de me faire tomber, de révéler une empreinte ou simplement de me retarder quand je courrais m'y réfugier. Si j'arrivais à retourner chez moi, je serais en sécurité

– Crowley ne soupçonnerait peut-être jamais mon implication – mais c'était long à traverser, une rue découverte, un simple regard par la fenêtre et hop ! ce serait la fin. Je me préparais à courir…

… lorsque je vis le cadavre sur le siège passager.

Il était affaissé sous la vitre, mais, grâce à la faible lumière qui provenait de la porte ouverte, je parvenais à le distinguer : un homme de petite taille qui, à moitié caché dans l'ombre et dans un manteau en laine terne, gisait au milieu d'une marre de sang.

Abasourdi, je m'affaissai sur le sol gelé. Je n'avais absolument pas empêché le démon de tuer – je ne l'avais même pas ralenti. J'avais été trop long à prendre mes photos et à parler à Neblin en me débattant jusqu'à l'absurde contre mes instincts les plus noirs : le temps que je parvienne à détourner le démon de son chemin, il avait déjà trouvé une victime et volé un organe. Il s'était déjà régénéré, tout ça parce que j'étais incapable de me contrôler.

J'avais envie de claquer la portière, de crier, de faire du bruit, quoi, mais je n'osais pas. Non, au lieu de ça, insidieusement, le monstre en moi s'approcha discrètement pour observer le cadavre. Durant tous ces mois de meurtres et d'embaumement, je ne m'étais encore jamais retrouvé seul avec un macchabée de première fraîcheur. J'avais envie de le toucher tant qu'il était encore chaud, de regarder la plaie, de voir ce que le démon avait pris. Désir et prise de risque stupides, pourtant je ne m'arrêtai pas : Mister Monster était désormais trop fort.

La portière conducteur était ouverte, mais, me trouvant côté passager, à l'abri de la maison, je dus ouvrir celle-ci. Sur le tableau de bord, le bip « vos phares sont toujours allumés » résonnait, néanmoins je me gardai de les éteindre. Un changement brusque dans la lumière ou le bruit ambiants aurait pu alerter le démon de la présence d'un intrus. Comme il allait venir me chercher dans deux secondes de toute façon, je voulais optimiser mon temps. J'ouvris en grand le manteau du cadavre, en quête de la gigantesque blessure abdominale.

Rien.

La tête, visage enfoncé dans le siège, formait un angle bizarroïde avec le corps, depuis la portière je distinguais que la gorge avait été tranchée, sûrement par l'une des serres du démon. Il s'agissait là du seul trou. Le manteau était intact et en dessous la chair ne semblait pas mal en point. Apparemment, le sang répandu sur le siège et sur la moquette provenait uniquement de la plaie du cou.

Qu'avait-il pris ? Je me penchai pour voir de plus près : le cou était toujours attaché, mais les veines et la gorge avaient été tranchées net. Manifestement, il ne manquait rien.

Je finis par regarder le visage de l'homme après avoir écarté le sang et les cheveux emmêlés et, là, je retins un cri.

Le mort, c'était le Dr Neblin.

Je reculai en chancelant et faillis tomber de la voiture tandis que le corps s'affaissait lentement sur le côté, sans vie. Atterré, je regardais tour à tour la maison des Crowley et la Buick.

Il avait tué le Dr Neblin.

Je me creusai la tête pour trouver un sens à cette révélation. Crowley était-il à mes trousses ? Visait-il déjà des gens que je connaissais ? Mais pourquoi choisir Neblin alors que ma mère se trouvait juste de l'autre côté de la rue ? Parce qu'il avait besoin d'un corps masculin, supposai-je. Enfin, non, c'était trop étrange. Je n'arrivais pas à croire qu'il connaissait mon implication : j'aurais eu la puce à l'oreille, sinon.

Mais alors pourquoi Neblin ?

Les yeux rivés sur son cadavre, je me rappelai soudain notre conversation téléphonique et une vague de froid m'envahit. Neblin m'avait laissé un message. Je sortis le portable puis composai le numéro du répondeur, terrifié à l'idée de ce que j'allais entendre.

« John, tu ne devrais pas rester seul, il faut qu'on parle. J'arrive – j'ignore si tu es chez toi ou pas, mais je peux t'aider. S'il te plaît, laisse-moi t'aider. Je serai là d'ici quelques minutes à peine. À tout de suite. »

Il était venu me secourir. Au beau milieu d'une nuit glaciale de janvier il avait quitté sa maison et parcouru les rues désertes pour m'aider. Rues désertes où un tueur traquait vainement une proie fraîche jusqu'à ce que le pauvre Dr Neblin, sans défense, traverse son champ de vision. C'était le seul homme de la ville que le démon avait réussi à trouver.

Et il l'avait trouvé à cause de moi.

Je contemplais le cadavre en repensant à tous ceux qui avaient précédé : Jeb Jolley et Dave Bird ; les deux flics que j'avais conduits à la mort ; l'inconnu du lac pour qui je n'avais pas bougé le petit doigt ; Ted Rask, Greg Olson, Emmet Openshaw et je ne sais combien d'autres encore dont j'ignorais l'existence. Véritable défilé de macchabées gisant là dans ma mémoire comme s'ils n'avaient jamais été vivants, farandole d'éternels cadavres qui traversaient l'histoire en parfait état de conservation. Depuis combien de temps cela durait-il ? Combien de temps cela allait-il encore durer ? J'avais l'impression d'être condamné à suivre cette farandole pour toujours : je lavais et embaumais chaque nouveau trépassé, tel un serviteur muet démoniaque, bossu, lubrique. Crowley était l'assassin et moi son esclave.

Non. Hors de question. Ce défilé macabre prendrait fin cette nuit.

Le démon n'avait encore pris aucun des organes de Neblin, autrement dit, il allait débouler d'un instant à l'autre, en cherchant à tout prix à se régénérer. Si je cachais le corps avant son arrivée, peut-être qu'il mourrait en se décomposant. Après avoir saisi le cadavre sous les aisselles, je le redressai. Mes gants glissèrent sur le sang déversé par la plaie et je lâchai brusquement le corps : j'étais en train de me badigeonner de preuves. Je reculai d'un pas, en prise avec ma paranoïa. Oserais-je me relier au crime ? Je m'étais montré tellement prudent jusque-là : déplacements furtifs, dissimulation d'empreintes, plusieurs mois de préparation pour qu'aucun rapprochement ne soit possible entre moi et les attaques, ni entre ces dernières et les réactions qu'elles avaient suscitées chez moi. Je ne pouvais pas tout foutre en l'air maintenant.

Mais existait-il une autre solution ? Cacher le cadavre constituait ma seule chance d'anéantir le démon, or je ne pouvais pas le faire sans être baigné par le sang de Neblin. Si j'essayais de ne pas me maculer en tirant le corps par les pieds, je laisserais une traînée d'hémoglobine qui bousillerait tout mon plan. Il fallait que je le porte par les épaules en veillant à ce que le sang tombe sur mes gants et sur mon manteau et non par terre.

Soudain, à l'intérieur de la maison, un hurlement lacéra le silence. Je reculai d'un bond, mon regard jouant au ping-pong entre la porte de derrière et celle de l'entrée : je me demandais de quel côté le démon allait apparaître. Mister Monster hurlait dans ma tête, m'exhortait à courir, à me barrer de là, à me foutre à l'abri et à réessayer la prochaine fois. C'était la meilleure chose à faire : la plus raisonnable. Le démon resterait en vie, certes, mais moi aussi. Je finirais bien par l'arrêter sans me mettre en danger.

Mon regard se posa sur Neblin. Lui ne fuirait pas, songeai-je. Parce qu'il voulait m'aider, il était sorti de chez lui au beau milieu de la nuit en sachant pertinemment qu'il y avait un serial killer en liberté. Il avait accompli son devoir quitte à se mettre en danger. Il faut que j'arrête de penser comme un sociopathe. Soit je me mets en danger, soit Crowley sévira de nouveau. Deux mois, voire deux heures auparavant, il n'y aurait pas eu photo : sauve qui peut ! Et même à présent je savais qu'en théorie il s'agissait de la meilleure solution. Mais Neblin était mort en essayant de m'apprendre à raisonner comme un être humain normal – à éprouver des sentiments comme un être humain normal. Et parfois les êtres humains normaux, ordinaires, risquaient leur vie pour s'entraider à cause de leurs sentiments. De leurs émotions. De leurs relations. De l'amour. Je ne ressentais rien de tout ça, néanmoins je devais à Neblin d'essayer.

Alors que je l'empoignais pour le tirer vers moi, je sentis sa tête glissante, maculée de sang, taper contre mon manteau et me recouvrir d'ADN compromettant. Dans la maison, un nouveau hurlement retentit, mais je n'y prêtai pas attention, concentré à traîner le docteur hors de la voiture jusqu'à ce que ses jambes tombent lourdement dans l'allée. Il était plus lourd qu'il n'y paraissait : je me souvins d'avoir lu qu'un cadavre ou une personne inanimée est plus difficile à soulever qu'un individu conscient car les muscles relâchés ne compensent ni les mouvements ni la perte d'équilibre. J'avais l'impression de tenir un sac de ciment humide difforme, impossible à transporter. Les bras passés sous ses aisselles et les mains jointes sur son sternum, je maintenais sa tête et ses épaules pressées contre ma poitrine. Après m'être lentement retourné, je pris appui sur un pied et repoussai la portière de l'autre ; j'allais réussir à la fermer lorsque patatras ! le bras de Neblin tomba d'un côté et son poids du corps bascula. Je tombai contre la voiture en tâchant de ne pas desserrer mon étreinte pour essayer de maintenir le cadavre droit. Pas une goutte de sang n'était tombée par terre, du moins pas encore.

Un fracas retentit quelque part à l'intérieur de la maison, comme si Crowley avait trébuché contre un objet – ou l'avait brisé dans un accès de rage. Je fermai la portière d'un coup de coude, pivotai jusqu'à être face à la rue, puis me mis à reculer lentement dans le jardin. Je me déplaçai prudemment, pas à pas, me fiant à ma mémoire pour longer tranquillement la bordure de neige que j'avais soigneusement pelletée, sans la casser ni laisser aucune trace. Pas à pas. Nouveau fracas, plus près désormais, quelque part au rez-de-chaussée, je serrai les dents. J'y étais presque.

Enfin, j'atteignis le cabanon. Il ne mesurait qu'un ou deux mètres de long et était accolé à la palissade, j'avais tout juste la place de me glisser dans l'interstice pour y tirer le corps.

La porte de derrière s'ouvrit bruyamment, je retins mon souffle. Les pieds de Neblin dépassaient encore de quelques centimètres à l'avant du cabanon. Comme un mur de neige et des broussailles protégeaient cette cachette des phares toujours allumés, le démon ne les verrait peut-être pas, mais s'il venait fouiner par là – si j'avais laissé quelque piste visible –, il ne pourrait pas les rater.

Qui croyais-je leurrer ? Si j'avais laissé une trace, aussi infime fût-elle, peu importe ce que j'avais fait, Crowley foncerait droit sur moi.

Je restai en apnée une éternité, l'oreille aux aguets : le grondement sourd du moteur, les petits ding ! du tableau de bord, les battements de mon cœur. De l'autre côté du cabanon, quelqu'un hasarda quelques pas irréguliers puis avança ou trébucha sur la neige, dont la surface gelée craqua sous ses pieds une fois, deux fois, trois fois avant que ses pas résonnent à nouveau normalement sur le ciment. Il chancelait et se déplaçait lentement. Mon plan allait peut-être fonctionner.

J'écoutais ses pas se traîner jusqu'au bout de l'allée : un pied – halte, un pied – faux pas. Les yeux clos, je n'osais pas respirer et je priais de toutes mes forces pour que le démon fasse la culbute finale, jette l'éponge et que c'en soit fini de lui, à jamais. Un pied – halte, un pied – pause, un pied – râle. Il ne s'était jamais déplacé aussi lentement. Je restais parfaitement immobile, craignant de bouger ne serait-ce que d'un centimètre, tandis que le froid et le blizzard grignotaient mes forces. Je ressentais la même impression de faiblesse physique que lorsque, caché dans la neige, j'avais découvert pour la première fois le démon au lac Marginal : j'étais conscient du moindre ralentissement de mes pulsations et de la défaillance de mes sens. Les mille aiguilles qui me brûlaient les mains et les pieds se transformèrent en picotements gourds, puis en rien. Le mécanisme de mon corps était au bout du rouleau, il s'essoufflait lentement jusqu'à ce que plus une vitesse ne passe, plus un ressort ne fonctionne et que la machine entière s'arrête pour toujours.

Campé du mieux possible sans toutefois trouver de place idéale pour caler mes pieds dans l'interstice, je me penchai, puis, lentement, imperceptiblement, je tirai Neblin en arrière de manière à ce que ses pieds se retrouvent à l'abri du cabanon. Centimètre par centimètre, sans émettre un seul bruit. Dans l'allée, les pas poursuivaient leur progression poussive et douloureuse. Je repliai les jambes de Neblin doucement - tout doucement - puis lui appuyai les genoux contre l'abri à outils. Une ombre noire traversa les phares et la silhouette gigantesque du démon vint recouvrir la palissade, le cabanon et le jardin derrière moi : une tête tubéreuse, dix griffes acérées et des membres maigres et affaiblis sur lesquels flottaient son épais manteau et son pantalon. Je me demandais même s'il était parvenu à recouvrer sa forme humaine auprès de Kay ou s'il avait été obligé de l'aider en l'état. Il devait être à deux doigts de la mort.

J'avançai prudemment d'un pas en positionnant mon pied avec soin afin de jeter un œil à l'angle de ma cachette. Crowley peinait à se tenir debout et contournait sa voiture en chancelant : pour garder l'équilibre il s'appuyait sur le coffre et ses griffes rayaient la peinture. Il se dirigea laborieusement vers le côté passager, s'arrêta un instant, à moitié plié en deux, puis tendit le bras pour atteindre la poignée. Lorsque sa main quitta la carrosserie, il perdit l'équilibre et tomba lourdement dans la neige. J'eus un hoquet et mon cœur déjà surmené accéléra encore davantage. Était-ce la fin ? Était-il mort ? Dans un grognement pathétique, il s'agenouilla, se comprima la poitrine et poussa un hurlement bestial. Il n'était pas encore mort, mais il ne manquait pas grand-chose et il le savait.

Il déchira son manteau puis se jeta contre la voiture. Ses griffes blanches gigantesques semblaient luire, il les enfonça dans le métal avec une force terrifiante afin de se remettre debout. Alors qu'il approchait de la poignée une patte acérée, il suspendit son geste. Les yeux rivés sur la voiture, il ne bougeait plus.

Il avait vu le siège vide. Il savait que son dernier espoir venait de s'envoler. Tombé à genoux, il cria : il ne s'agissait ni d'un rugissement ni d'un grognement, mais d'un cri perçant suraigu.

C'est ce bruit que j'associe depuis au mot « désespoir ».

Son cri se mua ensuite en hurlement, de rage ou de frustration, je n'aurais su le dire. Je l'observais qui hésitait : un pas en arrière dans l'allée, un pas en avant vers la rue, trop perturbé pour se décider, puis il s'écroula à nouveau sur les genoux. À l'aide de ses griffes, il avança en rampant avant de s'étaler de tout son long. J'eus l'impression de rester en suspens des heures entières, à attendre une convulsion, un geste brusque ou un cri, mais rien ne vint. Le monde entier était pétrifié.

Je laissai encore passer de longues minutes angoissantes avant d'oser mettre un pied dehors. Le démon gisait dans l'allée, aussi inerte que le ciment sur lequel il reposait. Je sortis furtivement de ma cachette sans jamais le quitter des yeux. De minces volutes de vapeur s'élevaient dans l'obscurité. Les yeux plissés dans la lumière agressive des phares, je m'approchai lentement.

Quel sentiment étrange ! – pareil à une émotion brute presque aussitôt transcendée. Il ne s'agissait pas seulement d'un corps, c'était *mon* corps, mon cadavre à moi qui gisait parfaitement immobile. C'était comme une œuvre d'art : quelque chose que j'avais façonné de mes propres mains. Un fort sentiment de fierté m'envahit et je compris alors pourquoi tant de tueurs en série s'arrangeaient pour que leurs cadavres soient découverts : quand on crée quelque chose d'aussi beau, on a envie que tout le monde en profite.

Le démon était enfin mort.

Mais pourquoi ne se désintégrait-il pas comme ses organes défaillants l'avaient toujours fait ? Si l'énergie qui le maintenait en un seul morceau s'était évaporée, pourquoi restait-il... en un seul morceau ?

Un éclair attira mon regard, je tournai vivement la tête. Chez nous, quelqu'un avait allumé la lumière dans la pièce qui donnait sur la rue. Une seconde plus tard, ma mère tira les rideaux puis regarda par la fenêtre. Elle avait dû entendre le démon et à présent elle cherchait une explication. Je plongeai à côté de la voiture, loin des phares, à moins d'un mètre de la tête du démon. Elle resta un long moment à la fenêtre avant de s'écarter en laissant retomber le rideau. J'attendais que la lumière s'éteigne mais elle resta allumée. Un instant plus tard, la salle de bains s'éclaira, je secouai la tête. Elle n'avait rien vu.

Le démon remua.

Aussitôt, je concentrai à nouveau toute mon attention sur l'ennemi terrassé, tellement proche que je pouvais presque le toucher. Sa tête roula sur le côté et son bras gauche s'agita brusquement. Je reculai d'un bond. Il agita encore le bras avant de le planter solidement au sol et de prendre appui pour se relever. Il souleva les épaules, la tête toujours pendante, puis déplaça une jambe tremblante sur le côté. Il se débattit un moment avec elle avant de laisser tomber et de tendre l'autre bras. Il rampait.

Je levai les yeux juste à temps pour voir une autre lumière s'allumer : cette fois-ci dans ma chambre. Ma mère était allée s'assurer que j'allais bien et désormais elle savait que je n'étais pas là.

« *Fais quelque chose !* » m'intimai-je.

Le démon se tracta sur toute la longueur de son bras maigrichon avant de jeter l'autre en avant. Il s'était débrouillé je ne sais comment pour se régénérer sans puiser dans un corps extérieur, tout comme lorsqu'il avait tué le père de Max. Seulement cette fois-ci il n'avait pas de cadavre fumant à portée de main. La source d'organes la plus proche, c'était moi, or apparemment il ne s'était pas rendu compte de ma présence. Au lieu de ça il rampait...

Vers chez moi.

Ses griffes se plantèrent dans le bitume juste derrière le caniveau, puis il recommença à se tracter. Bien que lents, ses mouvements étaient déterminés et puissants. À chaque geste il semblait un peu plus fort, un peu plus rapide.

Nouveau carré de lumière suivi d'une agitation brusque : ma mère venait d'ouvrir la porte et se tenait dans l'ouverture tel un phare, vêtue de sa chemise de nuit et de son lourd pardessus. Elle avait enfilé ses grandes bottes de neige.

« John ? »

Sa voix claire et forte qui flirtait avec les aigus trahissait son inquiétude. Elle était sortie me chercher.

Le démon tendit un bras en poussant un grognement sinistre tandis qu'il se rapprochait de chez moi : plus rapide qu'avant désormais, et plus impatient. Il laissait derrière lui des mollards noirs qui collaient au bitume avant de se décomposer en grésillant au bout de quelques secondes sous l'effet d'une chaleur mystérieuse. Ce mouvement dut attirer le regard de ma mère car elle se tourna. Le démon était presque au milieu de la rue à présent.

« Rentre ! » m'écriai-je avant de bondir vers elle.

Le démon leva brusquement la tête et tendit sauvagement ses longs bras sur mon passage. Je courus me réfugier sur le côté, à distance respectueuse, mais il se mit péniblement debout et plongea sur moi. Je m'écartai en chancelant, il perdit l'équilibre, me manqua de quelques centimètres et s'effondra dans la rue avec un hurlement de douleur.

« John, que se passe-t-il ? » hurla ma mère, horrifiée, les yeux toujours rivés sur le démon.

De là où elle se trouvait, on ne le distinguait pas très bien, mais elle en voyait suffisamment pour être terrifiée.

« Rentre ! »

Je me précipitai vers elle pour la repousser dans le hall d'entrée.

Mes gants laissèrent des taches rouge foncé sur son manteau.

« C'est quoi, ça ? demanda-t-elle.

– Il a tué Neblin, répondis-je en l'attirant à l'intérieur. Viens ! »

Le démon avait repris sa progression, il rampait droit sur nous avec sa gueule remplie de crocs phosphorescents pareils à des aiguilles. Ma mère s'apprêtait à claquer la porte, mais je bloquai le battant pour la rouvrir d'un geste brusque.

« Qu'est-ce que tu fabriques ?

– Il faut qu'on le laisse entrer », répondis-je en essayant de la pousser vers le funérarium.

Elle refusait de bouger.

« Il faut qu'on le laisse entrer sinon il risque d'aller voir les voisins.

– Hors de question qu'il entre ici ! » hurla-t-elle.

Le démon avait atteint le trottoir.

« Il n'y a pas d'autre solution. »

Sur ce, je la repoussai. Elle lâcha la porte et trébucha contre le mur en me dévisageant avec la même expression horrifiée dont elle avait gratifié le démon. C'était la première fois qu'elle le quittait des yeux et elle parcourut du regard le sang qui maculait ma poitrine et mes bras. Mon monstre se cabra au souvenir de l'épisode du couteau dans la cuisine, impatient de la dominer à nouveau par la peur, mais je le calmai avant d'ouvrir la porte du funérarium. *Tu tueras bien assez tôt.*

« Où va-t-on ? demanda ma mère.

– Au fond.

– Dans la chambre d'embaumement ?

– J'espère juste qu'il trouvera le chemin. »

Je l'attirai avec moi à l'accueil tout en allumant les lumières, puis me précipitai vers la pièce du fond. Derrière nous, la porte claqua, nous n'osâmes pas nous retourner. Ma mère hurla et nous courûmes dans le couloir.

« Tu as les clefs ? »

Elle farfouilla dans la poche de son manteau, d'où elle sortit un trousseau. Dans l'entrée, le démon mugit et je l'imitai, évacuant ma tension dans un rugissement primaire. Il apparut en chancelant au bout du couloir juste au moment où ma mère ouvrait la serrure : il dégoulinait presque à présent que son corps commençait à se désagréger ; nous nous ruâmes dans la chambre mortuaire.

Ma mère traversa la pièce à toutes jambes en se débattant à nouveau avec ses clefs, tandis que j'allumais la lumière et me dirigeais sur la droite. Là, enroulé proprement, se trouvait notre seul espoir : le trocart à lame, perché telle une tête de serpent au bout de son long tuyau d'aspiration. J'appuyai sur l'interrupteur pour l'allumer puis levai les yeux vers le ventilateur qui se mit lentement à tourner en grésillant.

« Espérons qu'il ne nous lâche pas », dis-je avant de me jeter contre le mur qui jouxtait la porte ouverte sur le couloir. À l'autre bout de la pièce, ma mère glissa la clef dans la serrure puis ouvrit grand la porte en se retournant vers moi, l'air complètement terrorisé.

« John, il est là ! »

Le démon se rua dans la chambre, bras tendus vers ma mère, avec des griffes pareilles à des lames de rasoir ; je lui lançai alors de toutes mes forces le trocart bourdonnant sur la poitrine. Il recula en titubant, les yeux démesurément écarquillés, puis j'entendis un bruit de succion au moment où un truc – son sang, peut-être, ou bien son cœur entier – se détacha de son corps à moitié décomposé avant d'être aspiré dans le tuyau d'évacuation. Le démon tomba à genoux tandis que fluides et organes se faisaient pomper, et j'entendis l'écœurant sifflement de la chair qui se désagrégeait en boue. Sous l'effet de la chaleur, le tube d'aspiration s'entortillait et rejetait de la fumée.

Je me reculai pour observer le corps du démon qui commençait à s'autodévorer : il puisait force et énergie de toutes ses extrémités afin de permettre aux tissus qu'il perdait de se régénérer. Il semblait se décomposer devant mes yeux par vaguelettes successives qui partaient de ses orteils et de ses doigts pour remonter le long de ses jambes et de ses bras avant de parcourir lentement son torse : sinistre tableau.

Je n'avais pas remarqué que ma mère m'avait rejoint, à travers une espèce de brouillard je pris soudain conscience qu'elle s'agrippait à moi tandis que nous contemplions le spectacle, horrifiés. Je ne la touchai pas : je restais planté là, le regard fixe.

Bientôt il ne resta presque plus trace du démon : une cage thoracique affaissée et une tête noueuse qui nous regardait depuis une flaque de goudron fumante à forme humaine. La chose ouvrit la bouche en quête d'air, même si je doutais qu'il lui restât suffisamment de poumons pour respirer. Après avoir lentement retiré ma cagoule, je m'avançai en présentant mon visage découvert. Je m'attendais à ce que la créature se débatte, folle de douleur et de colère, cherchant désespérément à cueillir ma vie pour sauver la sienne, mais non : le démon s'apaisa. Il me regarda approcher, me suivant de ses yeux jaunes jusqu'à ce que je me tienne au-dessus de lui. Je le dévisageai aussi.

Il prit une grande inspiration et ses poumons en lambeaux flageolèrent sous l'effort.

« "Tigre, tigre… récita-t-il dans un murmure rauque. Feu et flamme." »

Il eut une violente quinte de toux, sa souffrance s'entendait dans le moindre son qu'il émettait.

« Je suis désolé. »

Je ne trouvais rien d'autre à dire. Le démon inspira de nouveau laborieusement en s'étranglant avec sa propre matière en décomposition.

« Je ne voulais pas vous faire de mal, repris-je d'une voix presque suppliante. Je ne voulais faire de mal à personne. »

Ses crocs pendaient mollement dans sa bouche comme de l'herbe sèche.

« Ne leur… » commença-t-il avant d'être interrompu par une affreuse quinte de toux.

Il s'efforça de se ressaisir.

« Ne leur dis pas.

– À qui ? » demanda ma mère.

L'horrible visage se contorsionna une dernière fois de rage, d'épuisement ou de peur, puis, dans les affres de la douleur, il grinça une ultime phrase :

« Souviens-toi de moi quand je ne serai plus là. »

Je hochai la tête. Il regarda au plafond, ferma les yeux, puis s'affaissa sur lui-même : il s'émiettait, se dissolvait, se liquéfiait en un tas difforme de matière noire grésillante. Le démon était mort.

Dehors, la neige se mit à tomber.

19

Je regardais fixement la masse noire étalée au sol en essayant de comprendre ce qui venait de se passer. Une minute auparavant cette boue avait été un démon, et une heure auparavant mon plus proche voisin, un gentil vieillard qui aimait sa femme et m'offrait du chocolat chaud.

Allons ! cette boue n'était que de la boue : une espèce de reste physiologique d'un corps qui n'avait de toute façon jamais vraiment été le sien. La vie qui le sous-tendait, l'esprit, l'âme ou je ne sais quoi qui faisait qu'un corps vivant vivait, avait disparu. Il s'était agi d'un feu dont nous constituions le combustible.

Souviens-toi de moi quand je ne serai plus là.

« Il est mort ? »

Je levai la tête et vis ma mère, je pris alors conscience de la pression de ses mains sur mes épaules, de son corps légèrement devant le mien. Elle s'était interposée entre moi et le démon. Quand s'était-elle placée là ? J'avais l'esprit las et sombre, pareil à un nuage d'orage gonflé de pluie.

« C'était un démon », déclarai-je en me dégageant de son étreinte pour me diriger vers l'interrupteur du trocart.

Je le mis sur off et le ronronnement sourd s'éteignit, nous abandonnant au silence. Le tube d'aspiration était complètement tordu, sous la chaleur il s'était désagrégé en un tas fumant de spirales en plastique nauséabondes semblables aux intestins d'une bête mécanique. Entre deux doigts, j'extirpai prudemment la lame du trocart maculée de boue de la masse étalée au sol.

« Un démon ? demanda ma mère en reculant. Qu'est-ce que... pourquoi ? Pourquoi un démon ? Qu'est-ce qu'il fait là ?

– Il voulait nous manger. En quelque sorte. C'est le Tueur de Clayton, maman, la créature qui volait des parties de corps. Elle en avait besoin pour survivre.

– Il est mort ?

– Je crois que oui, répondis-je en laissant tomber le trocart à côté du tube d'aspiration. Je ne connais pas son fonctionnement exact.

– Comment sais-tu tout ça ? »

Elle me scrutait, l'air interrogateur.

« Qu'est-ce que tu fichais dehors ?

– La même chose que toi. J'ai entendu du bruit, alors je suis sorti. La créature était dans la maison des Crowley, occupée à je ne sais quoi – les tuer, j'imagine. J'ai entendu des cris. Le Dr Neblin se trouvait dans la Buick, mort, du coup j'ai éloigné son corps pour que le démon ne puisse pas le trouver. C'est à ce moment-là que tu es sortie et que le démon s'est mis à ramper vers chez nous. »

Elle fixa tour à tour mon visage, mon manteau trempé de sang, mes vêtements imbibés de neige fondue et de transpiration cristallisée par le froid. Je l'observais qui détournait la tête pour jeter un regard circulaire à la pièce : elle nota mes empreintes sanglantes sur les murs et les tables ainsi que la cendre fumante et boueuse au sol. J'arrivais presque à lire les pensées qui se peignaient sur son visage. Cette femme était la personne que je connaissais le mieux au monde, je lisais dans ses pensées presque plus facilement que dans les miennes. Elle songeait à ma sociopathie et à mon obsession des tueurs en série. Elle songeait au moment où je l'avais menacée avec un couteau, à ma façon de regarder les cadavres et à toutes les choses qu'elle avait lues, entendues et redoutées depuis qu'elle avait découvert, plusieurs années auparavant, que j'étais un enfant différent des autres. Elle songeait peut-être à mon père, qui avait des côtés violents lui aussi, et se demandait jusqu'où j'allais aller – ou bien jusqu'où j'étais déjà allé – sur cette voie-là. Elle ressassait sans fin ces réflexions, passait en revue tous les scénarios afin de déceler la vérité. Mais soudain elle fit quelque chose qui prouva sans l'ombre d'un doute que je me trompais du tout au tout.

Elle m'étreignit.

Elle ouvrit grand les bras puis m'attira contre elle, une main sur mon dos, l'autre sur ma tête ; elle pleurait – des larmes d'acceptation, pas de tristesse. Elle pleurait de soulagement en se balançant doucement d'avant en arrière, ce qui la macula du sang qui tachait mon manteau et mes gants, mais elle s'en fichait. Je l'enlaçai à mon tour, sachant qu'elle apprécierait.

« Tu es un bon garçon, dit-elle en me serrant plus fort. Un bon garçon. C'est bien, ce que tu as fait. »

Je me demandais ce qu'elle avait deviné exactement, mais je n'osais pas le lui demander. Je me contentais de l'étreindre jusqu'à ce qu'elle soit prête à me relâcher.

« Il faut qu'on appelle la police », déclara-t-elle.

Sur ce, elle recula en se frottant le nez. Puis elle repoussa la porte du fond et la ferma à clef.

« Et il faut aussi appeler une ambulance au cas où il s'en serait pris aux Crowley, comme tu disais. Si ça se trouve, ils sont encore en vie. »

Elle ouvrit un placard, d'où elle sortit un balai espagnol et un seau avant de secouer la tête et de les remettre à leur place.

« Ils voudront voir les lieux en l'état. »

Contournant avec soin le tas de boue, elle se dirigea vers le couloir.

« Tu es sûre qu'on doit les prévenir ? demandai-je. Tu penses qu'ils vont nous croire ? »

Je lui emboîtai le pas jusqu'à l'accueil et lui marchais presque sur les talons tellement je désirais la dissuader.

« On pourrait se contenter d'emmener nous-mêmes Mrs Crowley à l'hôpital – mais il faudra d'abord qu'on se change, vu que je suis couvert de sang. Tu ne crois pas qu'ils vont nous soupçonner ? »

Je me voyais déjà en prison, au tribunal, à l'asile, sur la chaise électrique.

« Et s'ils m'arrêtent ? Et s'ils croient que c'est moi qui ai tué Neblin et tous les autres ? Et si après avoir épluché les dossiers de Neblin, ils croient que je suis un malade mental et me jettent en prison ? »

Ma mère s'immobilisa, fit volte-face et me regarda droit dans les yeux.

« C'est toi qui as tué Neblin ?

– Bien sûr que non.

– Bien sûr que non. Et tu n'as tué personne d'autre. »

Elle se recula pour ouvrir en grand son manteau et me montrer le sang qui en maculait les pans ainsi que sa chemise de nuit.

« On est tous les deux couverts de sang et on est tous les deux innocents. Les flics comprendront qu'on essayait d'aider et de rester en vie. »

Elle laissa retomber son manteau puis s'inclina légèrement de manière à ce que nos visages se touchent presque.

« Le plus important, c'est qu'on soit mêlés ensemble à cette affaire. Je ne les laisserai t'emmener nulle part et je ne te laisserai pas tomber, jamais. On forme une famille. Je serai toujours là pour toi. »

Il y eut un déclic au plus profond de moi : je compris soudain que toute ma vie j'avais attendu ces mots. Ils m'écrasaient et me libéraient à la fois, s'emboîtant dans mon âme telle une pièce de puzzle depuis longtemps perdue. La tension de la nuit, de toute la journée, des cinq derniers mois gicla comme le sang d'une veine ouverte et, pour la première fois, je me vis comme me voyait ma mère : non pas comme un malade mental, un voyeur, ni un meurtrier, mais comme un garçon triste et seul. Je m'effondrai alors dans ses bras et compris, pour la première fois depuis sept ans, que j'étais capable de pleurer.

Durant les quelques minutes qui précédèrent l'arrivée de la police, je profitai que ma mère soit allée voir si tout allait bien chez le vieux couple pour m'emparer du portable du démon qui se trouvait dans son manteau tombé à terre. Par précaution, je fouillai aussi les poches de Neblin pour prendre le sien. N'ayant pas le temps de les faire disparaître complètement, je les jetai dans la forêt derrière la clôture au fond du jardin des Crowley. Là-bas, il n'y avait aucune trace de pas, seulement des kilomètres et des kilomètres de neige vierge, j'espérais donc que personne ne tomberait dessus avant que je puisse m'en débarrasser de manière plus définitive. Je me rappelai *in extremis* mes deux GPS et sortis l'appareil que j'avais dissimulé dans le coffre de la voiture. Au moment où je les jetais eux aussi dans la forêt, les premières sirènes retentirent.

Leurs hurlements furent bientôt suivis par des lumières clignotantes et une longue file composée de voitures de patrouille, d'ambulances, d'une brigade antipoison et même d'un camion de pompiers. Du haut de leur perron ou de leurs fenêtres, frissonnants dans leurs manteaux et leurs chaussons, les voisins observèrent une armée d'uniformes se déployer dans la rue afin de sécuriser la zone. Le corps de Neblin fut découvert puis photographié ; on administra les premiers soins à Kay, toujours inconsciente, avant de l'emmener en urgence à l'hôpital ; ma mère et moi fûmes interrogés et le désordre du funérarium fut soigneusement étudié puis catalogué.

L'agent du FBI que j'avais vu aux infos, Forman, passa presque toute la nuit à nous interroger dans le funérarium, d'abord ensemble, puis séparément : pendant que l'un témoignait, l'autre nettoyait. À lui et à tous ceux qui me posaient des questions je racontais la même histoire qu'à ma mère :

après avoir entendu du bruit j'étais allé voir ce qui se passait dehors et j'avais vu le meurtrier entrer chez les Crowley. On me demanda si je savais où se trouvait le vieil homme, je répondis que non ; on me demanda pourquoi j'avais déplacé le corps de Neblin et, en l'absence d'une explication sensée, je me contentai de leur répondre que, sur le moment, ça m'avait paru une bonne idée. Concernant la boue dans la chambre funéraire, en gros, on raconta la vérité : une créature nous avait pourchassés à l'intérieur, j'avais essayé de la combattre avec la seule arme à disposition et, sous nos yeux, la chose s'était liquéfiée en une substance noire et visqueuse. Je n'arrivais pas à déterminer s'ils nous croyaient ou pas, mais, au final, tout le monde fut satisfait.

Avant de partir, ils me demandèrent si je souhaitais consulter un psychologue pour m'aider à surmonter la disparition simultanée de deux hommes que je connaissais plutôt bien, mais je répondis qu'aller voir un deuxième psy pour parler de mon premier psy me semblait quelque peu déloyal. Ça ne fit rire personne. Le Dr Neblin aurait rigolé, lui.

Le lendemain matin, l'histoire s'était répandue non sans quelques changements : le Tueur de Clayton avait assassiné le retraité sorti tard se balader en voiture avant de tuer Ben Neblin en retournant chez les Crowley. Là, il avait commencé à tabasser et à torturer Kay jusqu'à ce que les voisins – ma mère et moi –, alertés, l'interrompent. Il nous avait alors pourchassés mais, au vu de notre résistance, s'était enfui en ne laissant rien d'autre derrière lui que cette fameuse boue noire similaire à celle des agressions précédentes.

Ce récit comportait juste assez de détails inexpliqués pour que les rumeurs se mettent à fuser. Ni le corps du tueur ni celui de Crowley n'ayant été retrouvés, il était bien sûr possible que les deux hommes soient encore en vie quelque part ; mais moi je savais que ce calvaire était enfin terminé. Pour la première fois depuis des mois, je me sentais apaisé.

J'imagine que davantage de soupçons se seraient portés sur moi si Kay ne s'était pas avérée ma plus ardente protectrice. Elle jura à la police que j'étais un gentil garçon, un bon voisin et que nous nous aimions comme si nous appartenions à la même famille. Quand un de mes cils fut retrouvé dans sa chambre, elle expliqua que j'avais aidé son mari à graisser les gonds de la porte ; quand mes empreintes digitales furent décelées sur les vitres de sa voiture, elle dit que j'avais aidé à vérifier le niveau d'huile et la pression des pneus. Chaque question de la police trouvait sa réponse dans le fait que, pendant deux mois entiers, j'avais passé presque toutes mes journées chez mes voisins. La seule preuve véritablement accablante se trouvait dans les téléphones portables, or, jusque-là, personne n'était encore tombé dessus.

Sans compter que je n'étais qu'un gosse : je ne crois pas qu'ils aient sérieusement envisagé la possibilité de ma culpabilité. Si j'avais essayé de dissimuler ce qui s'était passé cette nuit-là, je suis sûr que j'aurais éveillé davantage de soupçons, mais le fait d'aller directement tout rapporter à la police avait manifestement permis de gagner un peu leur confiance. Au bout d'un moment, on aurait presque cru qu'il ne s'était rien passé.

Je m'attendais à ce que la mort du démon me travaille davantage – qu'elle vienne hanter mes rêves ou je sais pas – et pourtant, curieusement, ce furent ses derniers mots qui m'obnubilèrent : « Souviens-toi de moi. » Je n'étais pas sûr d'en avoir envie. Il s'agissait d'un meurtrier sanguinaire, malfaisant : je n'avais aucune envie de repenser à cette histoire.

Le problème, c'est qu'il y avait un tas de trucs auxquels je refusais de penser – des trucs que j'évitais depuis des années –, or les ignorer ne m'avait jamais vraiment mené nulle part. Je songeais donc qu'il était temps de suivre le conseil de Mr Crowley et de me souvenir. Lorsque la police laissa enfin Kay tranquille, j'allai lui rendre visite.

Après avoir ouvert la porte, elle me serra dans ses bras : pas de mots, pas de salut, juste une étreinte. Je ne méritais pas cet accueil, cependant je l'enlaçai à mon tour. Le monstre grogna, je le matai. Il se remémorait cette femme frêle et savait à quel point il serait facile de la tuer, mais je concentrai toute mon énergie à me contrôler. Cela me demanda des efforts considérables, il faut bien l'avouer.

« C'est gentil de me rendre visite », dit-elle, les yeux baignés de larmes.

Elle avait un œil au beurre noir.

« Je suis vraiment désolé.

– Mais non, mon petit, répondit-elle en m'attirant dans la maison. Tu n'as fait qu'aider. »

Je l'examinai de près, étudiant son visage, ses yeux, tout. C'était elle l'ange qui avait dompté le démon, l'âme qui l'avait piégé et retenu grâce à une force jusqu'alors inconnue de lui. L'amour. Elle remarqua l'intensité de mon regard et me dévisagea.

« Qu'y a-t-il, John ?

– Racontez-moi un peu sa vie.

– À Bill ?

– Oui, la vie de Bill Crowley. J'ai toujours vécu juste de l'autre côté de la rue et pourtant je crois que je ne le connaissais pas vraiment. S'il vous plaît, racontez-moi. »

Ce fut à son tour de me scruter : de ses yeux aussi profonds que des puits, elle me regardait depuis une époque longtemps révolue.

« J'ai rencontré Bill en 1965, commença-t-elle tout en me conduisant au salon avant de s'asseoir sur le canapé. Nous nous sommes mariés deux ans plus tard. En mai, cela aurait été notre quarantième anniversaire de mariage. »

Assis en face d'elle, je l'écoutais.

« Nous avions tous les deux la trentaine et à cette époque, dans cette ville, être célibataire à trente ans faisait de moi une vieille fille. Je m'y étais résignée, je crois, jusqu'au jour où Bill est arrivé, en quête d'un emploi. Dans ce temps-là, j'étais secrétaire au service de l'Eau. Bill était très beau, il appartenait à la "vieille école" : contrairement à la plupart des gens de l'époque, il n'adhérait pas à cette mode hippie. Poli, bien éduqué, il me rappelait un peu mon grand-père à cette façon qu'il avait de toujours porter un chapeau, de tenir la porte aux dames et de se lever lorsque quelqu'un entrait dans une pièce. Il a décroché le poste, évidemment, je le voyais donc tous les matins quand il venait travailler. Il se montrait toujours très courtois. C'est lui qui a commencé à m'appeler Kay, tu sais. Mon vrai nom, c'est Katherine, tout le monde m'appelait Katie ou Miss Wood, mais lui disait que même Katie c'était trop long à prononcer, alors il l'a abrégé en Kay. Il s'activait sans arrêt : il entreprenait toujours quelque chose de nouveau et courait d'un endroit à l'autre. Il avait la rage de vivre. J'ai jeté mon dévolu sur lui au bout de quelques semaines seulement. »

Elle eut un petit rire, je souris.

Le passé de Mr Crowley se déroulait devant moi comme une peinture au grain épais et riche en couleurs, qui épousait son sujet avec une grande profondeur. Il ne s'agissait pas d'un homme parfait, mais pendant un temps – un très long temps – il avait été un homme bon.

« Nous nous sommes fréquentés un an avant qu'il ne demande ma main, poursuivit-elle. Il était dur à la détente. Et puis un dimanche, alors que nous dînions chez mes parents avec ma famille au grand complet et que nous étions tous là à rire et à bavarder, il s'est levé de table et a quitté la pièce. »

Elle avait le regard perdu.

« Je l'ai suivi et je l'ai trouvé en train de pleurer dans la cuisine. Il m'a dit qu'il n'avait jamais "compris" avant ; je m'en rappelle comme si c'était hier, cette façon dont il avait dit : "Je n'avais jamais compris avant, Kay. Jusqu'à aujourd'hui, je n'avais jamais compris." Il m'a déclaré qu'il m'aimait plus que n'importe quoi au paradis ou en enfer – le choix de ses mots était toujours très romantique – et m'a demandé, là, dans la cuisine, de l'épouser. »

Elle resta un instant silencieuse, les yeux clos, plongée dans ses souvenirs.

« Il m'a promis de rester pour toujours à mes côtés, qu'il soit malade ou vaillant. Durant les derniers jours de sa vie il était plus malade que vaillant – tu as bien vu son état –, cependant il me répétait encore chaque jour : "Je resterai pour toujours à tes côtés." »

Je ne crois pas que ma mère se soit rendu compte qu'une nouvelle personne avait emménagé à la maison ce jour-là, et pourtant, depuis, cette personne vit parmi nous. Mon monstre était sorti pour de bon désormais, je ne pouvais plus l'écarter. J'essayais – tous les jours – mais ce n'était pas aussi simple. Si j'avais pu me débarrasser de lui facilement, ça n'aurait pas été un monstre.

Une fois le démon mort, j'avais essayé de reconstruire le mur et de suivre à nouveau mes règles, mais, à chaque tentative, mon côté obscur se débattait. Je m'interdisais de songer à nouveau à blesser qui que ce soit, mais, dès que je baissais la garde, mes pensées se tournaient automatiquement vers la violence. Comme si mon cerveau avait un économiseur d'écran où s'affichaient du sang et des cris : dès que je le laissais en roue libre trop longtemps, des idées noires m'envahissaient. Je m'étais mis à accumuler des loisirs qui m'occupaient l'esprit – lecture, cuisine, casse-tête –, n'importe quoi pour empêcher cet économiseur d'écran mental de se mettre en route. Ça fonctionnait un certain temps, mais tôt ou tard il fallait bien que j'arrête mes activités pour aller me coucher et c'est alors que, étendu sur mon lit, seul dans l'obscurité, je me débattais avec mes obsessions jusqu'à me mordre la langue, à marteler mon matelas et à demander grâce.

Quelques années auparavant, ma mère avait accroché au mur un échantillon de broderie que quelqu'un avait égaré lors d'un enterrement : *Sème une pensée, tu récolteras une action ; sème une action, tu récolteras une habitude; sème une habitude, tu récolteras un destin.* J'avais essayé les pensées, mais, n'étant arrivé à rien, je m'étais replié sur les actes. Je m'étais de nouveau forcé à complimenter les gens et à rester le plus loin possible de leur pelouse. J'en étais presque arrivé à m'inculquer une phobie des fenêtres à force de m'empêcher de regarder à l'intérieur. Mes idées noires persistaient, sous-jacentes, mais mes actes restaient purs. Autrement dit, je simulais la normalité à la perfection. Si vous m'aviez croisé dans la rue, jamais vous n'auriez deviné à quel point j'avais envie de vous tuer.

Il y avait néanmoins une règle que je n'avais jamais rétablie : le monstre et moi avions décidé de l'ignorer pour différentes raisons. Une semaine à peine s'était écoulée depuis les événements quand ma mère me poussa à y réfléchir. Nous dînions encore devant *Les Simpson*. Les moments comme celui-là constituaient presque la seule occasion où nous discutions.

« Comment va Brooke ? » demanda ma mère en coupant le son de la télé.

Je gardai les yeux rivés sur l'écran.

Elle est géniale, songeai-je. C'est bientôt son anniversaire, j'ai trouvé, pliée en boule dans la poubelle familiale, la liste complète des invitées à sa soirée pyjama. Elle aime les chevaux, les mangas, la musique des années 1980 et, comme elle rate toujours le bus à quelques secondes près, elle doit courir pour le rattraper. Je connais son emploi du temps au lycée, sa moyenne, son numéro de Sécu et le mot de passe de sa boîte mail.

« Je sais pas. Bien, j'imagine ; je ne la vois pas si souvent que ça. »

Je savais que je n'aurais pas dû la suivre partout, mais... j'avais envie. Et je ne voulais pas renoncer à elle.

« Tu devrais lui demander de sortir avec toi, conseilla ma mère.

– De sortir avec moi ?

– Tu as bientôt seize ans. C'est naturel. Elle a pas la gale. »

Ouais, mais moi si à tous les coups.

« T'as oublié cette histoire de sociopathie ? » demandai-je.

Ma mère me jeta un regard sévère.

« Je n'ai pas d'empathie, tu te rappelles ? Comment pourrais-je nouer une relation avec qui que ce soit ? »

C'était là le grand paradoxe de mon règlement : en m'interdisant de penser aux gens auxquels j'avais le plus tendance à penser, j'évitais certes les mauvaises relations, mais aussi les bonnes.

« Qui a parlé de relation ? demanda ma mère. Tu peux attendre d'avoir trente ans pour entamer une relation, si tu veux ; ça me faciliterait la vie. Je dis simplement que tu es un adolescent et que tu devrais sortir t'amuser. »

Je regardais le mur.

« Je sais pas m'y prendre avec les gens, maman. Tu es bien placée pour le savoir. »

Ma mère garda le silence un instant, j'essayai de m'imaginer ce qu'elle était en train de faire : froncer les sourcils, soupirer, fermer les yeux, se remémorer le soir où je l'avais menacée avec un couteau.

« Tu as beaucoup progressé, finit-elle par dire. Tu as passé une année difficile, tu n'étais pas toi-même. »

En réalité, j'avais été davantage moi-même au cours des mois précédents que je ne l'avais jamais été, mais il était hors de question que je le lui avoue.

« "C'est en forgeant qu'on devient forgeron", John, ne l'oublie pas. Tu dis que tu ne sais pas t'y prendre avec les gens : eh bien, la seule façon de progresser, c'est de sortir et de pratiquer. Parler. Interagir. Ce n'est pas en passant toutes tes soirées assis là avec moi que tu vas améliorer ta sociabilité. »

Je songeais à Brooke, à toutes les pensées qu'elle suscitait chez moi et qui m'accaparaient l'esprit : certaines étaient belles, d'autres dangereuses. Je ne voulais pas renoncer à elle, mais je ne me faisais pas suffisamment confiance non plus pour la fréquenter. C'était mieux ainsi.

Toutefois, ma mère avait raison. Après lui avoir jeté un rapide coup d'œil - traits tirés, vêtements élimés -, je me rendis compte à quel point elle ressemblait à Lauren. À quel point elle me ressemblait. Elle comprenait ce que je vivais non pas par expérience mais par pure et simple empathie. C'était ma mère, elle me connaissait, or l'inverse n'était pas vrai.

« Et si on commençait par un exercice plus facile ? proposai-je en grignotant ma pizza. Je vais d'abord apprendre à te connaître et ensuite je passerai à l'étape supérieure. »

Je la regardai à nouveau, m'attendant à une raillerie quelconque, comme je considérais que parler à d'autres gens qu'elle constituait une étape supérieure, mais en lieu et place je vis de la surprise sur son visage. La bouche serrée, elle écarquillait les yeux et avait quelque chose au coin de l'œil, qui se transforma en larme.

Elle n'était pas triste. Je discernais suffisamment les humeurs de ma mère pour pouvoir l'affirmer. Cette larme-là traduisait quelque chose que je n'avais jamais vu auparavant. Un choc ? De la peine ?

De la joie ?

« C'est pas juste, dis-je en désignant sa larme. C'est de la triche de jouer la corde sensible avec moi. »

Ma mère étouffa un gloussement et m'attira contre elle en me serrant très fort. Je l'enlaçai à mon tour, maladroitement, je me sentais à la fois bête et satisfait. Le monstre regarda son cou, mince, vulnérable et s'imagina ce que ça donnerait de le casser en deux. Je me tançai intérieurement avant de relâcher mon étreinte.

« Merci pour la pizza de ce soir. Elle est bonne. »

C'était le seul compliment qui m'était passé par la tête.

« Pourquoi tu dis ça ? demanda-t-elle.

– Pour rien. »

Les semaines se muèrent en mois, l'enquête se poursuivait, l'agent Forman m'interrogea à plusieurs reprises mais jamais en tant que suspect. Comme personne d'autre n'avait passé l'arme à gauche, ils finirent par se rendre compte que les meurtres avaient cessé complètement et Clayton County retourna lentement vers un semblant de normalité.

Les conjectures allaient néanmoins bon train et, avec le temps, les théories se faisaient de plus en plus loufoques. Il s'agissait peut-être d'un vagabond ou de quelqu'un qui tuait par plaisir. Ou encore d'un tueur à gages qui récoltait des organes pour le marché noir. Ou bien d'une secte satanique qui utilisait les victimes lors de rituels innommables. Les gens voulaient que l'explication soit aussi énorme et tapageuse que les meurtres eux-mêmes, pourtant la vérité était bien plus terrifiante : ce ne sont pas les grands méchants monstres qui suscitent la terreur, mais les petites gens à l'air innocent. Les gens comme Mr Crowley.

Les gens comme moi.

Jamais vous ne nous verrez venir.

REMERCIEMENTS

Ce roman doit son existence à de nombreuses personnes, dont la plupart (à ma connaissance) ne sont pas des tueurs en série.

D'abord et avant tout il me faut mentionner Brandon Sanderson, qui, un jour, dans la voiture, m'a demandé de la boucler : je ferais mieux d'écrire un bouquin au sujet des serial killers plutôt que d'en parler sans arrêt. Cela s'est révélé une excellente idée. Idée qui a ensuite été creusée et affinée par toute une série de cercles d'écrivains et de lecteurs critiques, notamment (mais pas exclusivement) Peter Ahlstrom, Karla Bennion, Nate Goodrich, Nate Hatfield, Alan Layton, Jeanette Layton, Drew Olds, Ben Olsen, Bryce Moore, Janci Patterson, Emily Sanderson, Ethan Skarstedt, Isaac Stewart, Eric James Stone, Sandra Tayler et Kaylynn Zobell.

Dans le milieu professionnel, je me dois de remercier Moshe Feder, mon éditeur américain, Hannah Sheppard, mon éditrice britannique, et Sara Crowe, mon génialissime agent vénéré. Sans leur aide, ce roman n'aurait pas été mauvais, mais il n'aurait pas été fantastique et vous n'en auriez jamais entendu parler. Si vous le trouvez effectivement fantastique ou si vous le trouvez tout court, d'ailleurs, c'est eux qu'il faut remercier.

J'adresse un remerciement particulier à Dawn, mon adorable épouse, qui m'a soutenu tout au long de l'écriture de ce livre et ne m'a pas quitté après l'avoir lu. D'autres membres de ma famille ne m'ont pas abandonné, à savoir ma sœur Allison, mon frère Rob, ma belle-mère Martha et mes pauvres parents, Robert et Patty. Tous autant que vous êtes, laissez-moi vous répéter que ce roman n'est pas autobiographique. Promis.

Et voici mes derniers remerciements : merci aux Muppets de m'avoir appris à lire. Merci à Steve Diamond, qui a eu son heure de gloire. Et merci à toi, Kimberly Wall, qui m'a assisté pour la compilation de cette liste. Je n'y serais pas arrivé sans toi.

Mis en pages par DV Arts Graphiques à La Rochelle

Imprimé en France par Normandie Roto Impression s.a.s., 61250 Lonrai
Dépôt légal : février 2011
N° d'édition : 070 – N° d'impression : 11-0505
ISBN 978-2-35584-070-8